UNE PIERRE DANS LE CŒUR

DU MÊME AUTEUR

La Rose noire, Albin Michel, 1994.
Les Heures noires, Albin Michel, 1996.
Dernière chance, Presses Pocket, 1998.
Le Dernier Homme innocent, Albin Michel, 1999.
Piège funéraire, Presses Pocket, 2000.

PHILLIP MARGOLIN

UNE PIERRE
DANS LE CŒUR

*traduit de l'américain
par Élisabeth Luc*

l'Archipel

Ce livre a été publié sous le titre
Heartstone
par Bantam Books, New York, 1995.

Si vous désirez recevoir notre catalogue et être
tenu au courant de nos publications, envoyez
vos nom et adresse, en citant ce livre,
aux Éditions de l'Archipel,
4, rue Chapon, 75003 Paris.
Et, pour le Canada, à
Édipresse Inc., 945, avenue Beaumont,
Montréal, Québec H3N 1W3.

ISBN 2-84187-240-8

Copyright © Phillip Margolin, 1978.
Copyright © L'Archipel, 2000, pour la traduction française.

I

FANTÔMES

Prologue

C'était deux jours avant Noël. Le seul ami de Louis Weaver était en train de crever dans une chambre sordide de l'hôtel Cordova. Pour se protéger de l'air glacial qui lui coupait le souffle, Louis s'abrita sous un porche. La neige tournoyait autour de lui, l'aveuglant presque. Il se moucha puis avala une lampée de whisky bon marché. Avant de quitter l'hôtel, il en avait glissé une bouteille dans la poche de son imperméable.

C'est à Salt Lake City que Willie avait révélé à Louis qu'il allait mourir. Il lui avait fait promettre de le ramener chez lui, à Portsmouth, afin de sauver son âme. Ils avaient voyagé clandestinement à bord d'un train de marchandises. Pendant des heures, couché sur la paille dans le coin d'un wagon à bestiaux, Louis avait assisté à l'agonie de son ami.

Ces derniers temps, Willie avait souvent évoqué l'enfer et le paradis. On sentait bien qu'il avait un lourd fardeau sur le cœur, comme une pierre pesante qu'il portait en lui et qui l'oppressait. Et ce prédicateur de Fort Worth, qui avait converti Willie à la religion, n'était sans doute pas étranger à ce sentiment de culpabilité. Avant, Willie n'était pas aussi tourmenté. Louis aurait voulu l'aider mais Willie ne parlait de ses tourments que quand il était complètement saoul ou en plein délire. Et encore, il se contentait de grommellements indistincts. Apparemment, il s'agissait d'une fille et c'était arrivé il y avait bien longtemps.

Avec un soupir, Louis rempocha la bouteille. Il était fatigué et glacé, mais il touchait au but. Le palais de justice n'était plus qu'à deux blocs. Là-bas, il ferait chaud. Louis aurait aimé être déjà de retour à l'hôtel. Il avait dépensé ses derniers dollars pour régler une chambre dont il n'avait guère l'occasion de profiter.

Une bourrasque de vent lui envoya de la neige en plein visage. Il s'en voulut de cette pensée peu charitable. Bientôt, Willie serait aussi froid que la neige, pour l'éternité, et c'était son seul ami.

Lorsque le radioréveil se déclencha, Albert Caproni s'efforça de nier son existence. Il aurait préféré rester bien au chaud sous les couvertures, blotti contre le corps de sa femme.
— Chéri... murmura-t-elle d'une voix endormie. Il sentit des lèvres douces sur le lobe de son oreille. Chéri, il faut te lever.
— Laisse-moi, grommela-t-il en plongeant sous les couvertures.
— Allez, debout, insista la voix en se faisant sensuelle.
Il sentit une main chaude se glisser vers son bas-ventre. Aussitôt, des doigts caressèrent son pénis.
— Mary, s'il te plaît... Je veux dormir.
Il n'avait pas encore ouvert les yeux, ni vu la neige ni senti le vent glacial, mais il savait que ce serait une mauvaise journée. Une journée à rester au fond de son lit.
Il sentit les rondeurs de Mary se plaquer contre son torse. Puis il l'entendit s'humecter les lèvres. Elle parsema son visage de baisers baveux. C'en fut assez. Il capitula et ouvrit les yeux.
— Je te déteste, grogna-t-il en enlaçant sa femme.
— Je t'aime, répondit-elle.
Tout en l'embrassant, il se mit à lui caresser les fesses et les cuisses.
— Pas de ça, prévint-elle. Si tu ne te lèves pas tout de suite, tu vas être en retard.
— Un petit coup, vite fait ? implora Albert d'un ton taquin.
Il se sentait d'humeur lubrique, comme chaque fois qu'il tenait Mary dans ses bras. Après toutes ces années, elle l'excitait encore.
— Non.
— Frigide !
— Tu es dur. Elle lui déposa un baiser sur la joue et quitta le lit. Tu savais à quoi t'attendre en m'épousant, reprit-elle. A présent, bouge-toi, sinon tu seras en retard et Hadley ne t'accordera pas de budget pour les procureurs supplémentaires dont tu as besoin.
— Merde, Hadley... Dire que je dois quitter ce lit douillet et le meilleur coup de la région pour ce vieux con ! Pour la peine, je prendrai deux œufs ce matin. Je vais avoir besoin d'énergie.
— Et ton régime ? demanda-t-elle en quittant la pièce.

– Tant pis, pour une fois.

Caproni s'étira et se dirigea vers la fenêtre en se frottant les yeux. La tempête de neige avait recouvert le paysage superbe qu'il admirait chaque matin en se levant. Il bailla, se gratta et s'étira. Malgré le temps morose, il était heureux. En fait, il ne se rappelait pas une journée au cours des dernières années où il n'ait pas été heureux. Certes, il avait connu quelques déceptions, mais il avait une femme dont il était fou, deux enfants magnifiques et, à trente-cinq ans, il était le plus jeune procureur général de Portsmouth. Or, il aimait ce travail autant qu'il aimait Mary.

En général, les procureurs étaient de brillants diplômés frais émoulus de l'école de magistrature. Ils restaient deux ans, le temps d'acquérir l'expérience des procès, puis signaient de juteux contrats et devenaient juristes d'entreprise.

Après l'université, Al s'était engagé dans l'armée. Ensuite, il avait pris des cours du soir, travaillant dans la journée pour la police de Portsmouth. Au cours de sa dernière année de droit, il était passé inspecteur au sein du bureau du procureur. Ce contact avec le droit criminel dissipa aussitôt chez lui toute envie de pratiquer le droit des affaires. Et s'il s'était imaginé dans la peau d'un avocat d'assises, une année passée auprès du procureur l'avait fait changer d'avis.

Peu avant d'obtenir son diplôme, Al avait demandé à Herb Holman, alors procureur général, de lui trouver un emploi. Tous ses supérieurs lui avaient fourni des attestations élogieuses. Ainsi, Albert Caproni fut-il nommé substitut le jour même où il reçut une lettre de la Cour suprême de l'État l'informant de son admission au barreau.

C'était loin. Entre temps, les choses avaient évolué rapidement au bureau. Quand Harvey Babcock, l'un de ses meilleurs amis, fut élu procureur général, il fut nommé premier substitut. Cette nomination avait donné lieu à des festivités. Puis l'enthousiasme était vite retombé. Harvey Babcock avait été tué par un chauffard en état d'ivresse, sur l'autoroute.

En novembre de cette année, Albert Caproni remporta le poste haut la main contre la députée Sylvia Marshall.

En ôtant son pyjama, Albert consulta le réveil. Il était un peu plus de 5 h 30. Al avait toujours été un travailleur acharné. Déjà, lorsqu'il était gosse, il avait un petit boulot en plus du lycée pour aider sa famille. Pour lui, les heures ne comptaient pas. Du reste, il compensait souvent son manque de charisme en bûchant chaque dossier. Il tirait toujours une intense satisfaction à battre l'un de ces types issus d'une grande école ou d'un cabinet prestigieux sur un obscur point de droit déniché au prix de longues heures de recherche.

Albert jeta son pyjama sur le lit et se dirigea vers la salle de bains. En s'observant dans le miroir, il ne fut ni heureux ni déçu. Certes, son corps un peu trapu n'était plus aussi ferme qu'au début de sa carrière et il perdait ses cheveux. Mais il lui restait tout de même des muscles. Disons que je contrôle encore la situation, songea-t-il.

Toutefois, il regrettait de ne plus être au meilleur de sa forme. Quand il était plus jeune, il débordait d'énergie et jouait régulièrement au handball ou au basket. Il avait même pratiqué la boxe. Cela lui était plus difficile à présent. Certes, il faisait bien quelques pompes et abdominaux, quand il en trouvait le temps, et parfois une partie de golf. Enfin ! Il avait choisi. Il connaissait les exigences de son métier et les acceptait volontiers. De toutes façons, un jour, il finirait pas mourir. Et son entrée au paradis ne dépendrait pas de son tour de taille.

Fanny Maser était réceptionniste au bureau du procureur de Portsmouth depuis 1958. Arrivée avec les républicains, elle était restée avec les démocrates et avait conservé son poste quand le bureau devint sans étiquette, en 1970.

Au bout de dix-sept ans de carrière dans la police, le mari de Fanny fut tué en essayant d'intervenir lors d'un hold-up dans une station service. Fanny avait pris deux mois de congés pour reconstruire son univers. Ce fut sa plus longue absence.

Fanny était la réceptionniste idéale. Même dans ses plus jeunes années, elle en était le stéréotype parfait. C'était une petite femme grisonnante au sourire perpétuel. Avec sa voix douce et apaisante, elle savait mettre les gens à l'aise. Cette qualité était essentielle dans un bureau fréquenté par des citoyens en colère, des policiers fatigués qui attendaient un jugement après une nuit de garde dans une zone malfamée, des témoins nerveux et des prévenus, à l'occasion violeurs, voleurs ou assassins.

Souvent, Fanny parlait à ses camarades de bridge des criminels qui faisaient la une et qu'elle avait rencontrés. Ainsi, elle avait passé une longue matinée en compagnie de Carl Billingsgate, le tueur au marteau, qui attendait d'être interrogé par le premier substitut. Ce matin-là, Carl avait tout avoué.

Et Louise Renoud ? Une femme si gentille en apparence. Qui aurait pu deviner qu'elle avait abattu son mari avec la complicité de son amante – elle était lesbienne –, avant de le laisser pour mort dans la montagne ? Il était revenu en rampant des portes de l'enfer, selon l'expression de Fanny, pour témoigner au procès. Louise et Fanny avaient eu une conversation délicieuse...

Fanny, qui avait rencontré tant de monde, ne fut guère impressionnée par Louis Weaver lorsqu'il franchit la porte de verre.

Il était 10 h 30. Le hall de réception était désert. Une heure auparavant, il grouillait de jeunes procureurs accompagnés de leurs témoins, mais les audiences avaient commencé et tous étaient partis. Louis passa quelques secondes à savourer la chaleur qui régnait dans le palais de justice. Il demeura sur le seuil, grelottant, jetant des coups d'œil circulaires. Il avait tout d'une petite souris. Son imperméable usé, sa veste élimée et sa chemise blanche tachée le protégeaient à peine du vent glacial. Son pantalon trop grand, qui tenait grâce à une ficelle nouée autour de sa taille, semblait flotter autour de hanches trop étroites.

Fanny sentit que saluer Louis Weaver serait de mauvais goût. Elle réprouvait l'abus d'alcool et, de toute évidence, ce monsieur était en état d'ébriété. Et il sentait mauvais. Néanmoins, elle lui sourit.

– Que puis-je faire pour vous ? s'enquit-elle de son ton le plus aimable.

Louis ôta son chapeau bon marché. De ses doigts nerveux, il en tripota le bord et s'avança d'un pas incertain vers le comptoir qui séparait Fanny des trois rangées de sièges de la salle de réception.

– Je suis bien au bureau du procureur ? parvint-il à articuler.

Fanny s'aperçut que le pauvre homme était bouleversé et effrayé. Son dégoût initial fit place à de la sollicitude.

– En effet.

– Il faut que je voie le procureur.

– Notre bureau en compte une cinquantaine. A qui voudriez-vous parler en particulier ?

– C'est... C'est pas M. Caproni, le procureur général ? Willie m'a dit de demander M. Caproni.

– En effet, M. Caproni est élu pour le comté de Portsmouth, mais il ne traite pas les dossiers lui-même. Je peux peut-être vous orienter vers quelqu'un d'autre si vous m'exposez votre problème.

Louis passa sa main sur une joue mal rasée et grisonnante. C'était plus compliqué qu'il ne s'y attendait. La bureaucratie l'effrayait, même quand il avait affaire à une Fanny Maser. Il avait très envie d'un verre, mais c'était hors de question.

– C'est mon copain, Willie... Il est en train de mourir, alors j'ai promis de lui rendre un service. Il m'a dit de venir voir M. Caproni et personne d'autre. Il a dit que c'était important et que M. Caproni accepterait de me recevoir.

Louis Weaver avait quelque chose de particulier : le ton de sa voix et son désir évident de se trouver ailleurs. Fanny prit sa décision.

– Je ne peux vous garantir que M. Caproni acceptera de vous recevoir. Il est très occupé. Mais donnez-moi le motif de votre visite et je verrai s'il peut vous accorder un instant.

La bouche sèche, le cœur battant, Louis songea que Willie avait dit M. Caproni et personne d'autre. Mais s'il ne répondait pas, elle allait lui ordonner de partir.

– Je suis chargé de lui annoncer que Willie Holloway est en train de mourir et qu'il veut lui révéler qui a tué Elaine Murray.

Malgré le temps exécrable, la journée s'annonçait plus belle. Al avait conclu son rendez-vous avec Hadley en une demi-heure et lui avait soutiré la promesse qu'il insisterait pour faire nommer deux procureurs supplémentaires. C'était une nécessité. Au cours des dernières années, le nombre des affaires criminelles avait grimpé en flèche. Ses substituts étaient débordés. Au tribunal d'instance, ils se présentaient aux auditions presque sans aucune préparation. Certes, leurs dossiers étaient souvent simples. Il suffisait en général de demander à l'unique témoin ce qui s'était passé, mais Caproni ne voulait pas voir un criminel s'en tirer à bon compte par manque de moyens humains.

Après son rendez-vous avec Hadley, il avait regagné son bureau pour s'entretenir avec un jeune collègue récemment transféré vers une autre instance judiciaire. Il avait été désigné pour sa première grosse affaire. Après des mois de travail, la police de Portsmouth et les agents de la brigade des stupéfiants avaient coincé l'un des plus gros trafiquants d'héroïne de l'État avant qu'il puisse se débarrasser d'une importante livraison. Cependant, l'affaire semblait sur le point de leur échapper car l'accusé invoquait une fouille illégale. Les deux hommes avaient passé une demi-heure à réfléchir au moyen de retourner la situation en leur faveur.

Caproni appréciait son collègue. Il se revoyait au même âge. Ils étaient issus du même milieu. Caproni aimait le cran de ce fils d'une famille modeste qui avait grimpé les échelons à la force du poignet. Le dossier était délicat mais le jeune homme avait pris le taureau par les cornes. Une idée commençait à germer. Il voulait la peau de ce salaud et Caproni voyait d'un bon œil les efforts qu'il déployait pour arriver à ses fins.

Une fois débarrassé de son courrier du matin, Albert se tourna vers une pile de dossiers récents de la Cour suprême qu'il voulait étudier. Il se cala confortablement dans son fauteuil de cuir, un luxe qu'il s'octroyait parfois.

— Monsieur Caproni ?

Albert sourit à Mme Maser, l'une des seules personnes à être plus ancienne que lui dans la maison. Cela lui faisait toujours bizarre de l'entendre l'appeler par son nom de famille. Elle avait cessé d'utiliser son prénom quand il avait été nommé procureur général. L'un des aspects négatifs de l'ascension professionnelle était qu'il modifiait les rapports avec les gens.

— Que puis-je faire pour vous, Fanny ?

— Désolée de vous déranger, mais c'est peut-être important.

Albert vit aussitôt qu'elle était inhabituellement tendue.

— Il y a un homme à la réception... Il a bu et on dirait un clochard, mais... enfin, il prétend avoir un message pour vous. Je ne pense pas qu'il soit fou, il paraît sincère.

— Quel message ?

— Il est chargé de vous dire que Willie Holloway est mourant et qu'il veut vous révéler qui a tué Elaine Murray.

Tout à coup, la pièce se mit à tourner. Caproni crut défaillir.

— Monsieur Caproni, vous allez bien ?

William Holloway. Albert s'efforça de se ressaisir. Il prit une profonde inspiration. Son malaise se dissipa, le laissant désorienté et hésitant.

— Trouvez-moi Pat Kelly. Je veux voir cet homme. Ne l'effrayez pas, mais ne le laissez pas partir. Et apportez-moi un magnéto.

Il avait la voix tremblante. Cela ne lui ressemblait pas. Une autre voix lui provenait des tréfonds du passé. Il l'entendait résonner dans la solitude d'un hôtel sordide, la seule et unique fois où il avait rencontré William Holloway.

Dans son cabinet de toilette privé, Caproni se servit un verre d'eau, regrettant qu'il ne s'agisse pas de whisky. Il redressa sa cravate, rentra sa chemise dans son pantalon et enfila sa veste. Le dossier Murray-Walters refaisait surface après toutes ces années.

Le journal du matin était posé sur son bureau. On y voyait une photo de Philip Heider, au bras du président. Il était pressenti comme ministre de la Justice. Quel effet la réapparition de William Holloway aurait-elle sur sa carrière ? Aucun, sans doute, songea Caproni avec amertume. Heider était de ces êtres indestructibles qui puisent leur force dans la corruption et dégoûtent la plupart des gens. D'ailleurs, il avait effacé toutes les traces. Grâce à lui et à Schindler, il n'existait plus aucune preuve. Seulement des ombres et des murmures.

De toute façon, Heider n'était pas vraiment responsable de ce qui s'était passé. Depuis le début, c'était Roy Schindler. Dans les années qui suivirent la conclusion dramatique du procès de Bobby Coolidge, Caproni avait cherché à savoir s'il y avait du vrai dans les rumeurs horribles qui avaient couru sur Schindler. Mais il s'était heurté à un mur de silence. Schindler était trop respecté dans son service pour être crucifié par un manque de loyauté.

Caproni, avec ses relations, aurait peut-être pu découvrir la vérité en faisant des efforts, mais son reflet dans le miroir le fixait d'un air réprobateur, lui rappelant que lui, autant que les autres, était responsable de ce qui était arrivé. A un moment donné, il aurait pu prendre une décision qui aurait fait la différence. Mais il n'en avait pas eu le courage. Peut-être n'avait-il jamais vraiment voulu connaître la vérité. Toute la culpabilité et les doutes accumulés dans son esprit pesaient de nouveau sur ses épaules. Ce fardeau l'épuisait déjà. Il s'affaissa dans son fauteuil.

Pat Kelly, le premier enquêteur de Caproni, entra dans le bureau. L'homme frêle et craintif qui l'accompagnait n'en menait pas large. A côté de Kelly, Weaver avait l'air d'un enfant qui semblait à peine pouvoir tenir debout. Dès que les présentations furent faites, il l'invita à s'asseoir.

– Monsieur Weaver, je crois comprendre que vous êtes un ami de William Holloway ?

– Willie, vous voulez dire ? Oui, monsieur. On est revenus. Je l'ai rencontré quand il a perdu sa jambe.

– Il a perdu une jambe ? Je l'ignorais.

– Il a eu un accident horrible. Ça lui a même esquinté la tête, ajouta-t-il en désignant son crâne. Mais il est pas méchant et il ferait pas de mal à une mouche, je vous le garantis.

– Pourquoi me dites-vous cela ?

Louis baissa les yeux.

– C'est pour ça que je suis venu. A Fort Worth, Willie s'est lancé dans la religion. Depuis, il parle tout le temps de son âme et du péché horrible qu'il a commis. Mais j'ai jamais trop compris ce qu'il voulait dire. Après, il est tombé malade et il parlait plus que de revenir à Portsmouth pour vous voir.

– Où se trouve Willie ?

– Au Cordova, sur la 10ᵉ rue.

Caproni connaissait cet hôtel depuis son passage dans la police. Depuis, il avait changé de nombreuses fois de direction, mais il était resté ce même établissement miteux qui hébergeait alcooliques, marginaux et vieillards.

– De quoi souffre-t-il ?

Louis tripota nerveusement le bord de son chapeau. La question de Caproni lui faisait penser à Willie, qui toussait, crachait et gémissait dans son enfer.

– Je crois qu'il va mourir.

– Il a vu un médecin ?

Louis secoua la tête.

– On n'avait pas assez d'argent. J'ai dépensé mes derniers dollars pour la chambre. Et quand je lui parlais de l'hôpital, il s'énervait. Tout ce qu'il veut, c'est vous voir et soulager son âme.

Caproni chargea sa secrétaire d'envoyer un médecin au Cordova. Puis les trois hommes prirent l'ascenseur et gagnèrent le hall. Kelly courut sous la pluie pour chercher la voiture tandis que Weaver et Caproni l'attendaient à l'abri.

– J'espère que Willie n'aura pas d'ennuis, monsieur Caproni. On est copains depuis pas mal de temps. Je sais qu'il a fait deux ou trois conneries. Tous les deux, on a piqué une bouteille par-ci par-là. Mais je l'ai jamais vu faire quelque chose de grave.

Caproni glissa les mains dans les poches de son pardessus. Il regarda en direction des arbres enneigés. Le parc occupait tout un bloc, en face du palais de justice. Il était petit et, en été, surpeuplé et sale. L'hiver l'avait vidé, drapant ses pauvres arbres et sa pelouse d'un manteau immaculé. Mais si la nature avait la capacité de transformer un lieu sordide et sale en un paysage merveilleux, Caproni n'ignorait pas que la saleté persistait sous la neige.

Comme dans le dossier Murray-Walters. Les années avaient aplani les doutes et les interrogations, mais il restait de la crasse. Caproni n'avait jamais oublié Schindler et Heider. Il s'en était toujours voulu d'avoir manqué de courage au moment de choisir entre sa carrière et la vie d'un homme.

– Willie n'aura pas d'ennuis, j'espère ? répéta Louis.

Pat Kelly approcha au volant de la voiture.

– Je n'en sais rien, monsieur Weaver, répondit Albert Caproni en s'élançant sous le tempête.

II

LA MORT

1

Elaine Murray était si anxieuse que son rouge à lèvres déborda un peu. Elle unifia la couche de « Passion tahitienne » avant de s'essuyer la joue à l'aide d'un mouchoir en papier.

– Merde, murmura-t-elle en constatant que le cosmétique résistait.

La jeune fille se mit à rire. Elle aimait jurer dans l'intimité de sa chambre ou en présence de ses camarades, ce qui provoquait toujours chez elle un gloussement nerveux. Ses parents, très stricts, réprouvaient toute grossièreté.

Satisfaite de sa coiffure, la jeune fille tapota ses cheveux auburn. Richie, qui aimait leurs reflets dorés, les trouvait même flamboyants.

Elle se regarda dans le miroir fixé sur la porte de son placard. Prenant une pose, elle sourit face à son corps svelte et ferme. Grâce à la gymnastique, elle avait le ventre plat et la taille fine. Ses seins, en revanche, lui firent froncer les sourcils. Bien que superbes, ils étaient un peu petits. Or les hommes préféraient les grosses poitrines. Pourvu que Richie ne se détourne pas d'elle à cause de ça... Elle songea un instant rembourrer son soutien-gorge mais rejeta bien vite cette idée. Ce soir était le grand soir, elle le sentait, et pas question de tromper le jeune homme sur la marchandise. De plus, en vrai gentleman, Richie n'oserait pas lui faire remarquer la supercherie. Même si, en un sens, cela constituerait l'un de leurs secrets... peut-être pour toujours.

Pour toujours ! Les yeux fermés, Elaine s'allongea sur son lit. Elle s'imagina mariée avec Richie. Bien sûr, ce ne serait pas pour tout de suite. Ils n'étaient même pas fiancés. Mais à partir de ce soir...

Elaine préféra ne plus y penser. Et si elle se trompait ? S'il ne lui demandait pas d'être sa petite amie officielle ? Ils ne se fréquentaient que depuis un mois. Une éternité. Jamais elle n'avait été aussi heureuse. Richie Walters était son prince charmant.

Elaine avait tout de suite eu le béguin pour lui, mais Richie ne l'avait remarquée que l'été précédent. Ils travaillaient alors tous deux à l'Empire Department Store, un grand magasin. Au début, il lui parlait pendant les pauses ou en passant dans son rayon.

Elaine avait obtenu ce petit boulot d'été grâce à son père, le Dr Harold Murray, qui connaissait le directeur. Richie avait trouvé cet emploi par le même biais. Ils avaient plaisanté sur le fait qu'ils étaient tous deux riches et pistonnés. Mais Richie aurait pu décrocher seul n'importe quel emploi. Il était très beau, avec ses boucles blondes, ses yeux bleus et son nez parfait. Et c'était un garçon intelligent, réfléchi. Richie savait tout. En automne, il avait même apporté son aide à la campagne du président Kennedy et avait rencontré le président lors de son passage à Portsmouth.

Le jeune homme avait posé sa candidature dans de nombreuses universités. Il était si brillant qu'il serait certainement accepté partout. Elaine espérait qu'il choisirait State, comme elle. Ce serait dommage de se lancer dans une histoire sérieuse et de se retrouver éloignés peu de temps après. Certes, elle lui resterait fidèle mais... C'était reparti ! Richie ne lui avait encore rien demandé ! Frank Coppella, un camarade de football de Richie, son meilleur ami, avait confié à Wendy Blair que Richie pensait officialiser avec Elaine, et qu'il avait eu un comportement étrange toute la semaine.

Elaine s'assit de nouveau devant sa coiffeuse pour se maquiller les yeux. Tournant la tête de gauche à droite, elle se trouva jolie. Pas aussi belle qu'Alice Fay, la reine de la promo de l'année dernière, mais jolie. Bien des garçons partageaient cette opinion : Elaine, qui supportait l'équipe de football et évoluait dans le sillage d'Alice, ne faisait jamais tapisserie.

Elle enfila une culotte blanche et un soutien-gorge, un pantalon corsaire marron, un chemisier blanc et un pull de ski rouge et noir. C'était un hiver un peu particulier. Thanksgiving était passé et pourtant il ne faisait pas encore très froid. Ce temps doux convenait à Elaine.

En vérifiant sa tenue, elle remarqua que l'un des boutons de son chemisier était défait. Elle le reboutonna en frissonnant. Fermant les yeux, elle imagina les doigts de Richie dégrafer très lentement son corsage. Soudain, elle eut la bouche sèche et l'estomac noué. Le contact de ses mamelons durcis avec le fin tissu du soutien-gorge la troubla.

En dépit de ses bonnes manières, Richie exprimait les désirs de tout homme. Au cours d'une discussion sur la sexualité, la mère d'Elaine avait recommandé à sa fille de s'accrocher à sa virginité car, en se montrant trop libre, elle perdrait le respect des garçons. Elaine suivait ce conseil, même si cela commençait à lui peser. Quand elle se trouvait dans les bras de Richie et qu'il lui caressait le bas du dos, elle brûlait d'envie de s'abandonner. Mais elle se félicitait de ne pas lui avoir encore cédé. Une femme devait se réserver pour son mari. Il suffisait d'entendre avec quel mépris les garçons parlaient d'Eleonor Strom. Elaine prit cependant une décision. Ce soir, si Richie lui demandait d'être sa petite amie officielle, elle le laisserait lui caresser les seins. Ce ne serait que justice. Et il aurait une bonne raison supplémentaire de rester avec elle...

La jeune fille consulta la pendule. Vingt heures passées. Il n'allait pas tarder. Elle enfila une paire de tennis et inspecta une nouvelle fois sa tenue. En bas, le carillon de la porte retentit.

Dans les toilettes du restaurant Bob's Hamburger Heaven, Bobby Coolidge admirait son reflet dans le miroir. Avec application, il peigna ses épais cheveux noirs et gominés. Il les plaqua d'abord en arrière, laissant une petite queue se former sur sa nuque. Il inspecta le résultat. Parfait. Il façonna ensuite une banane au milieu de son front. Elvis Presley n'aurait pas fait mieux.

— Passe-moi ton peigne quand t'auras fini, lança son frère Billy en remontant la braguette de son jean moulant.

— Une seconde ! protesta Bobby.

Bobby redressa une mèche de travers. Enfin satisfait, il rinça le peigne et le tendit à son frère. Billy se plaça à son tour devant la glace tandis que Bobby, appuyé contre le mur des toilettes, sortait une cigarette de la poche de son blouson de cuir noir.

— Qu'est-ce que tu as envie de faire, ce soir ? demanda-t-il.

– J'en sais rien. Et toi ?
– En tout cas, pas question de m'éterniser dans cette taule. Cette Dolores se fait un peu trop pressante.
– La serveuse pleine de boutons ? Billy vit son frère hocher la tête. Tu sais ce qu'on raconte sur elle, Bobby ? Selon Harry Capri, elle suce.
– Eh bien ! moi, j'ai de la classe. Je suis pas comme Harry Capri. Tu as vu les tocards avec qui elle sort !
– Écoute, Capri raconte qu'elle suce en chantonnant et qu'elle te fait jouir à la dernière note.
– T'es vraiment un gros dégueulasse.
Billy haussa les épaules.
– Je mentirais à mon propre frère ?
– Si elle est si chaude, pourquoi tu ne l'as pas draguée ?
– Elle est trop moche. Les moches, je te les laisse.
Bobby se mit à rire. Les frères Coolidge étaient inséparables. Ils se battaient ensemble et sautaient les mêmes filles. Il inspira une bouffée et imagina Dolores en train de le sucer. Non, il ne pouvait pas. Jamais il ne serait obsédé à ce point.
Billy se redressa et rendit son peigne à Bobby.
– Tu ne m'as pas répondu.
– A propos de quoi ?
– Qu'est-ce qu'on fait ?
– J'en sais rien, déclara-t-il en haussant les épaules. On pourrait s'incruster à la soirée d'Alice Fay.
– Alice donne une soirée ? demanda Bobby avec intérêt.
– D'après Roger, oui. On n'aura qu'à lui poser la question en revenant à table.
Billy poussa la porte des toilettes. Ils se frayèrent un chemin parmi les tablées d'adolescents. Roger Hessey et Esther Freemont finissaient leur hamburger. Comme à son habitude, Esther en était à son deuxième milk-shake. En regardant la jeune fille, Bobby se gratta distraitement l'entrejambe. Esther avait de gros seins. Et Bobby aimait les gros seins. En plus, elle était plutôt mignonne. N'empêche qu'elle couchait avec n'importe qui. De l'avis personnel de Bobby, un beau mec comme Hessey méritait bien mieux. Et puis, Esther était une emmerdeuse.
A la façon dont elle le regardait, Bobby comprit qu'il pourrait la sauter s'il le voulait. Mais cette conne ne l'intéresserait pas très

longtemps. Et il ne supporterait pas ses scènes lorsqu'il l'enverrait sur les roses. En outre, Esther lui faisait un peu peur. Elle avait sauvagement griffé un type de Stuyvesant qui lui avait demandé quelque chose de bizarre à un moment où elle n'était pas d'humeur. Bobby redoutait ce genre de mésaventure. Non, vraiment, mieux valait oublier cette Esther. Alice Fay et Elaine Murray, voilà des filles classe. Dommage qu'elles soient aussi coincées. Il aurait bien aimé tringler l'une des deux.

– Dis donc, Roger, Alice Fay organise une fête, ce soir ? demanda Billy.

– Ouais, pourquoi ?

– J'sais pas. Bobby et moi, on pensait s'incruster.

– Vous n'êtes pas invités, rétorqua Roger.

– Je sais, connard. Et alors ?

Roger secoua la tête.

– Vous allez foutre le bordel.

– T'as rien contre un peu d'animation, quand même ? insista Bobby avec un large sourire.

– Non, admit Roger, mais ce soir j'ai pas envie.

– Qui dit qu'on va mettre le bordel ? intervint Billy. Je voulais seulement aller à une soirée, pas foutre le bordel.

– Un de ces mecs sportifs qu'elle fréquente s'en chargera s'il vous voit.

– Les sportifs sont des lâches, pas vrai, Bob ?

Bobby hocha la tête en signe d'approbation.

– Alors vous irez sans moi, déclara Roger.

– Oh, Roger, on y va, dis ? J'ai envie de voir la maison d'Alice Fay, implora Esther.

– Pourquoi tu voudrais voir sa maison ? Ce n'est qu'une sale baraque de riches pourris.

– Je sais, mais ça me plairait. On y va, dis ?

– Je t'ai déjà répété mille fois que je n'irais jamais à une fête si je ne suis pas invité. De toute façon, Alice Fay est complètement coincée du cul.

– Moi, je lui mettrais bien quelque chose dans le cul ! intervint Billy.

– Arrête un peu tes conneries ! gronda Esther.

Billy se contenta de sourire.

– Écoute, déclara-t-il, moi, j'y vais. Qui vient avec moi ?

— Moi ! s'exclama Bobby.
— Moi, je rentre, annonça Roger.
— Je peux vous accompagner, les gars ? implora Esther.

Bobby regarda Billy. Ils n'avaient guère envie d'emmener la jeune fille, mais, s'ils acceptaient, Roger les suivrait sans doute pour ne pas perdre la face.

— Bien sûr, Esther, viens avec nous.

Roger baissa les yeux vers son assiette.

— Bon, dans ce cas, je vous suis.
— Tant mieux ! Je savais que t'étais pas un dégonflé.
— Qui est un dégonflé ? demanda Roger.

Les deux frères se mirent à rire.

— Personne, mon vieux ! On te charriait.
— Ouais, Roger. Tout le monde sait que tu t'y connais en matière de bagarre.
— Tu es presque aussi impressionnant que ça, ajouta Billy en actionnant sous la table son couteau à cran d'arrêt.

Par le passé, son arme lui avait été bien utile. Bobby sourit en songeant à la fois où ils étaient au cinéma. Derrière eux étaient installés deux jeunes Noirs très bruyants et Bobby détestait les nègres, comme il les appelait. Les deux frères faisaient partie de la bande des Cobras, qui se rendait de temps à autre dans un quartier noir de la ville et s'amusait à terroriser une ou deux victimes. Cette fois-là, au cinéma, ils n'étaient que tous les deux. Poliment, Bobby leur avait demandé de la fermer, mais ils avaient continué leur vacarme, se permettant même de critiquer les Blancs. L'un des Noirs s'était ensuite penché vers Billy et lui avait murmuré à l'oreille qu'il l'attendrait dehors à la fin du film pour lui en coller une. Bobby voulut se retourner mais il sentit aussitôt la main de son frère sur son genou. Il vit Billy sortir son couteau à cran d'arrêt de sa poche. Les lèvres du Noir touchaient presque l'oreille de Billy. Dans la pénombre, le Noir vit surgir le couteau, mais trop tard. La lame jaillit et s'enfonça dans le nez du jeune homme. Celui-ci se mit à crier de douleur tandis que le sang jaillissait de sa narine blessée. Billy se leva en hurlant à son tour. Les deux Noirs prirent leurs jambes à leur cou. Billy aimait conclure son récit en affirmant que c'était la première fois qu'il avait vu des nègres pâlir.

Esther termina son milk-shake pendant que Roger réglait l'addition. Il fut décidé que Roger et Esther suivraient les

Coolidge, qui savaient où habitait Alice. Bobby se sentait bien. Il allait se passer quelque chose, ce soir-là. Il sentait son ventre se crisper, comme avant une bagarre ou un rendez-vous galant. L'horloge de la cafétéria indiquait 20 h 05.

Richie Walters gara sa Mercury 1955 devant la maison d'Elaine Murray. Richie adorait sa voiture, imbattable dans une course de vitesse et qui tranchait avec son caractère introverti. Tout le lycée en parlait. Avant de descendre, il vérifia son apparence dans le rétroviseur. Il avait passé du Clearasil sur un bouton d'acné apparu sur son menton et voulait s'assurer du résultat. Le bouton était presque invisible sous la crème teintée. Richie sourit. Il était beau. Ce n'était pas une soirée comme les autres et il souhaitait paraître à son avantage.

Dehors, il commençait à faire assez froid. Richie glissa les mains dans les poches de sa veste et se dirigea vers la maison, à la fois heureux et anxieux. Jamais il n'avait proposé à une fille d'avoir une relation suivie et cette perspective l'effrayait quelque peu. Malgré son charme et sa popularité, Richie était mal à l'aise avec les filles. Quand il avait commencé à sortir avec Elaine, tout avait changé. Avec elle, il se sentait bien. Elaine riait à ses plaisanteries et à ses remarques incisives. Et elle semblait prête à accepter ses avances sexuelles... Chaque fois qu'il l'embrassait ou l'étreignait, Richie perdait le contrôle de lui-même. Elaine se laissait caresser mais l'arrêtait avant qu'il n'aille trop loin. Il ressentait toujours en la quittant un mélange de frustration et de bonheur.

Cette soirée marquerait une étape décisive dans leur relation. Richie y avait longuement réfléchi avant de se décider. Le plus gros problème surviendrait en septembre prochain. Richie était fou d'Elaine mais elle n'était pas aussi brillante que lui. Elle avait envoyé des dossiers de candidature à State et à d'autres établissements de la région. Lui voulait s'inscrire dans une université de la Ivy League sur la côte Est. State, son dernier choix, ne l'intéressait guère.

Il n'aurait aucun mal à décrocher une place dans une université prestigieuse. Outre ses excellentes notes, il se distinguait dans trois disciplines sportives, dont le base-ball. Son entraîneur affirmait même qu'il jouerait en équipe première. Quelques écoles lui avaient déjà proposé des bourses de sport-études, que

Richie avait refusées. Il voulait bien pratiquer un sport, mais ses études passaient avant tout. Il avait écouté avec attention les propos de John Kennedy durant sa campagne pour les présidentielles. Celui-ci avait notamment évoqué le service public et les défavorisés. Richie était issu d'un milieu privilégié et il voulait aider ceux qui n'avaient pas eu sa chance. Il ignorait encore s'il opterait pour la médecine, le droit ou la science. Quoi qu'il en soit, il voulait se mettre au service des autres.

En sonnant à la porte, il regarda sa chevalière. A partir de ce soir, il ne la porterait plus. Du moins, si Elaine acceptait ce présent. L'espace d'un instant, il eut peur. Et si la jeune fille le rejetait ? Non, elle n'en ferait rien. Elaine éprouvait des sentiments à son égard.

Il entendit des pas dans le couloir et leva les yeux. C'était une belle nuit claire. Il avait plu dans la journée mais le ciel était à présent limpide et étoilé. Une soirée romantique. Richie avait tout prévu. D'abord, il emmènerait Elaine au cinéma. Alice Fay les avait invités chez elle mais le cinéma lui paraissait plus intime. Ensuite, ils regagneraient le centre-ville où ils dîneraient. Enfin, ils se rendraient à Lookout Park. Là, il lui ferait sa déclaration.

Mme Murray l'invita à entrer. Il l'aimait bien car elle était toujours de bonne humeur. Richie lui fit des compliments sur sa tenue. Elle le remercia et appela Elaine.

Myron Krauss était venu en ville pour vendre du matériel. Mais les affaires n'étaient plus aussi florissantes qu'avant, ne cessait-il de répéter à qui voulait l'entendre dans le bar. A quarante-huit ans, Myron était obèse et perdait ses cheveux. Il vivait à Minneapolis avec sa femme et ses trois enfants. Au bout de vingt-cinq ans de mariage, il les trouvait tous ennuyeux.

Myron était ennuyeux, lui aussi. Peut-être une des raisons pour lesquelles aucun consommateur n'était disposé à l'écouter. Au bout d'un moment, il en eut marre et décida de changer de bar. En descendant de son tabouret de cuir rouge, il chancela et dut se rattraper au comptoir pour ne pas tomber.

Je suis un peu pompette, songea-t-il. Mais il n'était pas saoul. Myron était fier de bien tenir l'alcool. Quand il émergea dans la fraîcheur de la nuit, deux jeunes gens vêtus d'un blouson noir et d'un jean moulant lui emboîtèrent le pas. Comme Elvis Presley, ils avaient les cheveux gominés.

Le vent se leva. Ils enfilèrent des gants de cuir et suivirent le vendeur éméché. Les deux jeunes gens minutèrent parfaitement leur agression. Au coin de la rue, Ralph Pasante posa les mains sur les épaules de Myron, qui trébucha et tomba, trop saoul pour comprendre ce qui lui arrivait. Il paraissait plus désorienté qu'effrayé. Willie Holloway, qui s'attendait à ce qu'il chute, se pencha et frappa aussitôt l'homme au plexus solaire. Le souffle coupé, Myron ouvrit la bouche, comme un poisson hors de l'eau. Willie le laissa gigoter encore une seconde puis lui enfonça les doigts dans le nez aussi loin qu'il le put. Il entendit un craquement d'os et sentit le sang couler. C'était une sensation agréable. Ralph donna un coup de pied dans les parties génitales de Myron, dont la tête heurta violemment le trottoir. Ensuite, ils fouillèrent les poches de leur victime inconsciente et lui dérobèrent son portefeuille, sa montre et ses chevalières, puis ils s'enfuirent en courant. Leur voiture les attendait un peu plus loin, dans une autre rue.

Au bout de quelques centaines de mètres, ils se garèrent. Willie compta l'argent.

– Combien ?

– Cent soixante dollars et des poussières, répondit Willie d'un ton neutre.

Ces agressions faciles ne les excitaient plus comme avant, sauf lorsque la victime leur résistait. Alors, ils s'amusaient vraiment. Willie adorait frapper un homme courageux. Il se sentait plus fort. Le type de ce soir était un tocard. En le voyant exhiber ses billets, au bar, Willie avait compris qu'il ne se débattrait pas.

– Qu'est-ce qu'on fait, maintenant ? demanda Ralph.

Willie s'humecta les lèvres. Ses deux bières l'avaient mis d'humeur guillerette. Pendant qu'ils guettaient Myron, il avait rêvé d'une femme : la femme idéale, celle qui venait vers lui, la nuit, quand il était seul. Une blonde aux longues jambes qui se prosternait à ses pieds. Parfois, il la frappait. Parfois, il lui donnait du plaisir.

– J'en sais rien, répondit Willie avec désinvolture. On pourrait se balader en ville. Il est presque 22 h 30. Les gens vont bientôt sortir du cinéma.

Ralph sourit, devinant les intentions de Willie. Le film du vendredi soir attirait toujours les lycéennes. Le jeune homme prit donc la direction du centre de Portsmouth.

Bobby Coolidge gara sa voiture devant la maison d'Alice Fay, une construction moderne de trois étages, au milieu d'un parc de plusieurs hectares dans une banlieue résidentielle de Portsmouth. Les parents d'Alice, en vacances à Hawaï, lui avaient confié la maison. Bobby et Billy inspectèrent leur coiffure dans le rétroviseur. Bobby percevait les percussions d'un groupe de rock et distinguait les silhouettes des danseurs. Il ordonna à son frère de se dépêcher. Billy remonta la fermeture à glissière de son blouson.

La voiture de Roger s'arrêta derrière eux. Ensemble, ils gagnèrent le porche. Qu'importe s'ils n'étaient pas les bienvenus. La plupart des invités étaient des connards, des intellos, bref, des gens que la simple présence des Coolidge mettait mal à l'aise. Cette sensation procurait à Bobby un certain plaisir.

Il frappa brutalement à la porte. Un garçon vêtu de blanc leur ouvrit. En les reconnaissant, il s'assombrit. Il s'agissait d'Arnie Kalus, un robuste footballeur qui, comme tous ceux de son espèce, avait peur de se battre. En première année, Billy l'avait obligé à lui verser de l'argent en échange de sa protection. Depuis, Arnie évitait les frères Coolidge.

– Salut, Arnie, déclara Billy poliment. Ça se passe bien ?
– Tiens, Bob ! répondit Arnie avec un enthousiasme feint.

Les quatre jeunes gens se dirigèrent vers un coin de la pièce. Les remous suscités par leur arrivée ne leur avaient pas échappé. Billy et Bobby s'en réjouissaient.

Le salon était vaste. La famille d'Alice était pleine aux as. Quant aux invités, proprets, habillés à la dernière mode, Bobby les détestait. Il trouvait injuste que tout leur tombe du ciel, à ces petits cons, alors que son frère et lui devaient trimer comme des bêtes. C'était comme ça depuis la mort de leur père. Ils vivaient chichement et regardaient leur mère picoler.

Billy balaya le salon du regard. En voyant Alice Fay et Tommy Cooper près d'un saladier rempli de punch, il s'immobilisa. Alice sortait avec Tommy, qui la tenait par l'épaule comme si elle lui appartenait. Billy ressentit un mélange de colère et de désespoir. Jamais il ne sortirait avec une fille comme Alice, grande, mince et riche. Avec ses yeux pétillants, ses dents blanches et ses gros seins, elle représentait la perfection même. La nuit, Billy fantasmait sur elle. Mais ce n'était qu'un rêve. Alice et ses copains étaient tous des nantis. Après le lycée, ils iraient à l'université et considéraient sûrement Billy et Bobby comme des moins que rien à l'avenir obscur et morose.

Alice éclata de rire en regardant Tommy. Billy le haïssait. Il était non seulement beau mais aussi intelligent. Un véritable cerveau. Grand, les cheveux noirs coupés en brosse, il était bronzé, même en hiver, et portait fièrement un pull de marque sur une chemise à carreaux.

Bobby remarqua la façon dont son frère contemplait Alice. Bien que Billy ne lui en ait jamais parlé, il était au courant de son béguin pour la jeune fille.

– Elle est pas mal, Alice, hein? déclara Bobby.

– Ouais, pas mal.

– Je me la ferais bien, pas toi, Roger?

Roger eut un regard mauvais.

– Arrêtez! ordonna Esther. On ne devrait pas être ici. Alors inutile de foutre le bordel.

Arnie, qui avait rejoint Alice et Tommy, prononça quelques mots en esquissant un geste en direction des nouveaux venus. Cooper se tourna vers eux et fronça les sourcils.

– Je ne l'aime pas, ce connard, déclara Billy.

– Moi non plus, renchérit Bobby.

– Tu veux qu'on s'amuse un peu?

– Écoute, les interrompit Roger, je ne veux pas d'emmerdes. En plus, je vous signale qu'on est en minorité.

– Qui parle d'emmerdes, Roger? répondit Billy avec un large sourire. On est là pour rigoler.

– Je te connais, Billy. Écoute, Esther, je me sens mal à l'aise ici. Je rentre chez moi.

La jeune fille regarda Roger puis les Coolidge. Roger était son petit ami, mais il se comportait comme un lâche.

– S'il te plaît, Roger, on reste! implora-t-elle.

– J'ai dit non. Allez, viens.

– Tu ne veux jamais t'amuser! J'ai envie de rester.

– Pas moi.

Roger se dirigea vers la porte et Esther le suivit. En franchissant le seuil, ils se disputèrent à voix basse. Cinq minutes plus tard, Esther réapparut, en larmes.

Merde, songea Bobby. Ils se retrouvaient coincés avec Esther pour la soirée. Roger et elle ne cessaient de se chamailler. En général, Roger finissait par gifler la jeune fille qui se mettait à pleurer.

— Ce salaud m'a laissée tomber, gémit-elle.

— Ne t'en fais pas. On te ramènera chez toi, assura Bobby.

Il observait attentivement Cooper qui discutait dans un coin avec deux costauds.

— Je vais chercher du punch, déclara Billy.

Bobby suivit son frère vers le buffet. Billy se servit un verre et grignota des chips. Les autres l'ignoraient, échangeant quelques commentaires sur un ton prudent. Bobby vit Cooper s'approcher d'eux. Il s'interrogea sur l'attitude à adopter. Toute la journée, il avait eu envie d'une bonne bagarre. A présent, il n'était plus aussi sûr de vouloir se battre.

— Salut, Alice, lança Billy.

— Bonjour, Billy, répondit-elle d'un ton pincé.

— Sympa, ta fête.

Avec un sourire forcé, Alice s'éloigna. Tommy Cooper lui murmura quelques mots à l'oreille. Derrière lui se tenaient quatre garçons à la mine décidée. Bobby connaissait deux d'entre eux qui fréquentaient le lycée. Alice était visiblement énervée. Bobby l'entendit cependant déclarer qu'« elle ne voulait pas de problèmes ». Tommy et ses copains s'approchèrent des deux frères.

— Coolidge, Alice me signale qu'elle ne t'a pas invité.

Billy, qui se servait un autre punch, tournait volontairement le dos à Cooper.

— C'est vrai. On a entendu parler de cette fête alors on a décidé d'y faire un saut.

— Et si vous partiez, maintenant ?

Billy se retourna, souriant. Bobby connaissait ce sourire. Il recula de deux pas.

— Et toi, si tu allais te faire foutre ?

Cooper parut hésiter. Le silence s'installa dans la pièce.

— Écoute... commença Cooper.

L'un des garçons que Bobby ne connaissait pas s'était posté à côté de Tommy. Mince et musclé, les cheveux coupés en brosse, il ressemblait à Cooper et dépassait lui aussi le mètre quatre-vingts. L'autre inconnu, un garçon obèse, les dépassait tous d'une tête.

— On arrête de discuter, ordonna le garçon qui ressemblait à Tommy. J'en ai assez entendu sur ce petit con. A présent, vous foutez le camp tous les deux ou je vous balance mon poing sur la gueule.

— Tu ferais mieux d'obéir, Billy. C'est mon frère. Il est dans l'armée.

Le coup de pied de Billy atteignit l'entrejambe du frère de Tommy. Tandis qu'il se pliait en deux en hurlant de douleur, Bobby lui envoya une droite sur la tempe. Les autres étaient trop étonnés pour réagir. Profitant de l'effet de surprise, Billy brisa son verre sur le visage de Tommy puis le frappa à l'abdomen.

Le gros fut le premier à bouger. Étonnamment preste, il assena une droite meurtrière à Billy, le projetant sur le buffet. Bobby frappa à son tour, mais sans effet. Les deux autres costauds le plaquèrent alors sur le sol avant qu'il ne se ressaisisse et se contentèrent de le maintenir à terre.

— Il a un couteau ! s'exclama quelqu'un.

Bobby ne voyait pas grand-chose de la scène. Le garçon obèse apparut dans son champ de vision puis il entendit son frère crier.

— Approche, enculé ! Je vais t'ouvrir le ventre, moi !

— Arrêtez ! cria Alice Fay.

— Tu lâches mon frère et on se tire de cette soirée de merde !

— Laissez-le se relever, implora Alice.

Les deux garçons obéirent.

Billy tournait le dos au buffet, couteau à la main. Le gros brandissait un tesson de bouteille de Coca.

— On se casse, fit Bobby.

Les invités leur cédèrent le passage. Esther se trouvait déjà sous le porche, terrifiée. Ils quittèrent les lieux. Esther monta à l'arrière. Billy démarra, le visage tendu. Bobby voyait une veine gonflée battre sa tempe.

— Les connards ! lança Billy d'un ton sec. J'aimerais bien qu'ils me traitent comme un être humain, ces enculés, ces trous du cul, juste une fois !

— Tu l'as bien cherché, intervint Esther.

Billy pila et se retourna vers elle. Il tendit un index menaçant sous les yeux écarquillés de la jeune fille.

— Toi, ta gueule, ou je t'en colle une ! T'aimerais bien être une de ces petites bourgeoises, hein ? C'est qu'une bande de limaces qui vit grâce au fric de papa. Ils valent pas un rond, ces trous du cul. Un jour...

Sa voix se perdit dans la nuit. Sur le tableau de bord, l'horloge indiquait 22 h 25.

Elaine Murray inspecta une dernière fois sa coiffure et son rouge à lèvres dans le miroir des toilettes du Paramount. Elle avait trouvé cette excuse pour quitter un instant Richie et reprendre son souffle. Flottant sur un nuage, Elaine n'avait déjà plus aucun souvenir du film. Elle ne se rappelait que les bras puissants de Richie et la passion de ses baisers. Ils s'étaient installés au dernier rang du balcon. Le film à peine commencé, elle avait senti son bras se poser sur ses épaules.

Il s'agissait de *Midnight Lace*, avec Doris Day et Rex Harrison, un polar dont l'action se situait à Londres. A un moment critique, elle se blottit contre Richie. Ensuite, il l'embrassa, encore et encore. Elle le laissa même glisser une main sous son pull.

Leurs langues se trouvèrent. Elle sentait les doigts de Richie sur ses seins, à travers le tissu du soutien-gorge. Elle avait perdu le contrôle de la situation. Vers la fin du film, quand il lui murmura qu'il l'aimait, elle faillit pleurer. Puis les lumières se rallumèrent. Elle partit alors se rafraîchir. Dans les toilettes, elle s'attarda jusqu'à ce qu'elle se sente plus calme.

Richie l'attendait dans le hall, heureux, ne sachant trop que dire après cette déclaration d'amour. Main dans la main, ils quittèrent le cinéma. Les trottoirs grouillaient de promeneurs. Dans les rues encombrées, les moteurs vrombissaient au milieu d'un concert de klaxon.

Malgré la fraîcheur du soir, Elaine et Richie marchèrent lentement. Une bande de jeunes se tenait à côté de la voiture de Richie. Elaine reconnut Matt Shaw et Rudy Pegovich. Ils bavardèrent quelques instants. Puis ils prirent congé et Richie lui ouvrit la portière de sa voiture. La jeune fille était fière de rouler dans ce véhicule dont tout le lycée parlait. Elle n'y connaissait pas grand-chose mais savait qu'aucune autre voiture ne pouvait l'égaler. Plusieurs fois, Elaine avait participé à des courses de vitesse avec lui. L'audace de Richie l'enthousiasmait.

Dès qu'il se mit en route, elle se blottit contre lui.
– Tu veux manger quelque chose ? s'enquit-il.
– Non, je n'ai pas faim, répondit-elle d'un ton rêveur.

La douceur de sa voix ne fit qu'exciter davantage le jeune homme. Il glissa une main autour des épaules d'Elaine, tenant le volant de l'autre. Arrêté à un feu rouge, il l'embrassa encore.

– Et si on allait à Lookout Park ? suggéra-t-il, sachant ce qu'elle allait répondre.

Sans un mot, elle se blottit contre lui. Richie quitta le centre-ville et s'engagea sur Monroe Boulevard. Il se dirigea vers ce vaste espace boisé que tout le monde surnommait le rendez-vous des amoureux. Le parc offrait plusieurs coins isolés où les promeneurs batifolaient en paix à la nuit tombée.

– Il fait si bon, ce soir, Richie, murmura-t-elle.

Il eut envie de lui dire qu'elle était belle, mais n'y parvint pas. Malgré l'intimité qu'ils partageaient, il avait la gorge nouée. Il avait si peu d'expérience avec les filles qu'il redoutait de commettre un impair ou, pire à ses yeux, de paraître ridicule. Au cinéma, pour lui dire « je t'aime », il avait dû déployer des efforts immenses pour que sa voix ne tremble pas. En constatant qu'elle acceptait son amour, il avait eu envie de crier sa joie.

Il resserra un peu son étreinte. Elle se serra contre lui et déposa un baiser sur sa joue. En se tournant légèrement vers elle, il sentit le préservatif dans sa poche. Pour la première fois de sa vie, il avait acheté une boîte de Trojan chez un pharmacien narquois. Une expérience stressante. Sans doute moins que celle à venir...

Pourquoi s'en soucier, de ce préservatif ? Elaine était bien trop sage pour aller jusqu'au bout. Et si elle acceptait ? Jusqu'à présent, elle l'avait toujours repoussé, de manière affectueuse mais ferme... Mais c'était avant qu'il ne lui fasse sa déclaration.

Richie se demanda comment il réagirait si elle changeait d'avis. Il n'avait couché qu'avec une seule autre fille. C'était l'année précédente, après leur victoire en championnat. La fille était ivre et il s'était mal débrouillé : il avait joui presque tout de suite. Il s'attendait à mieux. Mais l'amour devait être différent avec une fille que l'on aimait.

A cette heure tardive, Monroe Boulevard était désert. Richie et Elaine remarquèrent la voiture qui s'était arrêtée à leur niveau au moment où elle redémarra, dans un vrombissement de moteur. Il y avait deux hommes à l'avant et une fille à l'arrière. Quand le feu passa au vert, le conducteur fit crisser ses pneus et démarra en trombe. Puis il ralentit, comme pour les attendre. Richie sourit à Elaine, heureux de cette diversion. Elle s'écarta pour lui laisser de la place. Elle l'adorait quand il était ainsi, assis fièrement, un peu penché en avant, la main posée sur le levier de vitesse, le visage concentré à l'extrême.

La Mercury dépassa l'autre voiture. Devant eux, Monroe Boulevard s'étendait à perte de vue, sans un feu sur plusieurs centaines de mètres. L'autre voiture perdit un peu de terrain, puis accéléra pour rattraper Richie. Le jeune homme jeta un coup d'œil dans son rétroviseur. Ils allaient gagner. Mais soudain un grand bruit de tôles froissées se fit entendre. La Mercury partit en travers. Elaine poussa un cri tandis que Richie s'efforçait de garder le contrôle de sa voiture.

– Les salauds ! lança-t-il.

– Que s'est-il passé ?

– Ces connards nous sont rentrés dedans. Je vais leur montrer à qui ils ont affaire.

Devant, l'autre avait ralenti, comme pour défier Richie. Jamais Elaine n'avait vu Richie aussi déterminé.

– Ne les suis pas, implora-t-elle. Laisse-les partir, je t'en prie.

– Personne n'a le droit de me traiter ainsi, répliqua Richie.

Au moment où la Mercury rattrapait son adversaire, celui-ci lui fit un écart. Richie réagit à temps et changea de file. Elaine se mit à hurler. Il y eut un nouveau choc. Cette fois, l'autre voiture dérapa sur une flaque d'eau et partit en tête-à-queue. Bouche bée, Elaine vit par la vitre arrière leur adversaire s'immobiliser dans un crissement de pneus contre un poteau téléphonique. Richie accéléra. Une silhouette vêtue d'un jean moulant et d'un blouson de cuir émergea de la voiture accidentée en titubant.

Tous deux éclatèrent d'un rire hystérique qui leur permit de décompresser.

– Tu as vu ce tête-à-queue ? demanda Richie.

Pour toute réponse, elle l'embrassa, fière d'être sa petite amie.

Ils roulèrent parmi les collines avant de trouver un endroit tranquille où se garer. Un chemin de terre menant à un pré verdoyant partait de la route qui serpentait dans le parc. Richie s'arrêta en bordure du champ et éteignit les phares, laissant cependant le chauffage allumé. Seule la lune les éclairait.

Elaine ôta son manteau qu'elle posa sur le siège arrière. Richie la contempla. Elle n'osait prononcer un mot. Le jeune homme, aussi impressionné qu'elle, se jeta à l'eau.

— Si je t'ai invitée, ce soir, c'est pour une raison très spéciale, déclara-t-il comme il l'avait maintes fois répété.

Ils se faisaient face, il avait posé une main sur la sienne. Le son de sa propre voix lui parut peu naturel et ses paroles artificielles.

— Elaine... veux-tu être ma petite amie ?

Voilà ! C'était dit ! Elaine eut l'impression que son cœur allait exploser. Trop émue pour parler, elle se jeta à son cou et se mit à pleurer. Il l'embrassa alors. Elle entrouvrit les lèvres et leurs langues se trouvèrent. Ensuite, Richie ôta sa chevalière et l'offrit à la jeune fille qui la fit tournoyer entre ses doigts. Le jeune homme lui caressa doucement la joue en l'attirant vers lui. Cette fois, leurs baisers furent plus doux. Elaine s'allongea lentement sur le siège. La main de Richie s'insinua sous son pull. Elle se cambra sans cesser de lui caresser la nuque et l'oreille.

Quand il entreprit de déboutonner son chemisier, Elaine ne résista pas, contrairement aux autres fois. Richie avait le souffle court. Il lui caressa les seins à travers le soutien-gorge puis glissa une main dans son dos. Elle se cambra davantage. Il était ravi de la sentir à la fois émue et offerte.

Jamais un homme n'avait encore caressé ses seins nus. Elle appréhendait cet instant et pourtant se languissait du contact des mains de Richie. Elle voulait être aimée.

Il lui murmurait des mots d'amour, titillant le lobe de son oreille du bout de sa langue. Elaine effleura la jambe du jeune homme, curieuse de ce qu'elle allait découvrir. Soudain, elle sentit une bosse. Timidement, elle ôta sa main, effarouchée.

Sous son soutien-gorge dégrafé, elle sentit les caresses de Richie sur ses mamelons durcis. Elle fut envahie de sensations nouvelles. Son pénis lui paraissait énorme, et si dur ! S'il la pénétrait, ressentirait-elle une douleur ? Qu'importe. Elle voulait être à lui. Elle voulait qu'il la rende folle, comme dans les romans.

Il lui ôta sa culotte.

— Non, lança-t-elle instinctivement en posant une main sur la sienne.

— Mais je t'aime, répondit-il.

Leurs doigts s'entrelacèrent. Il embrassa la main qui avait tenté de le retenir, s'aventura ensuite vers le ventre de la jeune fille, puis plus bas. Il entreprit d'explorer son sexe à travers le tissu. Elle gémissait, semblant prête à tout pour lui.

Soudain, il se redressa d'un bond et regarda par la vitre arrière. Elaine, surprise, écarquilla les yeux.

– Qu'est-ce qui se passe ?
– Il y a quelqu'un dehors, chuchota-t-il.

Elaine prit peur. Sa position ne lui permettait que de voir le plafond. Richie ouvrit la portière, laissant entrer un courant d'air glacial.

– Richie, ne me laisse pas seule, supplia-t-elle.
– Je reviens tout de suite.

Elle perçut d'abord un crissement de pneus sur le gravier. Une portière s'ouvrit et des pas approchèrent. Richie se tenait près de la voiture. La lampe était encore allumée car il avait mal refermé la portière. La jeune fille fut prise de panique. Il ne fallait pas qu'on la surprenne dans cette posture. Toujours allongée sur le siège afin de ne pas être remarquée, elle s'efforça de se rhabiller.

Elle entendit d'abord des éclats de voix, dont celle de Richie. Une fois son soutien-gorge agrafé, elle reboutonna son corsage et se maudit en arrachant un bouton. Dehors, quelqu'un criait. Non, plusieurs personnes. Elaine n'arrivait pas à se rhabiller. Pourtant, elle ne pouvait se montrer dans cette tenue. Ces gens devineraient ce qu'elle... La voiture fut secouée par un choc. Elle vit le dos de Richie plaqué contre la vitre arrière. Puis il disparut dans le noir. La jeune fille se redressa, distinguant mal ce qui se passait.

Alors qu'elle tendait la main pour fermer la portière, Richie se mit à hurler. Elaine se figea. Richie poussa un autre cri, sinistre. Elle l'entendit ensuite qui gémissait. Une voix d'homme lança une bordée de jurons. Elle referma la portière avec précaution. Richie était à genoux, deux hommes en blouson de cuir noir penchés sur lui. L'un d'eux le martelait de coups. Richie criait de douleur.

Il fallait qu'elle sorte. Qu'elle s'en aille. La clé de contact n'était plus sur le tableau de bord. Quelqu'un s'approcha à grands pas de la voiture. En se retournant, elle se mit à hurler.

Il y avait un visage contre la vitre. Des poings martelaient la portière. La vitre vola soudain en éclats. Telle une araignée, une main gantée de cuir noir s'infiltra dans l'habitacle pour saisir la poignée. La jeune fille se recroquevilla contre la portière conducteur. Agrippée au volant, elle ouvrit de grands yeux pleins d'effroi.

– Non... Je vous en prie... gémit-elle.

La portière passager s'ouvrit.

2

Le samedi 26 novembre 1960, à 21 h 30, l'agent de police Marvin Sokol avait déjà assuré la moitié de son service. Quoique d'humeur maussade, il se réjouissait d'avoir gagné cinq dollars. Tom McCarthy, son coéquipier, avait eu la mauvaise idée de miser sur la défaite de l'équipe de la Navy.

Ayant servi quatre ans dans la marine pendant la Seconde Guerre mondiale, Sokol pariait toujours sur la Navy. Or, dans l'après-midi, ses joueurs avaient écrasé ceux de l'Army par 17 à 12.

Le match lui avait un mis un peu de baume au cœur, mais, à présent, gagné par la monotonie de la ronde, il ressassait à nouveau ses idées noires. Sokol avait appris une bien mauvaise nouvelle. Il n'avait jamais eu peur de vieillir. D'ailleurs, il était en pleine forme, malgré ses cinquante ans. Mais le journal du matin avait annoncé que l'émission radiophonique *Amos et Andy* quittait définitivement l'antenne au bout de trente-deux ans de diffusion. La radio avait bercé l'enfance de Sokol. Comme tout le monde, il possédait la télévision mais il écoutait encore la radio et manquait rarement *Amos et Andy*. Son arrêt brutal lui avait fait songer à la mort.

Sokol se tourna vers McCarthy, un jeunot de vingt-deux ou vingt-trois ans. *Amos et Andy* ne signifiait sans doute rien pour lui. McCarthy était au volant et il aimait cela. Sokol, lui, ne tenait pas à conduire. Il appréciait le secteur paisible de Lookout Park dans lequel ils patrouillaient. Le jeune policier engagea le véhicule sur un chemin de terre menant à un pré. Là-bas, ils pourraient s'arrêter cinq minutes, le temps de griller une cigarette. La voiture cahota un peu. Les grands arbres semblaient danser dans la lumière des phares.

— Il y a une voiture, là-bas, non ? déclara Sokol quand McCarthy se fut garé dans l'herbe.

Le jeune homme n'avait rien remarqué.

— Quand tu as tourné, reprit Sokol, j'ai eu l'impression d'apercevoir une voiture au bout du pré.

McCarthy suivit la direction indiquée par son collègue. Une Mercury 1955 stationnait en effet à l'orée du bois. Sa carrosserie rouge ornée de flammes jaunes lui parut familière.

— Sans doute des gosses en train de se bécoter, commenta Sokol avec nostalgie.

McCarthy se mit à rire :

— On leur fait la totale, histoire de rigoler un peu ?

Sokol refusa. Il n'avait pas envie de plaisanter. La Mercury semblait vide. Pourvu qu'ils ne surprennent pas un couple en train de faire l'amour... McCarthy s'arrêta du côté du conducteur puis s'approcha. La vitre passager était brisée. McCarthy dirigea sa lampe torche à l'intérieur. Aussitôt, Marvin Sokol oublia ses états d'âme.

Les assistants du coroner s'efforçaient de dégager le corps du siège avant de la voiture. Gênés par sa rigidité cadavérique, ils durent s'y mettre à plusieurs pour l'extraire de l'habitacle. Schindler détourna le regard. Les doigts tremblants, il alluma une cigarette.

Six ans de carrière dans la police et trois à la brigade criminelle auraient dû aguerrir Schindler à ce genre de spectacle. Cette fois, pourtant, il était bouleversé.

Penché au-dessus du drap en plastique, Harvey Marcus, le coéquipier de Schindler, observait la dépouille maculée de sang. Comment parvenait-il à rester indifférent ? Schindler avait dû se mordre les lèvres pour ne pas flancher devant ce visage en bouillie, ce corps meurtri et sanguinolent.

— Figure-toi que je l'ai vu jouer le jour de Thanksgiving, déclara Marcus. Tous les ans, je vais voir un match au lycée.

— Il jouait bien ? s'enquit Schindler sans raison.

Marcus haussa les épaules :

— Pas mal. Il aurait pu intégrer une équipe universitaire.

Schindler écrasa sa cigarette. Il allait jeter le mégot à terre quand il se ravisa et le glissa dans la poche de son imperméable. Les indices... Il esquissa un sourire désabusé.

— A mon avis, ils étaient plusieurs, déclara Marcus.
— Quoi ?
— Je crois que ce garçon a été tué par plus d'une personne.
— Cela ne m'étonnerait pas. Tu as vu l'état de son visage ?

Marcus ne répondit pas. La victime avait été défigurée. Un homme si jeune... Ce crime odieux méritait un châtiment exemplaire.

— Selon moi, l'un d'eux l'a poignardé ou l'a immobilisé tandis que l'autre le frappait par derrière. Sans doute avec l'objet dont ils se sont servis pour briser la vitre.
— Un maillet ?
— C'est possible.

Ils se dirigèrent vers l'arrière de la voiture. Armés d'appareils photo et de mètres, de sachets en plastique et de calepins, les techniciens du labo s'affairaient autour d'eux.

— Sur environ six mètres, on relève des traces laissées par un corps que l'on a traîné. Il y a aussi du sang sur une pierre. La pluie de la nuit dernière ne l'a pas rincé.

Que pouvait-on ressentir en transportant un cadavre encore chaud pour le déposer sur le siège d'une voiture ? Schindler frissonna d'effroi. Jamais il n'y serait parvenu.

— Pourquoi l'ont-ils déplacé, selon toi ?
— Pour gagner du temps avant la découverte du corps.

Un jeune policier lançait des regards nerveux vers le cadavre. Il tenait un sac en plastique posé sur le capot de la Mercury.

— On a cherché les empreintes ? demanda sèchement Marcus.

Le policier releva la tête, surpris, détachant les yeux de ce macabre spectacle.

— Oui, monsieur.
— Que contient ce sac ?
— Certains des objets récupérés dans la voiture.

Marcus remarqua la présence d'un sac à main.

— Où l'avez-vous trouvé ?
— Par terre, sous le siège avant. A l'arrière, il y avait un manteau de femme.

Marcus voulut parler mais il fut interrompu par un agent de police :

— Excusez-moi. On a un témoin qui a peut-être vu quelque chose. Elle s'appelle Thelma Pullen et vit en lisière du parc, du côté de Monroe Boulevard.

Marcus et Schindler suivirent leur collègue vers un groupe de véhicules de police. Un jeune policier prenait des notes dans un calepin. Il s'adressait à une femme maigre entre deux âges qui lançait des coups d'œil inquiets en direction de l'ambulance et du cadavre.

– Je m'appelle Harvey Marcus et voici Roy Schindler, madame. Je crois que vous avez des informations à nous communiquer.

– Oui... enfin, j'ignore si c'est important. J'ai entendu parler du... meurtre à la radio, ce matin, et j'ai cru que ce serait peut-être utile.

Elle s'interrompit. Son regard passa de Marcus à Schindler, attendant un signe d'approbation.

– Nous apprécions votre collaboration, déclara Marcus. Qu'avez-vous vu ou entendu ?

– Eh bien, j'habite près de l'entrée du parc. Mon jardin donne directement dans les bois. On voit pas mal de rôdeurs, surtout des jeunes. John, mon mari, est représentant. Il s'absente souvent pour son travail. Comme il avait peur que quelqu'un s'introduise dans la maison – on a déjà été cambriolés deux fois –, il a acheté deux bergers allemands. Hier soir, les chiens m'ont réveillée. Ils passent la nuit dehors dans une grande niche. Ils sont attachés, mais la laisse est assez longue. Bref, je me suis levée et j'ai regardé par la fenêtre. J'ai vu une jeune fille qui s'enfuyait. Il faisait nuit et je ne l'ai aperçue que pendant quelques secondes, mais je suis sûre que c'était une fille, et elle semblait venir des bois.

– Quelle heure était-il ? demanda Schindler.

– Je suis désolée, je n'ai pas regardé la pendule. En tout cas, je me suis couchée à minuit, c'était donc plus tard.

– Merci, madame Pullen. Notre collègue va prendre votre déclaration et nous vous contacterons ultérieurement. Merci encore d'avoir pris la peine de vous déplacer. Si tout le monde avait autant de sens civique que vous, notre travail serait grandement facilité.

La dame rougit de plaisir et haussa les épaules.

– Je me suis dit que cela pouvait avoir de l'importance. Elle se tourna de nouveau vers l'ambulance. A la radio, on a annoncé qu'il avait été... poignardé.

– En effet.

Elle frissonna :

— Dans le temps, le parc était agréable. Depuis quelques années, il est si mal fréquenté que nous envisageons de déménager.

Elle secoua la tête. Schindler et Marcus s'éloignèrent. Un homme petit et mince, en civil, se tenait au milieu du pré. Marcus l'interpella et lui fit signe de les rejoindre près du véhicule de Walter.

— Giannini, tu as examiné la voiture ? s'enquit Marcus.

— Bien sûr, c'est même par là que j'ai commencé, répondit-il.

— Il y avait bien une fille avec ce garçon ?

— Je crains que oui.

Giannini regarda le sac en plastique toujours posé sur le capot.

— Tu as remarqué le sac à main ? Il y avait aussi un manteau de femme sur le siège arrière, et, à l'avant, j'ai ramassé un bouton qui pourrait provenir d'un corsage. Mortimer a retrouvé un morceau d'ongle portant du vernis sur le sol de la voiture, sous le volant.

Marcus renvoya Giannini.

— Une fille... commenta Schindler.

— C'est logique. Un beau garçon comme lui, au rendez-vous des amoureux, un vendredi soir. Il était forcément avec une fille.

— Alors, où est-elle passée ?

Schindler se tourna vers le jeune agent qui tenait le sac.

— On a les papiers d'identité de la fille ?

— Oui. Le sac appartient à une certaine Elaine Murray.

Schindler réfléchit quelques instants. Puis il se pencha pour ouvrir la boîte à gants. Elle renfermait des cartes routières, des papiers d'assurance et une boîte de préservatifs.

— Selon toi, ce n'est pas la fille qui l'a tué, n'est-ce pas ? demanda Schindler.

— Ce n'est pas impossible, mais elle n'a pas pu faire ça toute seule.

— Et si elle n'était pas impliquée...

— Dans ce cas, mon vieux, on aura certainement bientôt un autre cadavre sur les bras, répondit Marcus.

Harvey Marcus était dans la police depuis dix-huit ans. Quand Schindler était arrivé à la criminelle, Marcus l'avait pris sous son aile. Il était fasciné par ce jeune inspecteur dégingandé et un peu gauche. Les deux hommes faisaient équipe depuis trois ans mais Schindler demeurait un mystère pour son collègue. La vive réaction de Roy face au cadavre ne lui avait pas échappé. Schindler était un homme imprévisible, qui pouvait se montrer d'une sensibilité à fleur de peau ou faire montre d'une indifférence totale. C'était un solitaire, un célibataire qui ne vivait que pour son travail. Il savait se montrer charmant mais Marcus ne l'avait jamais vu se laisser aller en société. Un jour, Ruth, la femme de Marcus, avait voulu lui présenter une amie enseignante. La soirée fut un désastre. Roy ne desserra pas les dents. Par la suite, il fit la gueule pendant deux jours.

– C'est ici, annonça Marcus.

Les Walters vivaient dans une maison en briques de deux étages. La pelouse impeccable était parsemée de plusieurs grands arbres. Les deux hommes remontèrent l'allée jusqu'à la porte d'entrée. Une femme d'une quarantaine d'années, d'allure jeune, leur ouvrit. Schindler sentit son estomac se nouer et sa gorge se serrer. Malgré son expérience, annoncer un décès à des proches lui était toujours aussi pénible.

– Madame Walters ?
– Oui, répondit-elle à travers la moustiquaire.

Il lui tendit son insigne :
– Je suis l'inspecteur Schindler et voici mon collègue, Marcus. Nous sommes de la brigade criminelle de Portsmouth.

En l'espace d'une seconde, le visage de la femme exprima tour à tour la peur et l'espoir. Troublée, elle les fit entrer.

– C'est à propos de Richie ? Vous l'avez retrouvé ?
– Oui. Votre mari est là ?
– Bien sûr. Je vais l'appeler.

Elle foula la moquette bleue du vestibule. Schindler balaya du regard le salon meublé avec goût, aux tons jaune et bleu pastel.

– Pourrions-nous nous asseoir ? demanda-t-il en désignant un canapé moelleux.

La pauvre femme aura elle aussi besoin d'être bien installée quand elle apprendra le motif de leur visite. Il repéra un bar dans un coin de la pièce.

– Madame Walters, qu'a fait votre fils hier soir ?

Avant qu'elle ne réponde, un homme élancé, légèrement dégarni, apparut sur le seuil. Chaleureux et sûr de lui, il avait visiblement l'habitude de commander et faisait bonne figure malgré la disparition de son fils qui ne pouvait que l'inquiéter. Les deux policiers se levèrent.

– Chéri, lança-t-elle d'une voix qui trahissait son angoisse, voici messieurs Schindler et Marcus. Ils sont venus à propos de Richie.

M. Walters avait une poignée de main ferme. Homme d'affaires ou juriste, songea Schindler, certainement capable de surmonter son chagrin et de s'occuper de celui de sa femme.

– J'apprécie la rapidité de votre intervention, déclara-t-il.

– Comment? s'enquit Marcus.

– Cela fait une heure à peine que nous avons signalé la disparition de Richie, expliqua Mme Walters.

– Je vois. Quand avez-vous vu votre fils pour la dernière fois, monsieur Walters?

– Vendredi soir. Il avait un rendez-vous. Il est parti vers huit heures.

M. Walters s'interrompit. Un vague soupçon ébranla son assurance.

– Quelque chose ne va pas? reprit-il. Il est blessé?

Les parents ne s'imaginent jamais le pire. Ils retardent toujours le moment fatidique, comme s'ils ne voulaient pas savoir.

– Avec qui était votre fils?

– Avec sa petite amie, Elaine Murray. Ils sont allés au cinéma. Richie rentre souvent tard et nous ne l'entendons pas. J'ai d'abord cru qu'il dormait encore car il ferme toujours la porte de sa chambre. Mais en voyant son lit, j'ai compris qu'il n'avait pas passé la nuit à la maison.

Mme Walters se tut et prit la main de son mari.

– Pourquoi avez-vous appelé la police? Cela fait moins d'une journée qu'il a disparu.

M. Walters parut soulagé.

– J'ai suggéré à Carla d'attendre un peu, répondit-il.

Carla Walters se tourna vers son époux. Elle commençait à croire qu'il avait raison, qu'ils avaient dramatisé.

– Je... c'est peut-être stupide. J'ai appelé les Murray, et Elaine n'était pas rentrée non plus.

– Je vois, déclara Schindler.

L'instant fatidique était venu, ce moment cruel qu'il avait repoussé. Il chercha une tournure diplomatique mais n'en trouva pas.

– Je crains d'avoir une très mauvaise nouvelle à vous annoncer.
Il imaginait ce qu'ils étaient en train de vivre. Il avait ressenti le même vertige, des années plus tôt, quand un inspecteur au crâne dégarni et aux yeux fatigués leur avait annoncé la mort d'Abe. Le salon s'était mis à tourner, comme ce devait être le cas pour les Walters.

Schindler posa le rapport d'autopsie sur le bureau de Marcus et approcha une chaise. La brigade criminelle de Portsmouth n'était pas différente des autres : une vaste pièce aseptisée encombrée de vieux bureaux en bois où s'affairaient des hommes mal habillés de tous âges et de toutes corpulences. Ils n'avaient de prime abord qu'une chose en commun : le cynisme.
– Tout est là. J'ai discuté avec Beauchamp. Selon lui, ils étaient au moins deux, avec deux armes différentes.
L'autopsie avait été pratiquée par le Dr Francis Beauchamp, un médecin légiste réputé. Il avait relevé sur le cadavre de nombreuses traces de coups de couteau, une fracture du crâne et de multiples éraflures sur plusieurs parties du corps, signes d'une sévère bagarre. Il y avait du sang sur le corps et sur les blessures, ainsi que des irritations et des ecchymoses dans la région du scrotum. Sur l'arrière du crâne, il avait mis en évidence une plaie profonde, provoquée par un instrument non tranchant. Les coups de couteau mesurent en général 1,3 centimètre de long pour quelques millimètres de large. Certaines plaies du cadavre étaient profondes d'environ huit centimètres, dont une qui avait pénétré le diaphragme. On dénombrait au total vingt coups de couteau. La mort était due à un hémothorax provoqué par un coup de couteau en plein poumon.
– Beauchamp considère que les blessures les plus graves ont été infligées à l'aide d'un instrument très tranchant. Selon lui, Walters était debout quand le meurtrier s'est approché de biais pour porter le coup fatal.
– Et la blessure à la tête ?
– Il était déjà à terre.
– Tu veux dire qu'ils l'ont tabassé après sa mort ? Marcus hocha la tête. On a affaire à quel genre de monstres, Harvey ?
– Des types de la pire espèce. Tu vois cette phrase concernant l'enfoncement crânien. Il y a deux types de fractures. La première

est linéaire, le crâne a été fendu ou s'est fissuré. La seconde, juste au-dessus de l'oreille, est un traumatisme avec embarrure et plaie cérébrale profonde. Cela signifie que le crâne s'est carrément enfoncé dans le cerveau, provoquant une réaction similaire à celle d'un melon qui explose. Le cerveau dégoulinait de la plaie béante. Ces types se sont acharnés sur Walters. Ils devaient savoir qu'il était mort, mais ils l'ont frappé plusieurs fois à la tête.

Marcus s'exprimait rapidement, à voix basse. Schindler songeait au visage de la victime. Tout cela était arrivé après sa mort. Puis les meurtriers l'avaient transporté dans la voiture.

— On a des nouvelles de la fille ? s'enquit-il doucement.

Marcus secoua la tête :

— Ce parc fait plus de cent cinquante hectares, rien que des bois et des buissons, avec de nombreux fossés envahis par la végétation. S'ils l'ont cachée derrière des fourrés ou enterrée, on risque de ne jamais la retrouver.

La sonnerie du téléphone retentit. Schindler décrocha, ravi de cette diversion. C'était la réceptionniste.

— C'est un certain M. Schultz qui prétend détenir des informations sur le meurtre Walters. Je vous le passe ?

Ils avaient déjà reçu de nombreux appels de déséquilibrés. Mais Schindler ne négligeait aucune piste.

— Naturellement, Margie.

Il y eut un cliquetis puis une voix d'homme lança :

— Allô ?

— Monsieur Schultz ? Je suis l'inspecteur Roy Schindler. Vous avez des informations sur le meurtre de Richie Walters ?

— Je ne suis pas sûr que cela vous sera d'une grande utilité. Vendredi soir, nous avons dîné dans un restaurant situé tout près de Monroe Boulevard. Nous en sommes sortis très tard. Vers 23 h 30, en regagnant notre voiture, garée sur Monroe Boulevard, on a vu deux véhicules en train de faire la course. J'en ai surtout remarqué un parce qu'il était très voyant. Un peu bricolé, voyez. Quant à l'autre, je ne sais pas. Je n'y ai pas prêté attention. Ce matin, j'ai lu dans le journal qu'il y avait eu un meurtre. La voiture que j'avais remarquée ressemble à celle décrite dans l'article. Si je la voyais, je pourrais vous le confirmer.

— Si vous le voulez bien, nous allons vous envoyer un agent qui vous conduira en ville.

– D'accord. Mais je n'ai pas terminé. La voiture rouge, celle dont je me souviens, il est bien possible qu'elle ait délibérément provoqué un accident.

– Un accident ?

– Oui. J'ignore ce qui est arrivé, parce qu'on regardait dans l'autre direction. Quand on a entendu du bruit, on était à plusieurs centaines de mètres. Mais il y a eu comme un choc. L'autre voiture, la plus foncée, est partie en tête-à-queue. Mais elle ne devait pas être trop abîmée parce qu'elle a fini par repartir.

– Eh bien ! merci, monsieur Schultz. Ce sont des renseignements importants. Je vous envoie un agent qui prendra votre déposition. Merci encore.

Giannini les rejoignit au labo peu après l'appel de Schultz. Il souhaitait leur montrer un indice relevé sur les lieux du crime.

– D'abord, le moins important. Pas d'empreintes dans la voiture, ni à l'extérieur. Elle a été nettoyée avec soin. En déplaçant le véhicule, on a retrouvé une chaussette d'homme. Et une autre au bout du chemin. Sous les essuie-glaces, il y avait des fibres correspondant à ces chaussettes. Les meurtriers s'en sont servis pour effacer les empreintes.

– Peut-on identifier un individu grâce à ses chaussettes ?

– Oh, nous savons d'où elles proviennent. Walters était pieds nus. J'ai vérifié auprès de sa famille. Il s'agit bien des siennes.

Giannini baissa les yeux vers un autre document.

– Ensuite, il semblerait que le vol ne soit pas le mobile. Il restait vingt dollars dans son portefeuille et vingt autres dans le sac à main. Et un appareil photo sur le siège arrière.

– Quel est cet élément important dont vous vouliez nous parler ? s'enquit Schindler.

Giannini se dirigea vers son placard et revint en tenant une boîte métallique.

– L'un des mes hommes a trouvé ça en contrebas.

Schindler connaissait un peu les lieux. Le chemin de terre grimpait vers le pré, qui suivait ensuite une pente douce menant à un talus recouvert de ronces. Giannini sortit trois objets d'une enveloppe marron et les disposa sur la table. Un briquet, un peigne bleu et une paire de lunettes de femme. Les branches étaient en métal doré. La monture, en plastique rouge et doré, rappelait la forme d'un papillon.

— Docteur Webber ? s'enquit Marcus.
— Oui.
— Je suis l'inspecteur Marcus. Je vous ai appelé il y a une heure.
L'optométriste était en train d'ouvrir la porte de son bureau.
— Je suis désolé de vous déranger un jour de congé, reprit le policier, mais c'est très important.
— Bien sûr. Entrez. De toute façon, je n'avais rien à faire. Cela me changera un peu de la routine.

Le médecin conduisit Marcus dans une vaste pièce tapissée d'ouvrages médicaux. Webber s'installa derrière un bureau jonché de papiers et invita le policier à s'asseoir.

— Greg Heller m'a expliqué que vous l'aviez aidé pour une affaire de cambriolage, il y a quelques années.
— Oh, répondit Webber avec un sourire. Il recherchait une personne dont il ne possédait que les lunettes. Je lui ai montré comment procéder.
— J'ai le même problème que Greg. Mais c'est plus urgent. Vous avez lu les journaux, ce matin ? L'histoire de ce jeune homme assassiné à Lookout Park ?
— Le fils Walters. C'est affreux. Sa famille et moi fréquentons la même paroisse. Je ne les connais pas très bien mais ce garçon avait une excellente réputation.

C'était l'opinion générale. Marcus n'avait pas entendu la moindre parole malveillante sur Richie Walters.

— Ce que je vais vous révéler devra rester entre nous. Certes, nous ne pourrons pas garder le secret très longtemps, mais je veux votre parole que vous ne répéterez rien.
— D'accord.
— Il y avait une jeune fille avec Walters. Elle a disparu. Nous sommes en train de fouiller les bois et nous ne voulons pas être importunés par des curieux. Nous voulons aussi permettre à ses ravisseurs éventuels, si elle est encore en vie, de nous contacter. Pour l'instant, nous ne disposons que d'un seul indice : une paire de lunettes. J'aimerais que vous m'aidiez à identifier sa propriétaire.
— Greg vous a expliqué de quoi il s'agissait, la dernière fois ?
— Non. Il m'a simplement dit que vous saviez comment procéder.

– Certes, mais ce sera long et difficile. Vous m'avez apporté l'objet ?

Marcus tira une enveloppe de la poche de son pardessus et tendit les lunettes au médecin.

– Les lunettes sont comme les empreintes digitales, expliqua le Dr Webber en les examinant. Il est quasiment impossible de trouver deux personnes ayant des verres et des montures identiques. Je ne façonne pas les verres moi-même mais je rédige les ordonnances destinées à l'opticien. Celui-ci prend un verre neutre doté d'une courbure de base. Il va la modifier afin de former ce qu'on appelle une sphère. Ensuite, il réglera la sphère pour qu'elle soit bien en phase avec la pupille. Le verre subit donc deux réglages : la sphère et la nouvelle courbe. Ensuite, l'opticien le grave selon un angle précis – 45°, 30°, c'est selon – que l'on nomme axe. Ce sont ces chiffres qu'il faut prendre en compte. En examinant ces lunettes, je pourrai vous fournir la formule des verres.

– Et il n'existe pas deux patients ayant cette même formule ?

– Normalement, non. Et n'oublions pas la monture. Celle-ci est une American Optical. Le nom figure à l'intérieur d'une des branches. Un modèle nommé Gay Mount de taille 46-20. Elle aussi varie selon la personne.

– C'est formidable. Quand pouvez-vous me communiquer la formule ?

Le Dr Webber s'absenta cinq minutes. Quand il revint, il tendit au policier une feuille de papier portant une série de chiffres.

– Voici les renseignements que vous souhaitiez. N'importe quel opticien saura les interpréter. Il ne vous reste plus qu'à faire le tour de mes confrères pour retrouver celui qui aura préparé ces verres. Je crains que cela ne vous prenne du temps. Et pour peu qu'il ne s'agisse pas de quelqu'un du coin... Malheureusement, il n'existe pas de moyen plus rapide.

– Je sais, docteur. Mais, dans l'immédiat, je n'ai guère d'autre solution.

3

Trois jours après la mort de Richie Walters, le froid passa à l'offensive. Les températures chutèrent, frôlant le zéro. Les gens se calfeutrèrent chez eux. La neige et le vent firent grimper le prix du bois de chauffage. Malgré les intempéries, la police continua à rechercher Elaine Murray sans relâche.

L'affaire fut révélée dans les journaux du lundi matin. La marine et les garde-côtes mirent 125 volontaires à la disposition des autorités. Les scouts fournirent quarante personnes supplémentaires. Au cours des premiers jours de recherche, le temps étant encore doux, le pré grouillait de curieux avides de sensations fortes.

Le *Herald* de Portsmouth et plusieurs journaux de la côte Est relatèrent le «meurtre du rendez-vous des amoureux». L'enquête n'apporta aucun indice supplémentaire. La seule véritable piste, celle des lunettes, ne fut pas portée à la connaissance du public.

Le 28 décembre 1960, les recherches menées pour retrouver Elaine Murray furent officiellement interrompues. En 1961, un nouveau président des États-Unis prêta serment. D'autres événements captèrent l'attention du public. Le dossier Murray-Walters fut relégué dans les pages intérieures du *Herald* avant d'en disparaître complètement.

Avachi dans son fauteuil favori, un livre posé sur ses genoux, Roy Schindler regardait la pluie cingler la fenêtre du salon. Son petit deux-pièces était bien tenu mais encombré. Natif de la ville, le policier avait grandi dans un quartier défavorisé. Son père, un homme taciturne, était cordonnier à une époque où les gens ne faisaient plus réparer leurs chaussures. Sa mère, vendeuse dans un grand magasin, était toujours fatiguée. L'enfance de Roy n'était que grisaille. Abe était leur seul rayon de soleil.

Abe, cette étoile filante, transcendait leur lugubre quotidien, leur vie monotone dans l'arrière-boutique d'une cordonnerie où nul n'entrait jamais. Le samedi, sur les gradins du stade, toute la famille allait admirer ses prouesses. Abe volait sur le terrain, esquivait les placages et touchait l'en-but adverse, brandissant victorieusement le ballon sous les acclamations de la foule en délire.

Au cœur de l'hiver, dans des gymnases surchauffés, les Schindler se joignaient aux spectateurs pour encourager le fils prodige. Le père de Roy était déchaîné. Abe évoluait sur le parquet avec la grâce d'un félin. Grand sportif, excellent élève, c'était avant tout un jeune homme chaleureux et altruiste. Après sa mort, tous chantèrent ses louanges comme on le faisait aujourd'hui pour Richie Walters.

Roy avait toujours été lui aussi bon élève et, malgré son physique, un sportif honnête. Pourtant, son père ne s'en était jamais rendu compte. Il ne voyait qu'Abe. Si son frère avait été un étranger, Roy l'aurait détesté. Mais il vénérait son aîné.

Au cours de sa première année à l'université – il avait obtenu une bourse pour une faculté de médecine de la côte Est –, Abe avait excellé. Il était rentré passer les vacances à la maison. Le jeune homme était mort dans la neige, en rentrant chez lui, après une soirée passée avec ses anciens camarades de lycée. Le policier venu leur annoncer la nouvelle se déclara désolé. Il admirait Abe, comme tout le monde. Le mobile du crime était le vol. Le meurtrier ne fut jamais arrêté.

Avec Abe, c'est toute la famille qui s'éteignit. Désireux d'étudier, Roy s'inscrivit aux cours du soir. Au début, il obtint de bons résultats, qui déclinèrent bien vite. Son père n'arrivant plus à joindre les deux bouts, Roy devait travailler dans la journée, faire la cuisine et le ménage. L'atmosphère oppressante du petit appartement épuisait ses dernières ressources. Il s'endormait en cours. Lorsqu'il avait enfin un peu de temps libre et qu'il se retrouvait seul dans sa chambre, il était trop fatigué pour potasser ses cours.

Il ignorait pourquoi il s'était tourné vers la police. Dans un premier temps, déstabilisé par les tensions et le danger inhérents à son nouveau métier, il s'était beaucoup interrogé sur son choix. Peut-être espérait-il inconsciemment démasquer l'assassin de son frère ? Peut-être le fait de travailler la nuit lui fournissait-il un prétexte pour dormir toute la journée, tandis que ses parents erraient dans l'appartement comme des âmes en peine ?

A la mort de son père, Roy avait déjà deux ans d'ancienneté dans la police. Sa mère succomba à son tour, deux mois plus tard. Ce fut pour Roy un soulagement. Il s'installa dans un appartement tout aussi petit et morne que celui de ses parents. Il s'était imaginé que leur décès le libérerait un peu, mais il ne laissa qu'un grand vide. Difficile d'effacer des habitudes vieilles de vingt-cinq ans. Il se réinscrivit aux cours du soir, rencontra même une fille. Elle était calme et studieuse. Leurs rendez-vous consistaient en de longs silences ponctués de discussions volontairement abstraites et intellectuelles, comme s'ils avaient tous deux peur d'exprimer trop ouvertement le moindre sentiment. Ils vécurent ensemble quelque temps, sans parvenir à surmonter leurs difficultés. Ils se séparèrent en bons termes.

Les collègues de Roy le trouvaient étrange. Très sensible à certaines notions abstraites, il ne laissait en revanche transparaître aucune émotion pour des situations macabres touchant à la vie ou à la mort. Comme si la disparition d'Abe avait anéanti en lui toute joie, ne lui laissant que l'intellect, carapace froide qui le protégeait des réalités de la vie.

A bien des égards, le fils Walters lui rappelait son frère. Cette enquête rouvrait ses plaies personnelles, tel un scalpel mettant à nu un chagrin qu'il croyait enfoui depuis longtemps.

Schindler essayait de lire mais son esprit vagabondait. Il laissait tomber le livre. C'était à cause de l'enquête. Il en avait rêvé plusieurs fois et ne cessait de penser au cruel destin de ce jeune homme.

– Il ne faut jamais se laisser bouffer, lui avait conseillé Harvey. Quand on s'implique trop, on ne fait pas bien son boulot.

– Dans le fond, je sais que tu as raison. Mais je n'y peux rien. C'est à cause de tout ce que j'ai appris sur le compte de ce garçon. J'ai interrogé un tas de gens. Pas un seul son discordant. Tu connais le pire, dans tout ça ? Sa mère commence enfin à se remettre. M. Walters m'a annoncé qu'elle était de nouveau sur pied. Ils sont même sortis en ville le week-end dernier. Et puis, hier, ils ont reçu une lettre. Richie était accepté à Harvard.

Harvard, tu te rends compte ! Ce gosse aurait pu devenir médecin, savant, n'importe quoi !

La sonnerie du téléphone retentit. Avec un soupir, Roy se rendit à la cuisine.

– Roy ?

C'était Harvey Marcus.

– Ouais. Qu'est-ce qu'il y a ?

– Je viens d'avoir un appel d'un certain Dr Norman Trembler, optométriste à Glandale. C'est à propos des lunettes. Il croit avoir identifié leur propriétaire.

– Tu as le nom et l'adresse ? s'enquit Schindler.

Il sentait l'excitation de Marcus, grisé par le fruit de ses recherches.

– Oui. On a tout réglé par téléphone. Il a vendu une paire de lunettes identiques à celles qu'on a retrouvées à une dénommée Esther Freemont. Elle habite au 2219, 882e rue nord.

La maison des Freemont avait connu des jours meilleurs. La petite pelouse était envahie de mauvaises herbes. Le bois de la maison, grisâtre et écaillé, avait grand besoin d'un coup de peinture. Marcus et Schindler contournèrent quelques jouets cassés et gravirent les marches du perron. Aux fenêtres pendaient des rideaux sales. Un tricycle gisait sous le porche. Marcus entendit la télévision hurler. Un bébé pleurait, quelqu'un criait. Ne voyant pas de sonnette, Marcus frappa violemment à la porte.

Ils entendirent des pas traînants. Le rideau s'écarta, révélant un visage bouffi. Marcus brandit son insigne. La porte s'ouvrit prudemment. La femme qui se tenait sur le seuil pesait bien plus de cent kilos. Elle portait une robe grise et sale qui l'enveloppait comme une toile de tente. Ses yeux injectés de sang n'exprimaient aucune joie. Sans doute une alcoolique, pensa Marcus. Une cigarette pendait au coin de ses lèvres et ses cheveux gris mi-longs tombaient sur son front.

L'intérieur de la maison, où flottait une odeur désagréable et tenace, reflétait la personnalité de ses occupants. Les pièces étaient sombres et en désordre. Comment vivre dans de telles conditions ?

– Madame Freemont ?

– Oui... enfin, je m'appelle Taylor, maintenant.

– Vous êtes bien la mère d'Esther Freemont ?

– Qu'est-ce qu'elle a encore fabriqué, celle-là ? demanda-t-elle d'un air blasé.

Sans même attendre l'explication, elle tourna la tête et se mit à crier :

– Esther ! Viens voir ici !

Des paroles indistinctes recouvertes par les applaudissements d'un jeu télévisé leur parvinrent.

– Baisse le poste et rapplique, je te dis ! hurla Mme Taylor.

Le son ne diminua pas d'intensité, mais une jeune fille apparut à la vue des deux hommes en costume, elle s'immobilisa, puis s'approcha plus lentement. Schindler la regarda traverser le salon tel un chasseur qui observe sa proie. Esther était grande. Elle devait avoir environ seize ans et portait un jean et un T-shirt blanc qui moulait une poitrine généreuse. Schindler remarqua qu'elle n'avait pas de soutien-gorge, ce qui éveilla en lui un désir malsain, sans doute dû à la tension de son enquête.

Esther avait la peau mate et lisse. Ses longs cheveux bruns étaient aussi sales et négligés que ceux de sa mère. Schindler ne put toutefois réprimer ses pensées lubriques.

– Ces messieurs veulent te voir. Ils sont de la police. Qu'est-ce que tu as encore fait ?

Les grands yeux marron d'Esther passèrent de sa mère aux deux policiers. Elle ne répondit pas. Elle semblait nerveuse, mais guère plus que toute personne confrontée aux forces de l'ordre.

– Nous n'avons aucune raison de croire que votre fille ait fait quelque chose de mal, madame Taylor. Nous menons une enquête et nous voudrions lui poser quelques questions.

– Ah... bredouilla Mme Taylor.

Marcus crut déceler une certaine déception.

– Y a-t-il un endroit où nous pourrions discuter ? s'enquit Schindler.

Mme Taylor parcourut des yeux le salon. Le canapé était jonché de linge sale et le fauteuil était occupé par un chat. Elle les accompagna à l'arrière de la maison, dans la cuisine. Un téléviseur portable était juché sur la paillasse, à côté de l'évier. Quand ils entrèrent, le bébé installé sur une chaise haute cessa de pleurer. Mme Taylor disposa des chaises autour de la table en formica jaune. Marcus et Schindler firent signe à Esther de s'asseoir et l'imitèrent. Mme Taylor resta auprès de sa fille.

– Pourrions-nous...? commença Schindler en désignant le téléviseur.

Mme Taylor sembla désorientée, puis elle baissa le son du poste qu'elle n'éteignit pas.

– Esther, voici l'inspecteur Marcus, et moi, je suis l'inspecteur Schindler. Nous enquêtons sur le meurtre de Richie Walters et la disparition d'Elaine Murray. Ils étaient lycéens à Stuyvesant.

Marcus observa la jeune fille. Pas la moindre trace de peur. Au contraire, elle paraissait soulagée d'apprendre que l'enquête ne la concernait pas directement.

– Elle... elle est morte ?
– Comment ?
– Elaine. Vous dites qu'elle a disparu. Elle est morte ?
– Nous l'ignorons. Nos hommes la recherchent, mais ils ne l'ont toujours pas retrouvée.
– C'est triste. Je connaissais un peu Richie. Il n'était pas dans ma classe. Mais... vous savez, quand on fréquente le même lycée... c'est comme si j'avais perdu un copain. En lisant les journaux, j'ai pleuré.
– Vous connaissez Elaine Murray ?
– On n'est pas copines, mais je la connais. Elle était... elle est très jolie. J'espère qu'elle va bien.
– Nous aussi, Esther. Vous souvenez-vous de ce que vous avez fait le vendredi soir où Richie a été tué ?

Esther lança un regard anxieux à sa mère, puis vers les deux policiers.

– Pourquoi ?
– Simple question de routine. Nous vérifions l'emploi du temps de tout le monde, répondit Marcus.
– Vous ne croyez quand même pas qu'elle a quelque chose à voir avec le meurtre ? intervint Mme Taylor, incrédule.
– Vous n'allez pas m'arrêter, hein ?

Au bord de la panique, Esther fit mine de se lever. Marcus émit un rire faux que Schindler avait déjà entendu. La jeune fille parut troublée.

– Personne ne va vous arrêter et personne ne croit que vous avez tué quiconque. Détendez-vous et dites-moi où vous étiez afin que je puisse rédiger mon rapport, d'accord ?

Esther ressemblait à un petit animal traqué. Ses yeux passaient de visage en visage tandis qu'elle se frottait nerveusement les mains.

– Dis-leur où t'étais ! lança Mme Taylor, soudain fâchée. D'ailleurs, je viens de m'en rappeler.

Esther baissa la tête et se mordit les lèvres.

– Elle a picolé, lança sa mère. Voilà ce qu'elle a fait ! Elle est rentrée tard et elle a vomi partout dans la salle de bains.

Nul n'était plus pitoyable qu'une adolescente honteuse, songea Schindler. Esther avait sans doute envie de disparaître sous terre.

– Comment vous êtes-vous enivrée ? demanda Marcus.

– Vous promettez de ne pas m'arrêter ?

Marcus lui adressa un sourire à la fois rassurant et interrogateur.

– Ne vous souciez pas de cela. Ce qui nous intéresse, c'est le meurtre de Richie Walters. Écoutez, quand j'avais votre âge, j'avoue que j'avais tendance à boire un peu trop, moi aussi. Allez, racontez-nous ce qui s'est passé.

– Eh bien, à la vérité, avoua-t-elle, penaude, je ne m'en rappelle pas. J'étais bourrée. C'est un peu flou.

– Relatez-nous ce dont vous vous souvenez.

– Roger, mon petit ami, et moi, on est allés dans un snack avec Bobby et Billy Coolidge. Puis on est allés à une fête. C'est après la fête qu'on a bu. Elle s'interrompit et adressa un regard implorant à Marcus. Je dois vraiment vous le dire ? Je ne voudrais causer d'ennuis à personne.

– Réponds ! ordonna sa mère. Je t'ai déjà répété que je ne voulais pas te voir traîner avec ce voyou. C'est un bon à rien, comme tous les autres.

– Comment vous êtes-vous enivrée, Esther ? Ne craignez rien. Nous ne raconterons à personne ce qui est arrivé, assura Marcus.

– C'est Billy. Il a piqué du vin dans un magasin. Plusieurs bouteilles. On les a bues dans la voiture. C'est à partir de là que tout devient flou. Je crois que je ne tiens pas bien l'alcool. J'ai dû exagérer parce que je ne me souviens de rien. Je sais qu'on a picolé dans la voiture et je crois qu'ensuite, on est allés faire un tour en ville.

Schindler fouilla sa poche :

– Vous portez des lunettes ?

Esther ne répondit pas tout de suite.

– Alors, parle ! lança sa mère. Ouais, elle porte des lunettes pour lire.

– Où sont-elles, Esther ?

Les yeux baissés, la jeune fille resta muette.

– Esther, où elles sont, tes lunettes ? insista Mme Taylor d'un ton menaçant. Nom de Dieu, si tu les as encore perdues, t'en auras pas d'autres !

– Pardon, maman, bredouilla Esther. On me les a piquées. Il y a trois mois. J'osais pas t'en parler.

– Qui te les a volées ? insista Mme Taylor.

– J'en sais rien, je te le jure ! J'avais peur de me faire engueuler, alors j'ai rien dit en espérant les retrouver.

– Quel jour vos lunettes vous ont-elles été volées ? demanda Schindler.

– Y avait pas que les lunettes. J'avais d'autres trucs dans mon sac. J'ai oublié quel jour c'était. Je sais seulement que c'était début novembre.

– Ce sont vos lunettes ? demanda Schindler en posant l'enveloppe sur la table.

Esther sortit l'objet.

– On dirait, oui. Mais, pour en être sûre, il faut que je les essaie.

Esther les chaussa. Puis elle prit un journal sur l'évier et scruta une page.

– C'est bien les miennes. Je peux les garder ?

– Pas tout de suite, je le crains. Il s'agit d'une pièce à conviction.

– Quoi ? demanda Mme Taylor.

– Vous avez aussi perdu un briquet et un peigne, non ?

– Oui, répondit Esther, hésitante.

– Où les avez-vous retrouvés ? s'enquit Mme Taylor.

– Près de l'endroit où Richie Walters a été tué. Il est possible que la personne qui vous a volé ces objets soit impliquée dans le meurtre.

– Alors, ma fille ne peut pas les récupérer ?

– Pas dans l'immédiat.

– Eh bien, elle est bonne, celle-là ! Et comment je vais lui en payer des neuves ?

– Je ne peux rien faire pour vous.

– Merde, Esther, c'est de ta faute, tout ça ! Faut toujours que tu perdes tes affaires. Cette fois, si tu veux des lunettes, tu te les paieras toi-même.

Les deux policiers quittèrent la maison, laissant la jeune fille en larmes. Schindler l'observa avec attention. Écroulée sur sa chaise, le visage enfoui dans ses bras bronzés, les épaules secouées de sanglots. Il ressentit pour elle un mépris teinté d'un autre sentiment qu'il ne voulut pas nommer.

– Elle sait quelque chose, affirma Schindler.
– Cette fille ? répondit Marcus, incrédule. Elle ne sait rien du tout.
– Je le sens, Harvey.
– Tu veux le sentir. Écoute, Roy, ce qui l'inquiétait, c'était les ennuis qu'elle aurait pu avoir pour avoir bu de l'alcool alors qu'elle n'a pas l'âge légal.
– Je n'y crois pas, à cette coïncidence, à ces lunettes volées retrouvées comme par enchantement sur le lieu du crime.
– Attends une minute. Les lunettes, on les a retrouvées près du lieu du crime, pas sur le lieu même. Elles étaient un peu plus loin que la voiture.
– Là où une personne qui se serait enfuie en courant aurait pu les perdre.

Marcus secoua la tête.

– Excuse-moi, mais je ne te suis pas, Roy. Si tu veux approfondir la piste Esther Freemont, ce sera sans moi.

La radio se mit à crépiter. Schindler prit le micro et indiqua leur code. On leur annonça qu'Elaine Murray venait d'être retrouvée.

Ils n'avaient pas cherché au bon endroit. La jeune fille n'était pas à Portsmouth, mais près d'une sortie d'autoroute menant à la côte, une voie peu fréquentée, surtout en cette période de l'année. En se rendant chez leurs parents, à Sandy Cove, Walter Haas et sa femme Susan étaient tombés en panne. Walter avait dû se garer et sortir sous la pluie battante pour changer une roue. Le sol était boueux et glissant. C'est en perdant l'équilibre qu'il avait aperçu le cadavre, en contrebas. Le corps avait été jeté comme un sac de farine du haut du talus herbeux. La pluie ne facilita pas les recherches. Aucune trace exploitable ne put être relevée dans ce bourbier.

Un petit groupe de policiers fouillait les hautes herbes en quête d'indices. Marcus se dirigea vers un homme corpulent vêtu d'un imperméable et d'un chapeau à large bord. Schindler baissa les yeux vers le cadavre. On avait eu la décence de le couvrir d'une couverture. En la soulevant, il faillit avoir la nausée. La tête n'avait presque plus de peau, le cuir chevelu était en état de décomposition avancé. Il détourna les yeux. Elaine portait un pantalon corsaire noir. La braguette était ouverte, comme si on l'avait rhabillée à la hâte. Son corsage blanc était déboutonné, révélant un sein.

Schindler sentit ses entrailles se nouer. Une poussée d'adrénaline vint contrer les effets de la nausée. En voyant les pieds de la jeune fille, il se mit à trembler. Pourquoi ces pieds nus l'affectaient-ils autant ? Quelle importance ? Elle était morte. Oui, justement ! Tout cela n'était pas normal. Comment deux jeunes gens pouvaient-ils être foudroyés ainsi, à l'aube de leur vie ?

Schindler recouvrit le cadavre et gravit le talus sous la pluie. Près de sa voiture, il respira profondément pour se ressaisir, puis il rejoignit Marcus.

– Roy, voici Larry Tenneck, du bureau du shérif.

Les deux hommes échangèrent une poignée de main.

– C'est dur, hein ? lança Tenneck. Une fille si jeune.

– Vous savez depuis combien de temps elle est là ?

– Pas la moindre idée Ce secteur est très peu fréquenté en hiver. Je ne crois pas qu'on l'ait tuée ici. Bien sûr, avec la pluie et tout le reste, c'est difficile à dire. Mais j'imagine qu'on l'a abandonnée ici dans l'espoir qu'on ne la retrouve pas avant longtemps.

– Vous avez sans doute raison, admit Marcus. L'autopsie nous fournira quelques précisions.

– A propos d'autopsie, on peut l'emporter ? J'ai ordonné aux gars de ne pas la toucher avant votre arrivée, mais il vaut mieux ne pas la laisser sous la pluie.

– Bien sûr. Vous avez pris des clichés ?

Tenneck hocha la tête et fit signe à deux hommes qui attendaient à l'avant de l'ambulance. L'un d'eux opina et jeta sa cigarette par la fenêtre. Tenneck secoua la tête.

– J'aimerais bien qu'ils évitent de faire ça. On a déjà assez de problèmes avec les indices. J'imagine que vos hommes voudront examiner les vêtements.

– Les vêtements ? demanda Schindler, incrédule.

– Oui ! Mon adjoint a découvert le reste de ses vêtements dans l'herbe, à moins de cent mètres de là. Ils ont d'abord dû jeter le corps avant de s'en débarrasser.

Tenneck sortit un sac en plastique de sa voiture. Harvey ouvrit la portière arrière et monta. Schindler s'assit à côté de lui. Tenneck se pencha par la fenêtre, sans se soucier de la pluie. Il y avait un pull rouge et noir et une culotte déchirée. En fait, elle avait été déchirée en deux près de la hanche droite.

— Il faudra dire à Beauchamp de chercher des traces de viol, déclara Marcus à voix basse.

— J'y ai pensé moi aussi en voyant l'état de ces vêtements, avoua Tenneck.

Pour la première fois, il se départit de son calme olympien. D'une voix rauque, il leur souffla :

— Rendez-moi un service, voulez-vous ? Attrapez ces types et faites-les payer.

A l'instar de Roy Schindler, le Dr Francis Beauchamp était un homme au physique particulier. C'était d'ailleurs leur seul point commun. Tandis que Schindler était grand et mince, avec une petite tête, un nez camus et de longs bras terminés par de grosses mains, Beauchamp était petit et trapu, avec une tête énorme en forme de melon qui semblait peser sur son corps. Il donnait l'impression de pouvoir être déséquilibré d'une pichenette. Ses mains minuscules étaient sillonnées de veines saillantes. Sa myopie était corrigée par des lunettes à monture en écaille posées sur un nez fin et délicat.

Schindler et Marcus étaient assis dans la salle d'attente du salon funéraire de Perryville, le chef-lieu du comté. Schindler, qui avait terminé son paquet de cigarettes, se demandait s'il allait braver les éléments déchaînés pour aller chercher un gâteau et du café quand la porte s'ouvrit. Beauchamp s'écroula sur un divan recouvert d'un plaid couleur pêche orné de chérubins souriants.

— Strangulation, déclara-t-il.

Il semblait fatigué. Les policiers l'avaient appelé du bureau du shérif et l'avaient fait venir en pleine nuit.

— Sans doute avec le cordon de son pantalon.

— Depuis combien de temps est-elle morte ?

— Entre quatre et six semaines, répondit Beauchamp en pinçant les lèvres.

— Le corps ne semblait pas si abîmé, à part la tête, objecta Marcus.

– C'est à cause du temps. Il fait souvent froid par ici. Le froid retarde la décomposition. Je peux avoir du café et quelque chose à manger ? Je suis crevé.

Il en avait l'air, songea Schindler. Comme tout le monde.

– Je vous invite. Prenez votre manteau, on s'arrêtera dans le premier fast-food que l'on trouvera.

– Quelle bande de radins ! Mon boulot vaut bien plus qu'un hamburger !

– Il y a autre chose ? s'enquit Schindler.

Ils savaient tous à quoi il faisait allusion.

– Oui. La pauvre gosse...

Beauchamp soupira et ôta ses lunettes. Il ferma les yeux et se frotta les paupières.

– Il y a eu hémorragie sur les parois antérieure et postérieure de l'utérus. Soit un coup porté en bas de l'abdomen, soit des rapports sexuels très violents et répétés. J'ai aussi trouvé du sperme dans le vagin.

– Et cela signifie ? demanda Schindler.

– Selon moi, plusieurs hommes l'ont prise peu avant sa mort. Et ils ont recommencé plusieurs fois. Puis ils l'ont tuée. Sauvagement. Ce n'est pas un jugement très scientifique, mais n'insistez pas, je ne me sens pas d'humeur, ce soir. Le Dr Harold Murray est un ami. J'ai de la peine pour lui. Je n'aimerais pas avoir à lui annoncer ce qui est arrivé à sa fille.

4

Au mois d'avril, Schindler était le seul à s'occuper encore de l'affaire Murray-Walters. Son problème, c'est qu'il n'avait rien de concret. Selon le consensus général, le couple avait été tué par des inconnus, pour des raisons qui demeureraient mystérieuses. Mais Schindler restait sur sa faim. Pourquoi un tueur capable de transporter un cadavre dans une voiture n'avait-il pas emporté l'argent et l'appareil photo ? Il existait un autre mobile, conséquence probable d'un événement survenu avant ces meurtres.

Schindler se creusa les méninges. En vain. Il avait dressé la liste des amis du couple. Nul ne souhaitait la mort d'Elaine Murray ou de Richie Walters.

Alice Fay était l'une des plus jolies filles de la liste. Après une matinée maussade, Schindler se réjouit de lui rendre visite. Alice était à la maison car c'étaient les vacances de Pâques. Son père était à son bureau et sa mère partie faire des courses. Elle refusa de le laisser entrer avant de voir son insigne. Roy lui expliqua qu'il enquêtait sur la mort de deux de ses camarades de lycée.

– Ah, fit-elle doucement en lui ouvrant la porte.

Ils bavardèrent de la pluie et du beau temps. Dans la cuisine, un magazine féminin était ouvert à la rubrique mode. La jeune fille invita le policier à s'asseoir.

– Vous commencez vos études à la rentrée ? s'enquit-il.

– Oui, à l'université du Wisconsin.

– Que souhaitez-vous faire ?

Alice sourit et haussa les épaules :

– Je ne suis pas fixée. Infirmière, peut-être. Je vais débuter par les sciences humaines, ensuite je verrai.

— C'est une bonne méthode. Vous aurez bien le temps d'être sérieuse quand vous aurez mon âge !

Alice se mit à rire :

— Vous n'êtes pas si vieux !

— Je vieillis chaque jour davantage, répondit-il avec un sourire.

Elle lui proposa du café.

— Vous croyez arrêter les assassins ? demanda-t-elle en mettant la cafetière sur le feu.

— Je l'ignore. Nous n'avons guère progressé. C'est pourquoi j'interroge tous leurs amis. Vos déclarations peuvent se révéler utiles à mon enquête.

Alice s'attabla à son tour. Elle semblait aussi intelligente que jolie.

— J'aimerais vous aider mais, franchement, je ne vois pas comment. Je les connaissais bien tous les deux. Ils étaient vraiment sympas. Richie était très gentil, à l'écoute des autres. C'était un grand sportif qui s'intéressait aussi à la politique, mais il n'a jamais eu la grosse tête. Elaine était pareille. Je me souviens qu'en première année de lycée, on était toutes les deux en lice pour le titre de reine de la promo. Je sais qu'Elaine avait très envie de gagner, mais c'est moi qui ai remporté le titre. Malgré sa déception, elle ne m'en a jamais voulu.

Alice tendit une tasse de café au policier.

— Vous connaissez une dénommée Esther Freemont ?

Alice parut étonnée :

— Oui, pourquoi ? Esther n'est pas... Elle n'est pas impliquée ?

— Non. Je voulais simplement savoir si vous la connaissiez.

— Eh bien, elle fréquente le même lycée que moi, mais ce n'est pas mon amie, précisa Alice avec un soupçon de mépris.

— Comment la qualifieriez-vous ?

— Je... en fait, je ne sais pas. Elle n'est pas très brillante. Et elle traîne avec une bande de voyous.

— Les Cobras ? coupa Schindler.

Alice hocha la tête.

— Elle... enfin, il paraît qu'elle est assez... libre, si vous voyez ce que je veux dire, poursuivit Alice en rougissant. Mais je ne la connais vraiment pas, s'empressa-t-elle d'ajouter.

Schindler changea de sujet. Ils discutèrent longuement d'Elaine et de Richie. Il se faisait tard. Il se promit à l'avenir de confier les interrogatoires de jolies filles à des inspecteurs plus maîtres d'eux-mêmes.

— Merci de m'avoir consacré un peu de votre temps, mademoiselle Fay, déclara-t-il en se levant. S'il vous vient quoi que ce soit à l'esprit, n'hésitez pas à me contacter.

Il lui tendit sa carte, qu'elle posa près du téléphone.

— Vous savez, c'est drôle, dit-elle en se retournant. Mais je viens de me rappeler qu'Esther Freemont est venue à ma fête, le soir où Richie et Elaine ont été tués.

Schindler se figea :

— Je croyais qu'elle n'était pas votre amie.

— C'est vrai. Mais elle s'était incrustée avec les frères Coolidge et quelqu'un d'autre. Je m'en souviens à cause de la bagarre.

— Quelle bagarre ?

— C'était assez effrayant. Tommy, mon petit ami, était fou de rage parce qu'ils étaient là. Il a essayé de jeter Billy Coolidge dehors, et il y a eu une bagarre. Billy a même sorti un couteau. Par chance, personne n'a été gravement blessé.

— Quel genre de couteau ?

— Un couteau à cran d'arrêt, je crois. Un ami du frère de Tommy a frappé Billy puis il l'a viré.

— Vous avez mentionné un frère.

— Bobby Coolidge. Il s'est battu, lui aussi.

— Pourquoi sont-ils venus, selon vous, puisqu'ils n'étaient pas invités ?

— Je l'ignore. Sans doute pour semer la pagaille. Billy a toujours souffert d'un complexe d'infériorité. Son frère n'est pas aussi violent. N'empêche que je ne les apprécie pas du tout.

— Vous rappelez-vous quand ils sont partis ?

— Pas vraiment. Il faisait nuit et... non, attendez. Je sais. Tommy est tombé par terre et sa montre s'est cassée. Il m'en a parlé parce qu'elle était toute neuve. Il l'avait eue pour son anniversaire et il était très fâché. Bref, la montre s'est arrêtée à 22 h 20.

Schindler réfléchit. Des témoins avaient vu Richie et Elaine quitter le cinéma vers 23 h 15. Si Esther et ses amis s'étaient rendus en ville après avoir volé le vin, ils auraient très bien pu se trouver dans le secteur vers 23 h 30.

— Merci de votre collaboration, mademoiselle Fay. Pourriez-vous mettre tout cela par écrit et me l'envoyer à mon bureau ?

— Bien sûr. Vous croyez que c'est important ?
— Je ne sais pas. Peut-être.

George DeBlasio était éducateur spécialisé pour jeunes délinquants depuis quinze ans. Il avait rencontré Roy Schindler alors que celui-ci était encore agent de police. Maintenant qu'il était passé inspecteur, ils se voyaient beaucoup moins. Cependant, chaque fois que Schindler avait à faire près du centre de détention pour délinquants, les deux hommes prenaient un café ensemble.

DeBlasio était un quinquagénaire aux cheveux blancs et au visage étroit, anguleux. Il était assis derrière son bureau métallique de fonctionnaire, face à Schindler, dans une pièce exiguë et impersonnelle. La porte était fermée à clé. DeBlasio s'adressa au policier à mi-voix, en faisant glisser deux dossiers vers son interlocuteur.

— Tu sais, je ne devrais pas faire ça. Ces dossiers sont confidentiels.

— Je te remercie, George. Je ne t'aurais pas demandé ce service si ce n'était pas très important.

George grommela quelques mots et s'adossa sur son siège tandis que le policier parcourait les dossiers.

— Figure-toi que j'ai été leur éducateur, pendant un moment.

— Des Coolidge ? s'enquit Schindler en levant les yeux.

— L'année précédant leur majorité. Billy était un coriace. Je ne l'aimais pas du tout.

— Pourquoi ?

— Il y avait quelque chose en lui... L'autre, Bobby, était plus humain. Billy était froid, dénué de toute moralité. Il fonctionnait sur le principe du plaisir et de la douleur. S'il souffrait, c'est que c'était mal. S'il était heureux, alors c'était bien. Si je me souviens bien, la première fois que j'ai travaillé avec lui, il s'était fait arrêter pour violences à l'école. Il était ivre. Le juge l'avait libéré après un sermon. Il n'y avait pas eu de blessés graves. Bref, on m'a nommé éducateur. Je n'ai pas réussi à l'atteindre. Il n'éprouvait aucun remords. Sa seule réaction fut de vouloir se venger des garçons qui l'avaient dénoncé.

— Et l'autre, Bobby ?

— C'est un cas différent. Il s'en sortira si on lui en donne l'occasion. Le père est mort quand ils étaient petits. La mère est alcoolique. Bobby est intelligent. Billy aussi, d'ailleurs. Mais l'école ne les intéresse pas.

— Quel était le problème de Bobby ?

— La bagarre aussi. Il a tabassé le fils d'un banquier, au lycée. Le gosse l'avait cherché, mais le père a crié au scandale. Le fils du banquier avait fait une réflexion sur les vêtements de Bobby. Coolidge m'a expliqué que sa mère était saoule et qu'il les avait lavés lui-même. Il a avoué, de façon détournée, qu'il était jaloux des vêtements de l'autre.

— Il reprochait à ce gosse d'être riche ?

— C'est une obsession chez eux. Ils font partie d'une bande, les Cobras. Quand on les lance sur le sujet, il sont intarissables. Cette bande leur donne un statut social. Il se croient plus fort que les gosses de riches du lycée. Les Coolidge ont honte de leur origine. Ils se sont sentis trahis par leur père, dont la mort les a laissés livrés à eux-mêmes.

— Billy et Bobby se sont-ils déjà servis d'un couteau au cours d'une bagarre ?

George réfléchit quelques instants.

— Pas à ma connaissance.

— Je peux conserver ces dossiers une journée ? Je voudrais les étudier et je n'ai pas le temps tout de suite.

— C'est illégal mais vas-y. Et ne te fais pas piquer. Je risque de gros ennuis.

— Ne t'en fais pas. Je te les rends demain.

— C'est important, hein ?

— Très. Si je le pouvais, je t'expliquerais. Mais je veux être sûr de moi avant d'accuser quiconque.

— Au revoir.

— A demain.

— J'admets que c'est une possibilité, concéda Harvey.

— Alors je peux les convoquer pour interrogatoire ?

Marcus feuilleta le volumineux dossier que Schindler avait posé sur son bureau, trois quarts d'heure auparavant. Il contenait des rapports de police, des notes du service de protection juvénile et un bilan psychiatrique des frères Coolidge. On y décrivait deux adolescents violents, défavorisés, nourrissant un vif ressentiment envers une société qu'ils ne parvenaient pas à intégrer. Schindler entrevit l'esquisse d'un schéma.

— Ils s'incrustent dans une fête pour voir comment vivent les bourgeois. Ils sont jaloux de ces gosses de riches. Selon un témoin, Billy avait le béguin pour Alice Fay, celle qui a organisé la fête. Ensuite, ils se font frapper et humilier par ceux qu'ils méprisent le plus. Ils se saoulent. Plus tard, ils croisent Walters et Murray, qui fréquentent leur lycée, deux symboles parfaits de la classe sociale qu'ils détestent.

— Belle théorie. Mais rien ne relie les Coolidge aux meurtres.

— Si. Les lunettes d'Esther Freemont.

Marcus secoua la tête :

— Cela ne suffit pas. Selon elle, elle ne les portait pas le soir du crime.

— Elle ment. Je le sais.

— Tu vas devoir le prouver. Et ne te présente pas devant le procureur avec un dossier incomplet.

— Si on interrogeait les Coolidge ?

Marcus baissa de nouveau les yeux vers le dossier.

— Très bien, on les convoque.

Billy Coolidge correspondait en tous points à l'idée que Schindler s'était fait de lui. Le jeune homme, un garçon séduisant, d'une beauté un peu féminine, inspira au policier une réaction de rejet immédiate. Ses lèvres trop charnues affichaient un rictus perpétuel. Il avait les cheveux gominés. Schindler détestait ces voyous en blouson de cuir noir, symbole de ce qu'il haïssait.

— Asseyez-vous, Billy, déclara Schindler en approchant une chaise en bois.

Schindler s'installa dans un fauteuil confortable à l'autre extrémité de la petite salle d'interrogatoire.

Billy jeta un regard méfiant aux alentours. Nulle part où fixer son regard, à part sur Schindler. Son frère avait été conduit dans une autre salle par un policier aussi imposant que celui qui se tenait derrière lui. Coincé, il ne put que regarder Schindler.

— Qu'est-ce qui se passe ? demanda-t-il.

— J'aimerais avoir une conversation avec vous, répondit Schindler.

— Eh bien moi, j'ai pas envie de vous parler. Alors laissez-moi partir ou appelez un avocat.

— Pas besoin d'un avocat, fiston. Je veux seulement te poser quelques questions.

— A propos de quoi ?

— D'abord, assieds-toi, ordonna Schindler d'un ton posé.

— Je ne veux pas m'asseoir et je ne répondrai pas à vos questions. Laissez-moi partir.

Schindler détestait ce ton hautain, ce regard méfiant. On aurait dit un nazi... Il fit un signe à l'agent de police qui tordit le bras de l'adolescent pour l'obliger à s'asseoir.

— Écoute-moi, petit con, murmura ce dernier. Quand l'inspecteur Schindler te donne un ordre, tu obéis, d'accord ?

Billy se débattit. Puis il grommela « d'accord » du bout des lèvres et soupira dès que le policier l'eut relâché. En se frottant l'épaule, il lança un regard craintif derrière lui. Il avait peur. Schindler s'en réjouit.

— Tu veux une cigarette ? proposa Schindler.

Billy secoua la tête. Le policier en alluma une.

— Tu es né à Portsmouth ?

— Tout ça, c'est marqué dans mon dossier, alors pourquoi vous me posez la question ?

L'agent fit un pas en avant. Billy tourna la tête vers lui. Schindler leva la main.

— D'accord, lâcha le jeune homme. Ouais, je suis né à Portsmouth. Et alors ?

— Ton frère et toi, vous êtes souvent livrés à vous-mêmes depuis la mort de votre père, non ?

— Ouais, grommela Billy à contrecœur.

— Tu as un emploi ?

— Vous savez bien que je travaille à la station Esso de McNary.

Il s'était tourné de profil et fixait le sol.

— Ça te plaît de bosser chez McNary ?

— Vous êtes qui, vous ? Un genre d'assistante sociale ? Je veux m'en aller... Je ne répondrai plus à vos questions.

— Pas même sur tes activités du 25 novembre ?

Hésitant, Coolidge releva la tête et regarda le policier.

— Quoi ?

— Le 25 novembre dernier. Le vendredi suivant Thanksgiving.

– Comment vous voulez que je me rappelle, bordel ? Ça fait six mois !

– Je vais t'aider. Tu a provoqué une bagarre chez Alice Fay. Tu t'en souviens ?

– Je ne me souviens de rien.

– Ne raconte pas de salades, Billy. On a des dizaines de témoins qui jureront sous serment que tu t'es battu avec Tommy Cooper, son frère et d'autres garçons.

– Ce salaud de Cooper a porté plainte contre moi ?

– Personne n'a porté plainte. On veut juste savoir ce qui s'est passé ce soir-là.

– C'est la faute à Cooper. Ils n'avaient qu'à pas essayer de nous virer. Je me suis défendu, c'est tout.

– Avec un couteau ?

Le jeune homme se tut, à la recherche d'arguments.

– Bon, d'accord, j'avais un couteau. Le gros lard m'a cogné avec une bouteille, alors j'ai sorti mon couteau.

– Tu l'as sur toi, actuellement ?

– Le couteau ? Non, je l'ai perdu.

– Dommage. Où l'as-tu perdu ?

– J'en sais rien. Je l'ai perdu, c'est tout.

– Quand cela ?

– Je vous l'ai dit, j'en sais rien.

– Qu'avez-vous fait après votre départ de chez Alice Fay ?

– J'en sais rien. On s'est baladés en voiture, je crois.

– Tu étais avec qui ?

– Vous le savez bien puisque vous avez des dizaines de témoins.

– Je veux l'entendre de ta bouche.

Il se retourna, fixant de nouveau le sol.

– Combien de temps après avoir quitté la maison d'Alice Fay avez-vous piqué le vin ?

– Qui a raconté que j'avais piqué du vin ?

– J'ai longuement bavardé avec Esther Freemont.

– Alors vous savez tout. Pourquoi vous me faites perdre mon temps ?

– J'apprécie ta compagnie.

Coolidge se mit soudain à rire.

– Vous me prenez pour un con ou quoi ? Vous croyez que je

vais avouer avoir piqué quelque chose ? Autant me filer la clé de la prison pour que je m'y enferme tout seul.

— Le vin, on s'en fout, Billy. On s'intéresse à ce qui s'est passé après.

— Après ?

— Une fois que vous avez bu le vin, avec Bobby et Esther.

— Il ne s'est rien passé ensuite. De quoi vous parlez ?

— Raconte-moi ce que vous avez fait après avoir bu le vin et tu pourras rentrer chez toi.

Coolidge observa le policier d'un air soupçonneux. Il répondit d'un ton lent et posé. Toute colère s'était envolée.

— Et si c'était vous qui me disiez ce que j'ai fait après avoir soi-disant picolé ?

— Ça ne se passe pas comme ça, Billy. Je t'ai posé une question et j'exige une réponse.

Coolidge le regardait droit dans les yeux. Schindler jouait gros. Coolidge s'efforçait de lire ses pensées, cherchant une manœuvre qui lui permettrait de gagner la partie, conscient qu'une erreur lui serait fatale.

Puis Coolidge se détendit et sourit :

— Bien sûr. Pourquoi pas. Promettez-moi qu'aucun d'entre nous n'aura des ennuis à propos... enfin, il y avait de l'alcool. On n'aura pas de problèmes avec ça, hein ?

— Personne n'aura d'ennuis à cause du vin, assura Schindler.

— Ouais, c'est ce que vous dites... C'est que j'ai déjà eu affaire aux flics, moi. Bref, on s'est installés dans une rue pour picoler. Il y avait plusieurs bouteilles parce qu'on en avait déjà en réserve dans la voiture. Esther a rapidement été bourrée, alors on l'a ramenée chez elle. C'est tout.

— Où se trouve cette rue ?

— Je ne m'en rappelle pas. A une centaine de mètres de l'épicerie où j'ai pris le vin. Vers Lake et Grant.

— Donc vous avez bu, Esther s'est saoulée et vous l'avez raccompagnée directement chez elle.

— Pas directement. On s'est baladés un peu en bagnole. Mais Esther ne se sentait pas bien, alors on n'est pas restés longtemps en ville.

— Je suppose que tu ne te rappelles pas quelle heure il était ?

— Désolé, j'en sais rien...

– Les choses ne se sont pas déroulées ainsi, Billy.
– Qu'est-ce que vous voulez dire ? Je viens de vous raconter ce qui s'est passé.

Coolidge regarda Schindler. Il perdait un peu de sa superbe mais parvenait à conserver la face.

– J'ai tout raconté. On a bu, on s'est baladés en ville et on a raccompagné Esther.
– Tu as oublié de mentionner le parc.
– Quel parc ?
– Lookout Park.
– Quoi ? On n'a pas été à Lookout Park.

Il était nerveux. Sa voix était tendue.

– Arrête de mentir, Billy. On a retrouvé les lunettes d'Esther Freemont dans le parc. Nous savons que vous y étiez, ce soir-là.

Les yeux du jeune homme trahissaient sa peur. Le policier y décela une lueur à la fois étrange et horrible.

– J'ai pas été au parc, ce soir-là, insista Billy.

Il respirait de plus en plus fort et ne cessait de gigoter sur sa chaise.

– Tu y étais, Billy. Tu aggraveras ton cas si tu ne me racontes pas ce que tu as fait.
– Pourquoi ? J'ai rien fait, j'y étais pas, au parc !
– Tu connaissais Richie Walters et Elaine Murray ?

Il ouvrit la bouche, les yeux écarquillés :

– Alors c'est à propos de ça...Vous croyez que... Je veux m'en aller ! Tout de suite. Il se mit à crier : Je refuse de porter le chapeau ! Laissez-moi partir.
– Je te laisserai partir quand tu auras avoué la vérité, petit con, répliqua Schindler d'une voix où perçait la haine. Quand tu m'auras raconté comment tu as poignardé ce pauvre type et violé cette fille.

Schindler s'était levé. Tétanisé, il s'approcha lentement de Coolidge. Le jeune homme se tourna vers l'agent, implorant tacitement son aide. Il tendit les mains en avant, comme pour parer un coup éventuel. Avoir Coolidge en face de lui décuplait la colère de Schindler. En imaginant la jeune fille, nue, terrorisée, suppliante, il eut envie de le frapper. Le garçon criait. L'agent observait l'inspecteur, inquiet. Puis Schindler se ressaisit. D'une main tremblante, il ouvrit la porte et quitta la pièce.

Il y avait des toilettes dans le couloir. Roy s'y précipita et s'appuya contre le mur. Il frissonnait, le souffle court. Dans le miroir, le reflet de son visage l'effraya. Ce n'était pas lui. C'était le visage d'un chasseur, celui du tueur qui sommeillait en lui. Il était envahi par des émotions inconnues. Il s'aspergea d'eau froide. Peu à peu, il retrouva ses esprits. Il monta rejoindre Harvey au deuxième étage.

Dès qu'il frappa à la porte, Marcus apparut. Il toisa son collègue, hésitant.

– Qu'est-ce qui s'est passé ?

Schindler secoua la tête :

– J'ai perdu mon calme. Ça va mieux, maintenant. Tu progresses ?

– Comment ça, tu as perdu ton calme ? Qu'est-ce que ça veut dire ? s'enquit Marcus, inquiet.

Harvey n'appréciait pas l'intérêt que Schindler portait à l'affaire. Il le trouvait malsain et non professionnel.

– Rien. Où en es-tu ?

– A mon avis, ce gosse n'est pas impliqué, répondit-il.

– Pas impliqué ?

– Il est poli et coopératif. Il répond à toutes mes questions. Et sa version des faits est la même que celle de la fille Freemont.

– Tu te trompes, Harvey. Forcément. Tu ne l'as pas vu, l'autre petit voyou. Ils ont inventé une histoire pour se couvrir, c'est tout.

– A moins que ce ne soit la vérité.

– Non, bordel ! Ce sont eux. Je le sais.

– Roy, c'est une impression subjective. Tu n'as pas la moindre preuve reliant ces garçons aux meurtres. Si tu veux le savoir, je trouve que tu t'impliques trop dans cette enquête et cela affecte ton jugement. Moi, j'abandonne la piste Coolidge et tu devrais en faire autant.

Ce soir-là, Schindler dîna devant la télévision en buvant une bière. Puis il ôta ses chaussures, sa cravate et s'étendit tout habillé sur son lit. Les mains derrière la tête, il fixa le plafond, suivant des yeux une minuscule fissure. Puis il ferma les paupières et écouta sa propre respiration.

Parfois, il avait l'impression de perdre la raison. Il sombrait dans la folie et risquait de s'en rendre compte trop tard. Être confronté à tant de violence devenait malsain. Quand la mort faisait partie du quotidien, elle n'avait plus de sens. Bientôt, il perdrait aussi le sens de la vie. Dernièrement, il avait enquêté sur la mort d'un épicier sauvagement agressé par deux malfaiteurs. La victime, un bon père de famille, avait été défigurée. Schindler avait constaté les faits sur le lieu du crime. Avec un détachement blasé, il avait disposé le corps pour les photographes. Puis il avait mené les interrogatoires d'un ton morne. La mort ne signifiait rien pour lui. En s'en rendant compte, des heures plus tard, il avait été secoué.

Le dossier Murray-Walters revêtait une importance particulière à ses yeux. Il avait enfin éveillé quelque chose d'humain en lui. Ce qui, selon Harvey, ne lui permettait pas de continuer l'enquête… Il se sentait perdu. Mais avait-il le choix ?

Après avoir relâché les frères Coolidge, Roy discuta longuement avec Harvey, qui voulut le convaincre de les oublier. La vérité était ailleurs. Mais Schindler n'y croyait pas. Jamais il n'avait été aussi sûr de lui. Ces lunettes, la personnalité des Coolidge, le couteau, la bagarre… Il y avait trop de coïncidences.

Schindler consulta sa montre. Il était allongé dans le noir depuis une heure. Esther Freemont… Il revoyait ses grands yeux marron. Des yeux de biche, très doux. Un petit animal traqué. Elle n'était pas de la même étoffe que les Coolidge. Elle se plierait à sa volonté. Schindler ferma les yeux et décida de l'interroger de nouveau dès le lendemain matin.

En arrivant chez Esther, Schindler avait établi son plan. C'était une belle journée ensoleillée. Il déclara à la mère d'Esther qu'il souhaitait poser quelques questions à sa fille au sujet de ses lunettes et qu'il la ramènerait bien vite à la maison.

Esther le suivit, tendue, les yeux sans cesse en mouvement, les mains tremblantes. Schindler s'en réjouit. Il obtiendrait la vérité le moment venu. Le policier commença par parler de tout et de rien, afin qu'elle ne se rende pas compte qu'ils ne se dirigeaient pas vers le commissariat. Tandis qu'il remontait Monroe Boulevard, elle regarda pas la vitre, hésitante.

– Ce n'est pas le chemin du centre-ville.
– Je voulais vous montrer où l'on a retrouvé vos lunettes.
– On va au parc ? Schindler hocha la tête. Là où Richie…?

– Là où on a retrouvé les lunettes.
– Je ne veux pas y aller, déclara-t-elle.
Elle était fermement agrippée au siège.
– Vous n'avez rien à craindre.
– Vraiment, je ne veux pas y aller. Je vous en prie, monsieur Schindler, j'ai peur.
– Vous n'avez aucune raison d'avoir peur, Esther. Je vous emmène dans le pré où l'on a retrouvé Richie. Vous verrez. On ne croirait pas que quelqu'un y est mort.

Elle se tut jusqu'à ce qu'ils arrivent. Schindler lui désigna l'endroit où gisaient les lunettes.
– Cela vous rappelle quelque chose, Esther ?

Elle regarda par la fenêtre. Schindler descendit et se dirigea vers l'endroit précis. Esther ne le suivit pas.
– Venez jeter un coup d'œil.
– Je vous l'ai dit, je ne suis pas passée par ici. Je me demande bien pourquoi vous m'y avez amenée.
– Juste pour voir les lieux. J'ai cru que vous aimeriez savoir où l'on avait découvert vos lunettes.

Elle se mordit les lèvres. Schindler remonta en voiture et s'engagea sur le chemin.
– Un dernier arrêt, annonça-t-il, puis on va au commissariat.
– Ne m'emmenez pas là-bas, je vous en prie, implora-t-elle d'une voix teintée de panique.
– Je veux vérifier un détail, Esther. Vous pourrez m'attendre dans la voiture.

Il se gara au bout du chemin de terre et scruta les alentours. Le soir du meurtre, le pré devait être tout aussi paisible. Schindler gagna l'endroit où stationnait la voiture des jeunes gens. Plus aucune trace du véhicule. Il attendit quelques instants pour qu'Esther imagine les fantômes qui hantaient les lieux. Puis il regagna la voiture. Esther ne prononça pas un mot jusqu'au commissariat.

Schindler se gara au sous-sol du bâtiment. Il la conduisit dans la salle d'interrogatoire où il avait questionné Billy Coolidge. Dans la matinée, il avait déposé une photographie dans le tiroir du bureau. La surveillante s'efforça de rassurer la jeune fille. Ses attentions ne faisaient que rendre Esther encore plus nerveuse. Sa peur était presque palpable. Quand il était petit, Schindler avait un lapin domestique qui ne s'était jamais habitué à sa cage. L'animal tournait en rond, cherchant à s'échapper. Le regard d'Esther lui rappelait celui de son lapin. Ses yeux roulaient dans tous les sens, cherchant une issue.

– La dernière fois que nous avons discuté, vous ne m'avez pas dit la vérité, déclara le policier.

– Comment cela ? s'enquit-elle, prudente.

Elle se méfiait de cet homme mince et impassible. Sous ses apparences se cachait un traître.

– Vous ne m'avez pas raconté ce qui s'est passé chez Alice Fay.

– Je n'ai rien fait ! répondit-elle vivement.

– Non. Mais Billy et Bobby, oui. Dites-moi ce qu'ils ont fait.

Esther baissa les yeux.

– Ils se sont battus, avoua-t-elle à voix basse.

– Je ne vous entends pas, déclara Schindler.

– Ils se sont battus, répéta-t-elle plus fort. Je vous jure, je leur ai demandé de partir. Je ne voulais pas qu'ils se battent. Je voulais seulement voir la maison.

– Vous ne m'avez pas expliqué comment ils se sont battus.

Esther sembla troublée. De quoi s'est servi Billy ?

Elle écarquilla les yeux.

– De quoi s'est servi Billy ? répéta le policier.

– D'un... d'un couteau, répondit-elle tout bas.

– C'est cela. Et vous me l'avez caché, non ?

– Non. Franchement, ne... Je savais pas que ça avait de l'importance.

– Pas d'importance, Esther ? Vous savez que Richie Walters a reçu vingt coups de couteau ? Vingt coups. Et, selon vous, le fait que Billy Coolidge avait un couteau n'a pas d'importance ?

– Eh bien, on n'a pas été là-bas.

– Où cela ?

– Au parc.

– Comment le savez-vous ? Vous affirmez ne pas vous souvenir de cette soirée.

– Je le sais, c'est tout.

– Vous le savez ! répéta Schindler.

Esther se mordit les lèvres.

– Maman le sait, affirma-t-elle soudain, soulagée, comme si elle retrouvait son souffle.

— C'est faux, Esther. Tout ce que votre mère peut confirmer, c'est que vous êtes rentrée tard et que vous étiez saoule. Richie a été tué entre minuit et deux heures.

Esther baissa de nouveau les yeux. Schindler la laissa tranquille un moment. Il posa les yeux sur le tiroir du bureau. Il voyait presque la photo à travers le bois et l'enveloppe kraft. La pitié qu'il aurait pu ressentir pour Esther Freemont s'envola.

— Parlez-moi du parc, Esther.

— Je n'y ai pas été.

— Comment le savez-vous puisque vous avez oublié ?

— C'est ce que je voulais dire. Je ne m'en souviens pas. S'il vous plaît, je peux rentrer chez moi ?

— Richie et Elaine ne peuvent pas rentrer, eux.

Elle secoua la tête.

— Billy les détestait, non ?

— J'en sais rien, répondit-elle.

— C'est faux, Esther. Billy déteste les gens riches. Il les envie. J'ai suffisamment enquêté pour savoir ce que Coolidge a dans le crâne. A présent, répondez-moi. Billy détestait les gens riches, n'est-ce pas ?

— Oui.

— Bien, lâcha Schindler en s'adossant sur son siège. On commence à avancer. Qui d'autre Billy détestait-il, Esther ?

Elle aurait voulu qu'il cesse de prononcer son prénom. Dans sa bouche, il semblait sale. Les larmes lui montèrent aux yeux.

— Qui ? demanda Schindler d'un ton cinglant.

— Arrêtez, j'en sais rien ! Les gosses de riches. Il n'aimait pas Tommy Cooper. Mais il ne me parlait pas beaucoup.

— Vous étiez avec lui, ce soir-là.

— Non. J'étais avec Roger... Roger Hessey. C'est mon petit ami. Mais on s'est disputés à la soirée et il m'a laissée. Voilà pourquoi j'étais avec Billy.

— Et vous ne vous rappelez pas le parc ?

— Non. J'ai des souvenirs flous. On était dans le centre-ville. On faisait un tour en voiture.

— Esther, je vais vous laisser tranquille, mais je veux d'abord vous montrer quelque chose. Ensuite, je vous ramènerai chez vous.

Devait-elle le croire ? Rentrer chez elle, quitter cette pièce... Elle se détendit soudain. Ses épaules se voûtèrent. Schindler ouvrit le tiroir du bureau et sortit l'enveloppe kraft. Il posa une grande photographie retournée sur la table. Curieuse, la jeune fille se pencha en avant. Dès qu'elle eut posé les yeux sur le dos de la photo, le policier la retourna et recula de quelques pas. Esther enregistra la scène en étouffant un cri d'effroi. Puis elle se mit à hurler. Schindler ne s'y attendait pas. Esther se leva, les mains sur le visage, les doigts repliés telles des griffes. Le policier la considéra avec détachement, tel un spécimen de laboratoire. Esther ne parvenait pas à détacher ses yeux de la photo. La surveillante adressa au policier un regard noir en entraînant la jeune fille hors de la pièce. Les gens commençaient à surgir dans le couloir.

Schindler se rendit soudain compte qu'il était à l'origine de l'hystérie de la jeune fille. Son masque s'effritait. Ses collègues l'observaient. Pourtant, il ne bougeait pas. Il s'efforça de considérer la situation avec logique. Il n'avait rien fait de mal. Cette fille et les deux garçons étaient responsables. Ils avaient massacré deux gosses superbes. Si Esther devait souffrir pour qu'éclate la vérité, c'était regrettable, mais tant pis. Quelqu'un lui demanda si ça allait. Il ne répondit pas. Sur le bureau étaient posés une carafe d'eau et un verre. Il but lentement en contemplant la photo. Il ressentit alors la même colère que lorsqu'il avait découvert la dépouille du jeune homme. Le cliché représentait un cadavre posé sur un drap en plastique. Les blessures du visage étaient bien visibles. Sans doute était-ce cruel d'avoir montré cela à Esther, mais Schindler était déterminé. Rien ne le ferait reculer pour retrouver les assassins de Richie Walters.

– J'ai décidé de vous retirer l'affaire, Roy, déclara le capitaine Webster.

Schindler était assis bien droit, les lèvres pincées, les yeux rivés dans ceux du capitaine. Il préféra ne rien répondre.

– Je ne sais pas ce qui vous a pris avec cette fille. Vous vous estimerez heureux si elle ne porte pas plainte contre vous.

– Capitaine, je... j'ai la certitude qu'Esther Freemont est la clé qui mène aux meurtriers de l'affaire Murray-Walters.

– Je sais ce que vous pensez. J'ai longuement discuté avec Harvey Marcus avant de vous convoquer. Nom de Dieu, Roy, vous êtes l'un de mes meilleurs inspecteurs ! Mais on n'est pas la Gestapo, bordel ! Je n'accepterai pas que l'on torture ainsi des témoins. On deviendrait pire que ceux que nous pourchassons. De plus, je pense que vous n'êtes pas sur la bonne voie. Selon Harvey, votre obsession pour les frères Coolidge vous empêche d'enquêter efficacement. Je vous retire donc le dossier.

– Parce que je lui ai montré la photo ?

– Vous n'avez pas entendu ce que je viens de dire ? La photo aurait suffi, en effet. Cette fille a seize ans, Roy. Mais ce n'est pas la raison de ma décision. J'ai relu le dossier et j'en ai discuté avec plusieurs collègues de la criminelle. Je ne pense pas qu'il soit de l'intérêt du service que vous persistiez.

Schindler respira profondément :

– Qui hérite de l'enquête ?

– Doug Cutler, mais je lui recommanderai de classer le dossier.

– Le classer ? Capitaine, cela revient à abandonner !

– Je vous ai dit que j'avais étudié le dossier. Continuer l'enquête ne permettra pas de résoudre le mystère.

Roy Schindler rentra se coucher mais il ne dormit pas. Il alluma une cigarette et la fuma, étendu sur son lit. Il était épuisé, malade. Un mal le rongeait de l'intérieur. Au bout de quelques heures, Roy appela M. Walters. Au début, il avait coutume de se rendre chez les Walters pour les tenir au courant des progrès de son enquête. Mais il avait cessé par égard pour Mme Walters, que ses visites rendaient nerveuse. M. Walters, lui, s'était endurci et écoutait les rapports de Roy, curieux du moindre développement nouveau. Il déclara qu'il serait heureux de le rencontrer. Le policier se rhabilla et se rendit en ville.

– Je voulais vous l'annoncer personnellement : ils ont classé le dossier.

– Cela signifie qu'il est clos ? demanda Norman Walters, incrédule.

– En quelque sorte. Plus personne n'enquête sur cette affaire.

– Mais vous aviez une piste. Vous pensiez savoir qui... qui avait tué Richie.

– Je le crois, mais mon service n'est pas d'accord. On m'a retiré l'enquête.

M. Walters dévisagea Schindler.

– Qui a fait cela ? Vous savez, j'ai des relations. Donnez-moi les noms et je ferai en sorte que vous repreniez vos investigations dès demain.

Le policier secoua la tête :

– Ce n'est pas une solution. Même si vous pouviez modifier leur décision, il y aurait un ressentiment à mon égard et je ne pourrais pas travailler normalement.

– Et si je demandais au préfet de vous rendre l'enquête...

– Je n'en suis pas certain... Il y aurait, là aussi, des grincements de dents.

– Alors tout est fichu, lâcha Walters, abattu. Mon fils est mort et nul ne paiera pour ce crime.

– Non, tout n'est pas fichu. Pour moi, ce ne sera jamais terminé. Je vais laisser les esprits se calmer. J'ai toujours accès au dossier et je peux poursuivre discrètement l'enquête. Ce que je fais pendant mon temps libre me regarde. Non, ce n'est pas terminé, monsieur Walters.

III

MAGIE NOIRE

1

Novembre 1965. Comme chaque lendemain de Thanksgiving depuis 1961, Norman Walters se rendit dans son bureau après le petit déjeuner et établit un chèque à l'ordre du service des petites annonces du *Portsmouth Herald*. Puis il le glissa dans une enveloppe avec une feuille de papier à en-tête portant le texte dactylographié d'une annonce qui paraîtrait pendant un mois :

« Offre récompense de 10 000 $ pour tout renseignement menant à l'arrestation et à la condamnation du ou des meurtriers de Richie Allen Walters et d'Elaine Melissa Murray, assassinés le 25 novembre 1960. Contacter Norman Walters, suite 409, Seacrest Building, Portsmouth. Tél.: 237 1329. »

A l'étage, le plancher de la chambre craqua. Jetant un coup d'œil inquiet vers la porte, Norman scella l'enveloppe. Carla n'allait pas tarder à descendre. Il ne voulait pas qu'elle aperçoive la lettre. Elle se remettait lentement de la mort de Richie et quand il la surprenait parfois, en larmes, dans le salon ou ailleurs, Carla n'expliquait jamais la raison de ces sanglots. Aussi veillait-il à ne jamais faire allusion à leur fils disparu.

Dehors, le soleil brillait. La neige tombée la veille crissa sous ses pas. En songeant à Richie, il pensa à Roy Schindler. Après la mort de son fils, Norman avait souvent vu l'inspecteur. D'abord, il avait cru qu'ils partageaient un chagrin commun, mais il avait vite compris que c'était la haine qui les rapprochait. Avec le temps, à mesure que sa soif de vengeance s'apaisait, il s'était éloigné du policier et Schindler avait dû sentir son aversion grandissante pour tout ce qui lui rappelait son fils. Désormais, il lui semblait évident que la mort de Richie signifiait davantage pour Schindler que pour lui-même, ce qui n'était, bien sûr, pas vérifié. Mais cette pensée semait en lui le germe de la culpabilité.

Pour expier ses fautes imaginaires, Norman avait trouvé ce rituel de la petite annonce. Dans son cœur, il priait pour qu'aucun élément nouveau ne vienne faire surface. A quoi bon découvrir l'assassin après tant d'années ? Cela ne ferait que rouvrir les plaies et raviver le chagrin de sa femme. Dans la semaine, il avait même songé à l'éventualité de déroger au rituel de l'annonce mais, en pensant à Schindler, il n'en avait pas eu le courage.

Le couvercle de la boîte aux lettres se rabattit avec un tintement métallique. Norman redressa les épaules comme s'il s'était soudain débarrassé d'un lourd fardeau.

Le bébé pleurait encore. Esther Pegalosi avait de plus en plus de mal à se lever. Parfois, elle aurait voulu rester au lit jusqu'à ce que les sanglots se taisent d'eux-mêmes. Mais elle culpabilisait. Une mère normale ne pouvait souhaiter la mort de son enfant. Et elle aimait son bébé. Mais elle était si lasse... Si seulement John était encore là. Mais John l'avait abandonnée. Il était parti à cause du bébé. Non, pas à cause du bébé. D'autres hommes l'avaient quittée avant lui alors qu'il n'y avait aucun bébé. C'était de sa faute. A elle seule.

L'enfant mugissait. Esther regarda le réveil. Quatre heures du matin. Il faisait encore nuit. Elle se sentit vide. Qu'était-elle devenue ? Une machine. Un automate. Se lever, nourrir l'enfant, se laver, dormir. Un être inutile.

En quittant son lit à regret, Esther se vit dans le miroir. Elle avait presque perdu tout le poids pris lors de sa grossesse. Elle ôta sa chemise de nuit, révélant ses longues jambes et ses hanches larges. Son ventre commençait à retrouver sa fermeté. Et il y avait ses seins. John adorait ses seins. Les autres hommes aussi, d'ailleurs. Des seins généreux et fermes, superbes, malgré la grossesse. Elle avait un corps magnifique. Ils l'avaient tous dit. Pourtant, cela ne suffisait jamais.

Depuis combien de temps connaissait-elle John ? Un an et demi ? Elle était serveuse chez Foley, au bord de la Nationale. Esther était jolie, tous les clients flirtaient avec elle. Les propositions ne manquaient pas. La plupart du temps, elle acceptait.

John, lui, n'était pas comme les autres. Il était plus calme, moins dragueur. Avec lui, pas de mains aux fesses ou de réflexions douteuses. Ils étaient allés plusieurs fois au cinéma. John s'était conduit comme un vrai gentleman. Un jour, il lui avait même offert des fleurs. Leurs rendez-vous étaient espacés car il passait beaucoup de temps sur la route, mais Esther attendait ses visites avec impatience. Certes, elle ne ressentait pas pour lui les sentiments décrits dans les romans et les magazines, mais elle était bien. Il était gentil et la respectait. Elle rêvait de tomber amoureuse, comme dans les livres, mais se contentait d'avoir auprès d'elle une personne qui, selon elle, l'aimait.

Le bébé, écarlate, serrait ses petits poings. Il avait la bouche si grande. Et il criait, il criait sans arrêt. Pourquoi n'était-il pas plus sage ? Il ne lui laissait jamais aucun répit. Esther le prit dans ses bras et le berça sans tendresse.

Avant son mariage avec John, peu de choses avaient changé dans la vie d'Esther. Après le lycée, elle était partie de chez elle. Elle avait pris un appartement et trouvé un emploi. Elle avait connu pas mal d'hommes, qui ne restaient jamais très longtemps. Ils prétendaient l'aimer et, à chaque nouvelle promesse de bonheur, elle se donnait à eux sans retenue. Néanmoins, ces liaisons étaient éphémères

Un jour, John la demanda en mariage. Cette proposition lui fit peur. Elle avait tant espéré le bonheur. Maintenant qu'elle l'avait à portée de main, elle était terrifiée. Cette nuit-là, elle pleura. John était un type bien. Alors pourquoi voulait-il d'elle ? Les autres ne lui trouvaient rien d'intéressant.

Le lendemain, Esther n'alla pas travailler au cas où il aurait changé d'avis. Jamais elle ne l'aurait supporté. Pour une fois que les choses se passaient bien. John représentait pour elle son dernier recours. Ils se marièrent civilement et louèrent un petit appartement. Bientôt, John se retrouva au chômage. Au début, il chercha assidûment un emploi, mais le marché du travail n'était pas florissant. Il finit par baisser les bras. Vautré toute la journée devant la télévision, il se mit à boire plus que de coutume, et leur vie sexuelle en souffrit. John avait toujours été un amant passionné et attentionné. Une fois au chômage, il prétendit être toujours fatigué. Leurs rares ébats étaient brefs et dénués de tendresse.

Tandis que le bébé tétait goulûment son biberon, la tête d'Esther roula sur le côté. Elle lutta pour ne pas s'endormir. Quand il aurait terminé, elle le changerait. Ensuite, il dormirait peut-être quelques heures. Il semblait paisible, mais ce n'était qu'une illusion. Elle le détesta et s'en voulut aussitôt. Non, elle ne détestait pas son bébé. C'est elle-même qu'elle détestait. Elle en voulait à son fils parce qu'elle avait perdu John à cause de lui. John ne serait pas parti si elle ne s'était pas retrouvée enceinte. Quand elle lui avait annoncé la nouvelle, il n'avait rien exprimé. Cette réaction l'avait blessée. Elle avait espéré qu'il se serait réjoui de la venue d'un bébé, un être qu'ils auraient aimé ensemble. Mais John était devenu taciturne, sombre. Ils se chamaillaient sans cesse pour des questions financières.

Esther se mit à détester son fils avant même sa naissance. Il la séparait de John, insinuant son corps minuscule entre elle et le seul bonheur qu'elle ait jamais connu. John ne parlait pas de la quitter mais ce danger hantait chaque pièce de l'appartement. Puis, un jour, il partit.

La bouche du bébé quitta la tétine. Repu, il s'endormit. Esther décida de ne pas le changer, de peur qu'il se remette à pleurer. Elle le déposa dans son berceau et se retira. Peut-être dormirait-il longtemps ? Esther se glissa sous les couvertures et ferma les yeux. L'épreuve la plus pénible avait été de rentrer dans cet appartement avec son nouveau-né. Ces murs étaient sa prison, et le bébé son gardien. Elle purgeait une peine à perpétuité. Parfois, elle regrettait presque de ne pas être morte en couches... Elle imagina les médecins en blouse blanche, l'air solennel, qui observaient la courbe sur l'écran du moniteur se transformer en une ligne continue. Ils auraient annoncé à John qu'elle et le bébé étaient morts. Il aurait pleuré, il y aurait eu des roses pour ses funérailles. Le prêtre aurait prononcé de belles paroles.

Elle n'était pas morte mais elle n'était plus grand-chose. Finalement, tout ce qu'elle voulait, c'était... être quelqu'un. Elle se mit à pleurer.

A la respiration saccadée de son mari, Cindy Shaeffer sut qu'il était éveillé. Dehors, il faisait encore noir. Comme presque chaque nuit, elle demeura immobile. Elle se sentait perdue. Il remua et poussa un soupir qui ressemblait à un gémissement. En se tournant vers lui, elle remarqua qu'il fixait le plafond, le front en sueur. Elle l'enlaça. Mark n'en fut pas réconforté pour autant.

– Ça va ? Tu veux que je te prépare un chocolat chaud ?

Mark secoua lentement la tête, désemparé :

– Ça va. Je vais descendre un petit moment. Ce serait dommage que tu perdes le sommeil, toi aussi.

– Ne t'inquiète pas. Tout va s'arranger. Il suffit d'être patient.

Mark se leva et enfila son peignoir. Il prit son livre sur la table de chevet et quitta la pièce.

– Mark, implora Cindy.

– Ne t'en fais pas, dit-il d'un ton morne. Ne t'en fais pas.

Elle entendit la porte se refermer. Les larmes lui montèrent aux yeux. Tout s'écroulait. Si seulement elle pouvait l'aider. Dans le salon, Mark alluma la lumière et ouvrit son livre. Mais il ne parvint pas à se concentrer. Huit mois plus tôt, il était pourtant au sommet. Il venait d'être admis au barreau et était à l'aube d'une brillante carrière d'avocat. En six mois, il perdit toute confiance en lui. Au début, il se contenta d'attendre que les confrères qui s'étaient engagés à le contacter tiennent leur promesse. A l'époque, il croyait vraiment pouvoir trouver du travail. Au bout de quelques mois de promesses vaines et de poignées de main hypocrites, il perdit tout espoir.

Cindy ne le comprenait pas. Jeune mariée, elle avait pris un poste de secrétaire pour financer les études de son mari. Comme lui, elle s'attendait à décrocher le gros lot le jour où il obtiendrait son diplôme. Au lieu de cela, sa vie n'était que frustration. Issue d'une famille modeste, elle avait peur de manquer d'argent. Plus le temps passait, plus elle se sentait sous pression. Ne s'expliquant pas pourquoi il ne trouvait rien, elle commença à lui reprocher de ne pas fournir d'efforts suffisants. De violentes disputes éclataient. Mark s'en voulait de la faire pleurer.

Peu après le nouvel an, lassé de ses échecs, Mark décida de s'établir à son compte. Plusieurs avocats libéraux lui avaient assuré qu'il pouvait réussir. C'était toutefois une perspective inquiétante. Il manquait d'expérience et de relations. Pourtant, plus il considérait ce projet, plus il en avait envie. Cindy ne se montrait pas aussi enthousiaste. Elle souhaitait arrêter de travailler pour avoir un bébé. Si Mark se mettait à son compte au lieu de se faire embaucher par une grosse société qui payait bien, les dettes s'accumuleraient encore et elle devrait continuer à travailler plusieurs années. Ils s'étaient disputés à plusieurs reprises mais Mark avait eu le dernier mot.

Depuis deux mois, il louait un petit bureau dans un vieil immeuble situé non loin du palais de justice de Portsmouth. Il aimait son travail mais les clients se faisaient rares. Il se demandait s'il s'en sortirait un jour, tout seul. Dernièrement, il ne dormait pas bien. Il était fatigué mais, dès qu'il se couchait, il pensait à ses charges ou imaginait, anxieux, que l'un de ses clients ne le paierait pas. Alors, il perdait le sommeil.

Ses disputes avec Cindy n'arrangeaient pas la situation. Ils se couchaient fâchés, ce qui ne leur arrivait jamais auparavant. Ils se réconciliaient en général au matin, mais ses reproches continuels commençaient à lui peser. Il avait même envisagé une séparation temporaire, avant de rejeter cette idée. En tout cas, il ignorait comment leur couple, qu'il croyait si solide, tiendrait. Mark appuya la tête contre le dossier du fauteuil et ferma les yeux. Dans quelques heures, il devrait retourner au bureau. Faute de dormir, il pouvait au moins se reposer.

– Ralentis un peu, Coolidge ! On ne fait pas la course, bordel !

En passant sur un nid-de-poule, le camion vibra et tressauta. La bouteille de whisky de Mosby éclaboussa son pantalon.

– Merde, Coolidge ! Il m'a coûté la peau des fesses, ce whisky ! La prochaine fois, tu vas m'entendre !.

– Je préfère me faire corriger par toi que par les Viêts. De toute façon, t'es plus beau que tous ces niakoués.

– Ces petits cons, ils ne t'auront pas tant que je serai là pour te protéger.

– Ils risquent de nous avoir tous les deux si on ne rentre pas au campement avant la tombée du jour.

Mosby pencha la tête en arrière et but une gorgée d'alcool. Ils ne s'étaient pas privés depuis l'offensive sur Saigon de la veille. Bobby Coolidge ressentait les effets de l'abus de whisky. Il devait se concentrer davantage sur les virages de cette piste à travers la jungle. De part et d'autre poussait une végétation dense et luxuriante, dont les branches formaient une arche au-dessus de leurs têtes, les privant des derniers rais de lumière du soleil couchant.

Il regrettait d'avoir attendu son camarade Mosby pendant qu'il sautait une des filles du bar. Il savait combien de temps il leur faudrait pour rentrer au campement avec l'approvisionnement et il connaissait les dangers de la jungle une fois la nuit tombée. La route bifurqua soudain. Bobby donna un brusque coup de volant, parvenant de justesse à maintenir le camion en équilibre. Mosby poussa un nouveau juron. Bobby n'était pas en état de conduire après tout ce qu'il avait bu. Merde ! Mais Mosby encore moins. Il n'avait pas le choix.

Mosby se laissait bercer par le ronronnement du moteur et la monotonie du trajet. La bouteille presque vide se renversa, déversant le liquide ambré sur le sol du véhicule. Coolidge observa le visage de son camarade. Celui-ci grommela et sourit, plongé dans quelque rêve érotique. Coolidge, lui, ne faisait plus de tels rêves. Depuis longtemps déjà.

Au camp d'entraînement, ses vieilles angoisses étaient remontées à la surface. En guise d'avertissement, peut-être. Mais il ne parvenait pas à mettre le doigt dessus. A l'époque, la guerre l'enthousiasmait encore. A peine sorti du lycée, il se prenait pour John Wayne. Le Vietnam se révéla différent de ce qu'il avait imaginé. Que fichait-il là ? Les gens qu'il tuait ne ressemblaient pas à l'ennemi tel qu'il se le figurait. Il y avait trop de femmes, d'enfants et de vieillards. Parfois, il n'était même plus certain qu'il s'agissait d'ennemis.

Il était perdu. Un jour, il avait cessé le feu en plein combat. Mais il n'en avait parlé à personne. Que dirait Mosby s'il connaissait les pensées qui peuplaient son esprit ? Et les autres ? Certains comprendraient ou compatiraient, mais mieux valait garder ses problèmes pour soi. Il y avait un prix à payer : des cauchemars qui s'insinuaient dans son sommeil. Des cadavres, du feu et du sang...

Ces cauchemars se mirent à régir son existence. Il était chargé de réparer les lignes téléphoniques dans un secteur fortement infiltré par le Viêt-công. Ainsi, il escaladait les poteaux dans le noir. Puis il allumait une torche et avait deux minutes pour travailler, priant pour ne pas recevoir une balle dans la peau. Chaque seconde durait une éternité. Le jour, il ne dormait pas parce qu'il pensait à la nuit à venir. La nuit, il était en proie à ses cauchemars.

Sans l'alcool, il ne s'en serait jamais sorti. Seule la bouteille lui procurait un sommeil paisible et sans rêves. Elle adoucissait l'horreur de la guerre. Peu à peu, il se mit à considérer cette aventure comme une vie menée par un autre. Il existait deux Bobby

Coolidge. L'un buvait et jouait au petit soldat tandis que l'autre l'observait. Il devenait alors un homme réfléchi. Il rejetait la violence de sa jeunesse, se posait des questions. En découvrant les visages des enfants agonisants, il avait compris que c'en était terminé de la gloire.

La route était monotone. Le halo des phares du camion l'hypnotisait. Il avait les paupières lourdes. Il dut s'assoupir un court instant car il ne vit pas le vieil homme surgir sur la route. Soudain, il était là, figé dans la lumière, comme une biche effarouchée, pétrifié. Ses yeux imploraient Bobby de lui laisser la vie sauve. S'il avait été sobre, Bobby aurait sans doute pu l'éviter, mais il réagit trop lentement. Avant de pouvoir freiner, il lui roula sur le corps. Il y eut un bruit sourd. Le véhicule fit une embardée. Le choc avait projeté Mosby contre le tableau de bord. Ce dernier mit un certain temps à comprendre.

– Qu'est-ce qui s'est passé ?
– Je crois que j'ai écrasé un type.
– Quoi ? lâcha Mosby, le cerveau embrumé.
– Avec le camion. Je crois que j'ai heurté un vieil homme. Je te jure, je ne l'avais pas vu. Il était là. Je ne sais pas ce qui s'est passé.

Mosby scruta la pénombre :
– Je ne vois personne.
– Il est sans doute derrière nous, ou sous les roues.
– Merde...

Ils demeurèrent dans la cabine quelques instants.
– Il faut vérifier s'il est mort. Il est peut-être blessé.

Malgré sa peur, Bobby suivit Mosby et se glissa hors de la cabine. Mosby observa les alentours. Il faisait nuit noire. Muni d'une torche, il se dirigea prudemment vers l'arrière du véhicule. D'abord, il ne remarqua pas le corps, projeté dans un buisson, au bord de la route. Puis le faisceau lumineux éclaira une jambe repliée. Le visage de la victime était figé dans une expression incrédule. Seul un filet de sang coulait de sa bouche. Quand Mosby le poussa du pied, il n'y eut aucune réaction.

– Il est mort ? s'enquit Coolidge par-dessus l'épaule de Mosby.
– Je crois. Il ne bouge pas.
– Qu'est-ce qu'on va faire ?
– Je n'en sais rien. Laisse-moi réfléchir une minute.

Mosby braqua la torche dans toutes les directions. Les alentours étaient déserts.

– Écoute, c'était un accident, non ?

Bobby secoua la tête. Il tremblait encore et avait le ventre noué, sur le point de défaillir.

– C'était un vieux, de toute façon, et un niakoué, en plus. Si on le cache dans les buissons, on ne le retrouvera pas avant plusieurs jours. D'ailleurs, si on le retrouve, qui s'en souciera ? Y a aucun moyen de nous identifier si on n'en parle à personne.

– Je n'en sais rien. Je l'ai quand même tué, Carl.

– Écoute, Bobby. Réfléchis. C'est pas un Blanc, ce type. C'est un niakoué parmi d'autres. Et si c'était un Viêt-công ? Écoute, on ne dit rien à personne et on n'aura pas d'histoires. OK ?

Bobby dut s'asseoir. Il glissa le long du camion et alluma une cigarette d'une main tremblante. Mosby chercha le meilleur endroit pour dissimuler le corps. Quand il revint vers le camion, Bobby était plus calme.

– T'avais raison. Ça va mieux, maintenant.

Il se leva et s'approcha prudemment du corps. Bobby s'humecta les lèvres et se pencha. Ses mains tressautèrent un peu en effleurant les jambes encore chaudes du vieillard. Mosby saisit la victime sous les bras. En le soulevant, Bobby détourna les yeux. Ils portèrent le cadavre dans un fourré. Il n'y avait aucune trace de sang sur le camion. Hors d'haleine, ils regagnèrent la cabine obscure. Quand ils se furent ressaisis, Mosby conduisit jusqu'au campement. C'était terminé. Rien ne s'était passé. Ils s'étaient mis d'accord.

Quelques nuits plus tard, Bobby se réveilla en hurlant. Il errait dans un village. Il y avait des morts partout, des corps nus et éventrés, les tripes à l'air dans un enchevêtrement d'entrailles. Bobby s'y prenait les pieds. Les visages des victimes le fixaient, les yeux grands ouverts. Ils avaient tous le regard du vieillard.

– On ne les trouvera pas ce soir, déclara l'agent Stout.

– Vous croyez ? demanda Schindler.

– Ce sont des putes. Elles vont aller à Los Angeles ou à San Francisco. Elles font comme les oiseaux, elles migrent. Elles seront de retour l'été prochain, expliqua Stout en riant de sa propre plaisanterie.

Schindler n'était pas d'humeur à plaisanter. Toute la nuit, il avait sillonné les rues avec son collègue, qui connaissait le secteur, en quête de deux prostituées témoins d'un homicide. Manifestement, ils ne les trouveraient pas. Il était fatigué et déprimé.

La radio se mit à grésiller mais Schindler n'y prêta pas attention jusqu'à ce que Stout fasse demi-tour dans un crissement de pneus.

— Qu'est-ce qui se passe ? s'enquit Schindler en émergeant de ses pensées.

— Tentative de suicide tout près d'ici, répondit Stout, sans la moindre trace d'humour, cette fois.

Ils s'arrêtèrent devant un immeuble de quatre étages. Une femme en peignoir, portant des bigoudis, se tenait dans l'entrée.

— Elle est dans l'appartement 4B. C'est fermé à clé. Dépêchez-vous !

Les deux policiers gravirent les marches quatre à quatre. En atteignant le palier du quatrième étage, Schindler haletait. Ne trahissant pas le moindre signe de fatigue, le jeune Stout longea le couloir et s'arrêta devant une porte en bois. Puis il donna un coup de pied près de la serrure. Le bois vola en éclats.

La fille était allongée nue sur son lit. Un flacon de médicaments vide gisait sur la table de chevet. Stout indiqua qu'elle respirait encore. Schindler appela depuis la pièce principale une ambulance. Quand il raccrocha, Stout tenait la jeune femme et s'efforçait de la faire marcher.

— Elle a déposé son bébé devant ma porte.

Schindler se retourna. La femme qui les avait accueillis se tenait sur le seuil, fixant Stout et la jeune fille nue.

— Comment ? demanda Schindler.

Sans quitter la scène des yeux, la femme s'avança :

— J'ai entendu les pleurs du bébé. Il était six heures et le bruit était plus fort que d'habitude. Il était devant ma porte, dans sa poussette. Elle l'avait habillé, puis abandonné. En lisant son petit mot, j'ai appelé la police.

— Vous avez bien fait, assura Schindler

Entendant des pas dans l'escalier, il se rendit dans la chambre pour aider Stout. Deux hommes en blanc surgirent dans l'appartement, portant une civière. Le minuscule salon commençait à être encombré. Schindler scruta le visage de la désespérée, cherchant un signe de vie. Elle était jolie sans être vraiment belle, plutôt sensuelle.

Quelque chose chez cette fille intriguait Schindler. Il avait l'impression de la connaître.

– Comment s'appelle-t-elle ? s'enquit-il auprès de la femme aux bigoudis.

– Esther Pegalosi, répondit la dame tandis que les deux ambulanciers s'affairaient.

Schindler regarda de nouveau le visage de la jeune femme. Esther ! Mais elle ne se nommait pas Pegalosi, à l'époque.

– Je veux l'accompagner à l'hôpital, déclara-t-il.

L'un des deux hommes hocha la tête. Stout, soulagé de son fardeau, était assis sur le lit, épongeant son front moite.

– Je monte dans l'ambulance ! cria Schindler en suivant la civière.

Stout leva les yeux, étonné. Il voulut lui répondre mais Schindler avait déjà disparu. Haussant les épaules, il sortit son calepin. La dame aux bigoudis suivit du regard les ambulanciers et l'inspecteur.

2

— Elle a déposé le bébé devant la porte de sa voisine, expliqua Stout.
— Ah bon ? répondit l'infirmière, une femme entre deux âges, qui ne cherchait qu'à entretenir la conversation.
— Elle a de la chance de s'en être tirée, ajouta le policier.

L'infirmière approuva, un peu distraite. Le Dr Tucker venait d'apparaître au bout du couloir. Stout évoqua le petit mot rédigé par la jeune femme avant sa tentative de suicide. L'infirmière sourit au Dr Tucker qui lui répondit d'un signe de tête. Il avait eu une journée harassante. Une dernière patiente et il pourrait rentrer chez lui.

— La voisine affirme que son mari l'a quittée quand elle s'est retrouvée enceinte. Puis elle a déprimé après la naissance du bébé. Pourtant, on croyait qu'elle avait surmonté ses problèmes.
— C'est peut-être le changement de saison. J'ai lu quelque part...

Le Dr Tucker n'écouta pas la théorie de l'infirmière. Il faudra que je lui demande, un jour, songea-t-il. Le changement de saison ? Une théorie comme une autre pour expliquer que les gens éprouvent le besoin de se détruire. Qui était cette femme, d'ailleurs ? Caucasienne, sexe féminin, 22 ans. Le médecin secoua la tête. Comment pouvait-on être aussi désespérée à 22 ans ? Qu'importe. Là n'était pas le problème dans l'immédiat. La jeune femme s'en tirerait. Mais fallait-il vraiment se démener autant dans certains cas ? Chacun sa vie, après tout. Chacun ses choix. Celle-ci aurait peut-être préféré mourir.

La porte s'ouvrit. Le Dr Tucker regarda par-dessus son épaule. Un homme grand au regard triste, vêtu d'un pardessus, entra dans la pièce.

– Je peux vous renseigner ? demanda le médecin, agacé par cette intrusion.

– Je suis l'inspecteur Schindler, de la police de Portsmouth. Je voulais avoir de ses nouvelles.

Le Dr Tucker allait répondre quand la patiente se réveilla. Le regard vitreux, elle avait du mal à garder les yeux ouverts. Schindler s'approcha.

– Comment vous sentez-vous ? s'enquit le médecin d'un ton qui se voulait enjoué.

Elle essaya de parler. Elle dut fermer les paupières un instant pour rassembler ses forces. Quand elle s'exprima enfin, sa voix était traînante, à peine audible. Schindler crut distinguer « est mort ». Le médecin se pencha vers elle :

– Votre bébé va bien, madame.

Elle l'observa, troublée. Puis elle éclata en sanglots.

– Il n'avait plus de visage ! cria-t-elle.

Les larmes coulèrent sur son oreiller. Schindler ressentit des picotements familiers. Malgré sa fatigue, le Dr Tucker s'efforça de la réconforter.

– Ils ne voulaient pas le lâcher. Ils frappaient sans cesse...

– Personne n'a frappé votre fils, madame. Il va très bien.

Ébahie, elle cessa de pleurer et secoua la tête :

– Non, pas le bébé ! Il est mort... Ils l'ont cogné, hein ?... Le mort... Mon Dieu...

Elle sanglota de plus belle. Le médecin soupira.

– Esther, vous parlez de Richie, n'est-ce pas ? murmura Schindler.

Le médecin fit volte-face. Manifestement, il avait oublié la présence du policier.

– Je vais vous demander de partir, monsieur.

– C'était Richie ?

– Allons, insista Tucker. Sortez.

– Tout ce sang... sanglota Esther.

– Docteur, je... bredouilla Schindler.

– J'ai dit dehors ! Ma patiente n'est pas en état de vous parler.

Schindler baissa les yeux vers la jeune femme, dont la tête roula sur le côté. Elle s'endormit. Le médecin repoussa le policier.

– J'ignore ce que vous manigancez, mais...

– Je suis désolé, coupa Schindler.

– C'est inadmissible.

– Docteur, j'ai dit que j'étais désolé et je suis sincère. Il faut que je vous parle. Cette femme détient peut-être des renseignements importants sur une affaire d'homicide. Pourrions-nous bavarder quelques instants ?

Mark Shaeffer trouva un siège au fond de la salle bondée. Un jeune juge était en train de lire ses droits à un vieil homme noir.
– Vous comprenez que vous avez droit à un avocat commis d'office si vous n'avez pas les moyens d'en engager un, monsieur Dykes ?
– Pourquoi j'aurais besoin d'un avocat si je n'ai rien fait ? Je vous le répète, je suis innocent.
– Monsieur Dykes, nous ne sommes pas au tribunal de première instance. Nous vous avons convoqué aujourd'hui pour vous informer du chef d'accusation, vous demander si vous avez un avocat et si vous entendez plaider coupable ou non coupable. Vous êtes accusé d'agression, ce qui est un crime grave. Au tribunal, vous devrez être défendu par un avocat.
– Mais je viens de vous répondre. Je n'ai rien fait. Je n'ai agressé personne. C'est ma bouteille de vin. Comme je ne voulais pas en donner à cette ordure, il m'a empoigné. Alors, évidemment, je l'ai cogné. Mais c'était ma bouteille.
– Monsieur Dykes, je ne souhaite pas connaître votre version des faits. Vous aurez un avocat commis d'office.

Le juge se tourna vers un policier qui montait la garde devant une porte.
– Agent Waites, cet homme est-il en détention ?
– Oui, monsieur.

Dykes se tenait près de l'une des deux tables, devant l'estrade où était installé le juge. Un jeune homme était assis à l'autre table, recouverte de dossiers. Le juge se tourna vers lui.
– Monsieur Caproni, que pense le procureur de la libération sur parole de cet homme ?

Caproni sortit un dossier :
– Votre honneur, M. Dykes a été interrogé hier soir. Il a été décidé de ne pas le libérer car il est incapable de justifier d'un domicile.
– Monsieur Dykes, où résidez-vous ?
– Pour l'instant, à la mission. Je veux m'installer à l'hôtel Dumont. Seulement, je n'ai pas assez d'argent.

– Votre honneur, compte tenu de la gravité de l'accusation et du statut de sans domicile fixe de M. Dykes, je suggère qu'il ne soit pas libéré sous caution. Selon le rapport de police, William Thomas, la victime, a douze points de suture.

Le juge plissa le front et réfléchit quelques instants. Puis il poussa un soupir :

– Vous devez avoir raison, monsieur Caproni. Monsieur Dykes, je vais vous désigner un avocat, et nous reprendrons votre dossier demain matin.

– Comment ? Je reste en prison ?

– Je le crains.

– Mais je n'ai rien fait, et ce salaud de Willie Thomas le sait bien !

– Nous verrons cela avec votre avocat demain matin. Huissier ?

Un homme d'un certain âge, attablé à la droite du juge, appela un nouveau prévenu tandis que l'on emmenait Dykes.

– Affaire Rasmussen !

Mark prit la place de Dykes. Un homme négligé d'environ vingt-cinq ans, en jean et en tee-shirt, fut introduit. Il avait une barbe blonde de deux jours et dégageait une forte odeur de crasse et d'urine laissée par une première nuit en salle de dégrisement.

– Votre honneur, je suis Mark Shaeffer. Je viens d'être nommé pour représenter M. Rasmussen ce matin. J'aimerais m'entretenir quelques minutes avec lui avant d'entamer ma plaidoirie.

– Certainement. Installez-vous dans une salle d'interrogatoire. Pendant ce temps-là, nous traiterons un autre dossier.

– Affaire Marsha LaDue ! annonça l'huissier.

Un gardien emmena les deux hommes. Il les fit entrer dans une salle d'interrogatoire meublée d'une table et de deux chaises puis referma la porte en métal derrière lui. Mark sortit le dossier de sa mallette.

– Monsieur Rasmussen, je m'appelle Mark Shaeffer et j'ai été désigné pour assurer votre défense.

Ils échangèrent une poignée de main. Celle de Rasmussen était moite. Avec un sourire penaud, il se passa les doigts dans les cheveux.

– Je crois que je suis fichu. J'étais certain de pouvoir rentrer à la maison sans encombre mais un flic m'a chopé tout près de chez moi.

— Avant d'évoquer les faits, je dois vous communiquer la définition de «conduite en état d'ivresse». Vous croyez peut-être avoir violé la loi, mais...
— Si je le crois ? Merde ! Il se mit à rire. J'étais bourré. Écoutez, j'apprécie votre aide, maître. Mais je veux régler cette affaire au plus vite et retourner auprès de ma femme. Elle ne sait même pas où je me trouve.
— Très bien, concéda Mark. Mais si vous me parliez un peu de vous ? La conduite en état d'ivresse est un délit grave. Je peux peut-être négocier avec le procureur et vous obtenir une peine clémente. Quel âge avez-vous ?
— Vingt-quatre ans.
— Des enfants ?
— Un fils de quatre ans.
— Vous travaillez ?
— Je vais à la fac. C'est mon deuxième semestre. J'ai quitté l'armée depuis six mois environ.

Au cours d'une suspension d'audience, **Albert Caproni** s'entretenait avec la secrétaire du juge Mercante, une blonde sexy qui rit à une plaisanterie du jeune procureur. Mark attendit que Caproni eut terminé puis il s'éclaircit la gorge :
— Excusez-moi de vous déranger. Je suis Mark Shaeffer. Pourrais-je vous parler de l'affaire Rasmussen ?
— Bien sûr. De quoi est accusé votre client ? demanda-t-il en parcourant ses notes.
— Conduite en état d'ivresse. Je me demandais si nous pourrions parvenir à un accord... Enfin...
Caproni trouva le rapport de police et le casier judiciaire de Rasmussen.
— Apparemment, il n'a eu qu'une contravention pour excès de vitesse, il y a quelques années. Voyons. Selon le rapport, il n'a pas mis son clignotant au moment de tourner à droite. L'agent l'a suivi. Il a accéléré, alors l'agent lui a fait signe de s'arrêter.
Caproni poursuivit sa lecture en marmonnant.
— Il s'est montré poli. Pas d'incident. Écoutez, cela me paraît correct. Qu'est-ce qu'il fait dans la vie ?
— Étudiant. Il sort de l'armée.

– Bon, qu'il plaide la conduite dangereuse. Mercante ne sera pas trop dur. Il s'en tirera sans doute avec une amende.

– Votre honneur, j'ai discuté avec M. Caproni. Il est d'accord pour transformer l'accusation de conduite en état d'ivresse en conduite dangereuse. J'en ai fait part à mon client, qui accepte.
– C'est bien votre souhait, monsieur Rasmussen ?
– Absolument.
– Le bureau du procureur est d'accord, monsieur Caproni ?
– Oui, votre honneur.
– Monsieur Rasmussen, vous rendez-vous compte que je peux vous condamner à six mois d'emprisonnement ou à une amende de cinq cents dollars, voire les deux, si vous plaidez coupable pour un tel délit ?
– Mon avocat me l'a expliqué.
– Et vous souhaitez toujours plaider coupable ?
– Oui, monsieur.
– Très bien. Votre requête est acceptée. Monsieur Caproni, veuillez m'exposer les faits.

Caproni lui tendit le rapport de police. Quand il en eut pris connaissance, le juge demanda à Mark s'il souhaitait s'exprimer au nom de son client.

– Oui, votre honneur. M. Rasmussen est étudiant. Il vient de quitter l'armée, il est marié et père d'un enfant. Il n'a jamais eu affaire à la justice, à part un excès de vitesse en 1962. Je considère qu'une mise à l'épreuve serait appropriée. Si la cour envisage une amende, j'espère que vous tiendrez compte du fait que je suis commis d'office et que la famille vit sur le seul salaire de Mme Rasmussen, qui est secrétaire.
– Merci, maître. Avez-vous une recommandation à faire concernant la sentence, monsieur Caproni ?
– Votre honneur, je suis d'accord avec maître Shaeffer. Une mise à l'épreuve me paraît indiquée.
– Merci. Vous savez, monsieur Rasmussen, vous vous en tirez à bon compte. Si vous aviez été condamné pour conduite en état d'ivresse, votre prime d'assurance aurait grimpé et vous auriez eu un retrait de permis d'un mois. Votre avocat a su nous convaincre. La prochaine fois, vous n'aurez peut-être pas la chance d'être défendu par maître Shaeffer. Et surtout, vous ris-

quez de tuer quelqu'un. Pensez-y avant de prendre la route. Je vous condamne à trente jours d'emprisonnement avec sursis. Je suspens donc l'exécution de la peine et vous mets à l'épreuve pendant un an. Si, au cours de cette période, vous êtes de nouveau arrêté pour conduite en état d'ivresse, vous devrez purger votre peine. Vous avez compris ?

– Oui, votre honneur.

– Vous n'aurez pas d'amende à payer.

Shaeffer remercia le juge et raccompagna son client.

– J'aimerais vous remercier, déclara Rasmussen.

– Je suis ravi d'avoir pu vous aider.

– C'est sincère. Sans vous, je me serais laissé faire et j'aurais perdu mon permis. J'ignorais que l'on pouvait négocier une condamnation.

Mark sourit.

– C'est la raison pour laquelle on vous attribue un avocat.

– Vous avez une carte ? Si j'ai de nouveau des ennuis, c'est vous que j'appellerai.

Mark se mit à rire et lui tendit plusieurs cartes de visite. Ils bavardèrent encore quelques minutes puis Mark regagna son bureau.

Eddie Toller observa les clients qui commençaient à emplir la salle bordeaux du Soulier de Satin. A trente-neuf ans, Eddie était maigre pour son mètre quatre-vingts. Il gardait la ligne car il n'avait pas d'appétit. De plus, il était allergique aux produits laitiers.

La clientèle du bar était surtout constituée d'hommes d'affaires qui passaient prendre un verre avant de rentrer chez eux, en banlieue. Plus tard, dans la soirée, les consommateurs seraient différents, des travailleurs, des célibataires. Eddie afficha un beau sourire que l'on qualifiait souvent de sympathique. Ses yeux tristes et sa moustache poivre et sel rappelaient à Joyce son chien Shep, un brave terrier. A la fin de sa vie, il errait toute la journée dans la maison, détendu et heureux. Eddie avait manifestement oublié sa jeunesse et ses illusions. Il semblait las et résigné.

Eddie alla saluer Sammy White, le barman, un ancien boxeur qui travaillait pour Carl depuis des années. Il avait prodigué à Eddie de précieux conseils, à ses débuts, quelques semaines plus tôt. Eddie consulta sa montre et lança un regard vers la porte, impatient de voir arriver Joyce. Depuis quelques années, il avait passé pas mal de temps derrière les barreaux. Des broutilles : des cambriolages et un vol de voiture. La seule chose à laquelle il ne s'habituait pas, c'était l'absence de femmes. Eddie avait besoin des femmes. Enfin, pas vraiment, car il n'était pas un homme à femmes. Ce qu'il voulait, c'était *une* femme, quelqu'un qui s'occupe de lui, qui le conseille. Il refusait de l'admettre, mais il était incapable de se prendre en charge. Dans sa jeunesse, sa mère l'avait trop couvé. Ensuite, l'armée l'avait pris en mains. Depuis, Eddie s'était enfin mis à réfléchir par lui-même. Coïncidence troublante, c'est à la même époque qu'il avait commencé à avoir des ennuis.

Eddie fit un signe de la main à Joyce. La jeune femme servait des cocktails au bar. Ce n'était pas vraiment une beauté, mais elle n'était pas laide non plus. Eddie avait tout de suite admiré sa silhouette. Il n'était pas attiré par ces filles qui agitent et exhibent leurs gros seins. Il les préférait minces mais avec de longues jambes. Comme Joyce. Qu'importe qu'elle soit plus grande que lui ! Il aimait lever les yeux vers son regard bleu et caresser ses cheveux blonds.

Eddie était en train de tomber amoureux de Joyce. Jamais personne ne s'était autant occupé de lui. Certes, il avait connu des filles, mais il s'agissait toujours d'aventures sans lendemain. Avec Joyce, il se prenait à envisager une relation sérieuse. Après tout, il ne rajeunissait pas. Et, pour la première fois depuis longtemps, les choses commençaient à bien se passer pour lui. Sorti de prison depuis un mois et demi, il occupait déjà un emploi stable. Et il avait une petite amie, aussi.

— Tu es en retard, plaisanta Eddie en consultant sa montre.
— Tu comptes me virer ? demanda Joyce.
— Peut-être, répondit-il en l'embrassant sur la joue.
— Tu n'en aurais pas le courage, espèce de frimeur. Je le connais, ton numéro.
— C'est vrai, admit-il en retrouvant son sérieux.
Ils rougirent. Puis la jeune femme parut troublée.
— Qu'est-ce que tu as ? s'enquit-il.
— Eddie, allons dans ton bureau pour bavarder.
— Bien sûr, répondit-il, hésitant à cause de ce soudain changement d'humeur.

Le plus vaste bureau appartenait à Carl, le patron de la boîte. Eddie en occupait un plus petit au fond du couloir. C'était son premier depuis l'armée, où il était alors sergent affecté aux fournitures. Il était meublé d'un modeste bureau en bois, d'un placard et de chaises inconfortables. Mais Toller en était fier.

– Eddie, j'ai beaucoup réfléchi sur nous deux.

Seigneur, songea-t-il d'instinct. Elle veut rompre.

– Je t'aime beaucoup, Eddie. Et je sais que c'est réciproque, n'est-ce pas ?

– Eh bien... Oui, bredouilla-t-il en baissant les yeux.

Elle lui caressa la joue :

– Eddie, je veux que tu arrêtes de travailler pour Carl.

Il leva les yeux, stupéfait :

– Démissionner ? Tu es folle ?

– Non, je suis inquiète. Carl profite de toi et tu vas avoir de gros ennuis.

– Carl, profiter de moi ? Mais c'est lui qui m'a offert ce boulot. Je lui suis redevable, au contraire. Qui d'autre donnerait sa chance à un type ayant mon casier ? De toute façon, je ne fais rien d'illégal.

– Tu sais bien que c'est faux. Il y a de l'argent sale qui circule dans ce bar. Je suis au courant pour la drogue.

Eddie se redressa :

– Sincèrement, je ne touche pas à la drogue. C'est fini, tout ça.

– Je n'ai pas affirmé que tu en prenais, répondit Joyce en posant la main sur son bras. Nous sommes assez proches pour que je le sache.

Elle avait prononcé cette phrase à voix basse, d'un ton très complice.

– Mais il y a du trafic, ici. Un de ces jours, Carl va se faire arrêter, et ils t'embarqueront avec lui, parce que tu as un casier.

A cet instant, Eddie comprit qu'il était vraiment amoureux. Il serra sa main dans la sienne :

– Écoute, Joyce, il faut que tu me fasses confiance. Je serai réglo, cette fois. Ce boulot est pour moi une chance. Je le sens depuis que j'ai été libéré sur parole. Je peux faire face à la situation... Et puis, maintenant que je te connais, eh bien, j'ai la meilleure des raisons pour ne pas vouloir retourner en taule.

Joyce ne sut que répondre. Ils se dévisagèrent longuement. Puis ils s'embrassèrent. Joyce pleurait.

– Hé, fit-il en essuyant ses larmes.
Joyce renifla et se moucha. Elle consulta sa montre.
– Je vais me changer. Je prends mon service dans dix minutes.
– Pas de problème. Je t'accorde cinq minutes de plus.
– Non. Pas de favoritisme. Carl serait fou de rage s'il l'apprenait et j'aurais des ennuis.

Eddie se mit à rire et gonfla le torse :
– Prends cinq minutes, je te dis. Carl est absent pour quelques jours. C'est moi le patron.

Le hall de la prison était carrelé et encombré de divans bon marché fabriqués par les prisonniers dans le cadre d'un programme de réhabilitation. Sans le savoir, Bobby était assis sur l'œuvre d'un comptable timide ayant résolu ses problèmes conjugaux en brûlant vifs sa femme et son amant.
Derrière un comptoir circulaire, au centre de la pièce, deux gardiens renseignaient le public. Bobby consulta l'horloge. L'heure des visites commençait dans deux minutes. Il gigota nerveusement sur son siège. Une ravissante Noire expliquait calmement à un jeune garçon qu'il devrait rester avec sa grand-mère pendant qu'elle verrait son papa, car les petits garçons n'avaient pas le droit d'entrer dans les prisons.
L'un des gardiens quitta le comptoir et vint se placer près d'une porte qui donnait accès à un couloir. Une file se forma. Le gardien fouilla les sacs et pria les visiteurs de vider leurs poches.
Au bout du couloir se dressait une grille. Le gardien fit signe à un collègue installé derrière un bureau, dans une sorte de cellule. La porte s'ouvrit avec un bruit métallique. Les visiteurs longèrent un autre couloir jusqu'à un vaste parloir. Là encore, des divans fabriqués en prison et des chaises étaient installés autour de tables basses. Dans un coin de la salle trônaient des distributeurs automatiques de boissons et de friandises. La même couleur verte aseptisée que celle du hall régnait partout.
Bobby guettait nerveusement la porte. Sur le seuil, un détenu parcourait la salle des yeux. Bobby mit un certain temps à reconnaître son frère. Billy avait pris du poids, son visage s'était empâté. Il lui fit signe puis le rejoignit d'un pas hésitant. Il avait une poignée de main ferme et ne semblait guère embarrassé par son uniforme.

– T'es toujours aussi moche, déclara-t-il.
Un large sourire éclairait ses traits toujours séduisants.
– C'est normal. On se ressemble, répondit Bobby
Billy se rendit compte que son entrain était forcé.
– Maman ne t'avais rien dit, hein ?
– Elle n'a jamais beaucoup écrit, tu sais.
– Ce n'est pas de sa faute. Je lui avais demandé de se taire. Tu avais assez de soucis au Vietnam. Inutile de t'alarmer avec mes histoires. D'ailleurs, tu n'aurais rien pu faire.
– Heu... Qu'est-ce qui s'est passé ? Enfin, maman ne m'a pas fourni beaucoup de détails.
Billy haussa les épaules :
– J'avais un boulot sans avenir, qui payait que dalle. Johnny Laturno m'a proposé de braquer un marchand d'alcool et je l'ai suivi. L'employé était un vieux. On ne pensait pas qu'il nous créerait des embrouilles. Mais il a voulu jouer les héros... Alors je l'ai cogné... assez fort.
– Et ? demanda Bobby.
Il connaissait suffisamment son frère pour deviner la réponse.
– Je lui a filé un coup de couteau, avoua-t-il en haussant les épaules. C'était de sa faute. Je lui avais promis que rien ne lui arriverait s'il restait calme. Il ne payait pas de mine, ce vieux, alors on l'a oublié une minute. En un rien de temps, il a essayé de frapper Johnny avec une bouteille. Qu'est-ce que tu voulais que je fasse ?
– Eh bien...
– Écoute, ne te bile pas. C'est pas si mal, ici. Je sors dans quelques années. J'ai assez de relations pour être tranquille. Parle-moi plutôt de toi. Maman m'a appris, pour la fac. C'est quoi, cette histoire ?
– Je commence la semaine prochaine. Je n'ai jamais bien travaillé à l'école mais je veux m'améliorer. Pas question de rester pompiste toute ma vie. Dans l'armée, j'ai réfléchi. J'ai pris conscience de mes lacunes. Alors j'ai décidé de tenter ma chance à la fac.
Billy lui donna une tape dans le dos et sourit :
– Je suis fier de toi. T'as toujours été le cerveau de la famille. Je suis sûr que tu vas réussir. Tu pourrais devenir avocat pour me sortir de ce trou !
Ils éclatèrent de rire. Bobby se détendit. Finalement, Billy n'avait pas changé.

– Qu'est-ce que tu vas étudier ?

– J'en sais rien. Je vais suivre un cursus général pour commencer.

– Il paraît que le commerce, les affaires, ça marche bien. On s'y fait du fric.

– Oui, enfin on verra.

Ils s'assirent. Bobby chercha quelque chose à raconter. Billy regarda les alentours. Les autres étaient enlacés, parlant à voix basse, en quête de quelques instants d'intimité.

– Tu veux un Coca ? demanda Billy. Il y a un distributeur. Ou un truc à grignoter ?

– Non, merci. J'ai mangé avant de venir.

– Ouais... Le trajet s'est bien passé ?

– Un peu monotone. Rien que de la nationale.

Ils se dévisagèrent encore, n'ayant plus rien à se dire.

– Et l'armée, c'était comment ?

– Moche. Je suis content que ce soit terminé... Je n'aime pas trop en parler. Tu as des nouvelles des autres ? s'enquit Bobby pour changer de sujet.

– Certains m'ont rendu visite la première fois que je suis tombé, mais ça fait un bout de temps que je n'ai vu personne. La plupart sont partis ailleurs après le lycée.

Bobby consulta sa montre. Billy s'en rendit compte.

– Si je te retarde, dis-le franchement.

– Non, c'est pas ça, répondit Bobby, l'air coupable. Il faut que je parte, c'est tout. J'ai promis d'aider maman et il faut que j'aille faire quelques courses pour meubler l'appartement.

– Tu ne vis pas chez elle ?

– Après l'armée, j'ai eu envie d'indépendance.

Billy sourit et fit un signe de la main :

– Je te comprends.

Bobby se leva :

– Écoute, je reviens te voir la semaine prochaine, avec maman.

Billy se leva à son tour. Ils échangèrent une poignée de main.

– Ce serait super. Alors... bonne continuation. Et tiens-moi au courant, pour tes études, hein ?

– Bien sûr. Je te donnerai des nouvelles. Salut.

Bobby se sentit coupable de partir aussi vite. Il avait peur, aussi. C'était un cliché, mais il aurait pu se retrouver à la place de son frère. Tous deux en étaient conscients. Bobby se demandait si son frère enviait sa liberté et sa nouvelle vie.

L'allée qui menait au parking était bordée d'arbres. Le vent d'automne caressait les feuilles aux tons ocres, un spectacle suffisamment beau pour déprimer Bobby.

– Esther, vous avez de la visite.

Regardant par-dessus l'épaule du Dr Tucker, la jeune femme découvrit un homme élancé sur le seuil de sa chambre. Elle prit peur. Qu'avait-elle à craindre de lui ? Trop fatiguée pour réfléchir, elle reposa la tête sur son oreiller.

– Esther, vous vous souvenez de moi ? demanda-t-il.

La jeune femme avait dû fermer les yeux, car elle ne l'avait pas vu s'approcher. Il était à présent penché sur elle.

– Elle est encore un peu endormie, expliqua le médecin dont la voix résonna comme un écho.

– Je m'appelle Roy Schindler. On s'est rencontrés il y a plusieurs années. J'enquêtais alors sur la mort de Richie Walters et d'Elaine Murray. Vous vous en souvenez ?

Elle se rappelait, à présent. Il avait vieilli. Ses cheveux se faisaient plus rares mais c'était bien cet inspecteur. Celui qui... Soudain, elle prit peur.

– Oui, je me souviens, répondit-elle à voix basse.

En lisant la méfiance dans les yeux de sa patiente, le Dr Tucker lança un regard noir au policier, qui l'ignora.

– Vous n'avez aucune raison de vous inquiéter, Esther. Je sais que je vous ai traumatisée, lors de notre dernier entretien, mais c'était involontaire, je vous l'assure.

– Qu'est-ce que vous me voulez ? demanda-t-elle d'un ton las.

Les mains crispées sur le drap remonté jusqu'au menton, elle ressemblait à une bête traquée au fond de sa tanière. Des souvenirs douloureux se reflétèrent dans ses yeux écarquillés. Lors de leurs précédentes rencontres, Schindler se sentait tel un chasseur poursuivant sa proie. Pour lui, elle serait toujours cet animal.

– Hier, vous avez fait des révélations au Dr Tucker. Que lui avez-vous dit ?

Elle regarda le médecin, puis le policier, apparemment désorientée.

– Je ne me rappelle pas lui avoir parlé.

Schindler se tourna vers le médecin.
– C'est possible, expliqua ce dernier. Elle vient de vivre une expérience très forte sur le plan émotionnel. Sans compter les effets des médicaments.
– Esther, hier, vous avez raconté au docteur que vous aviez vu quelqu'un frapper une autre personne, à mort. Vous vous rappelez ?
– J'ai vu... Oh non, jamais...
– Vous l'avez dit, Esther. J'étais là.
Elle adressa un regard implorant au médecin :
– S'il vous plaît. Je n'ai pas pu dire ça. Je n'ai jamais vu personne se faire tuer. Vous savez que je n'ai rien à voir avec la mort de Richie.
– Personne n'affirme cela. Mais si vous avez été témoin de ce crime, vous avez peut-être eu si peur que vous avez chassé ce souvenir de votre mémoire.
– Non, je n'ai rien vu. S'il vous plaît, docteur, implora-t-elle, en larmes.
Le médecin se précipita à son chevet.
– Je vais vous demander de sortir, déclara-t-il. Elle est trop bouleversée. Attendez-moi dans le couloir, je vous prie.
Schindler ferma la porte et alluma une cigarette.
– Désolé de vous avoir mis dehors, dit le médecin en le rejoignant, mais elle frisait l'hystérie.
Schindler fit un geste désinvolte :
– C'est de ma faute. J'aurais dû me rendre compte qu'elle perdait les pédales.
Ils se rendirent dans le bureau du médecin.
– Vous la croyez quand elle prétend qu'elle ne se souvient pas ?
Le médecin dévisagea le policier, étonné :
– Oh oui ! C'est tout à fait possible. Mme Pegalosi est peut-être frappée d'amnésie. Certains patients refoulent une expérience désagréable à laquelle ils refusent d'être confrontés ou qu'ils veulent effacer de leur vie. Dans certains cas, ils n'en ont même pas conscience. Si elle a été témoin... Enfin, vous imaginez le calvaire, d'autant plus que cette fille est fragile.
Ils se turent quelques instants. Schindler tirait nerveusement sur sa cigarette.
– Elle sait, docteur. Elle sait. Et je dois absolument trouver un moyen de la faire parler.

– Je crains que ce ne soit difficile.
– Pourquoi ? Hier, elle se souvenait.
– Oui, car les circonstances étaient un peu spéciales. Elle était épuisée, abrutie par les médicaments. Dans son état, sa capacité à refouler était moindre et son subconscient moins vigilant. C'est comme pour l'abus d'alcool. La plupart des gens ivres deviennent expansifs et parlent de choses qu'ils n'évoqueraient jamais en d'autres circonstances.
– Existe-t-il un moyen de la faire parler ? Un traitement médical ?
Le Dr Tucker ne répondit pas tout de suite.
– La mémoire est un domaine passionnant qui suscite de nombreuses recherches. En fait, nous ignorons comment elle fonctionne. On sait seulement qu'il existe deux types de souvenirs. Certains, sans doute provoqués par un phénomène électrique dans le cerveau, ne restent pas profondément ancrés. Lorsqu'on se rend à la plage, on voit des arbres, des maisons, etc. On s'en souvient peu de temps. Le cerveau ne retiendra pas ces images car elles n'ont aucune valeur émotionnelle. Les autres en revanche, les souvenirs qui marquent, ont sans doute entraîné une modification chimique ou anatomique et peuvent durer aussi longtemps que les cellules du cerveau fonctionnent, c'est-à-dire toute une vie. L'événement est plus profondément gravé dans l'esprit s'il est associé à un événement émotionnel. La mémoire stocke alors ces souvenirs comme des livres dans une bibliothèque. Si Esther a été témoin d'un meurtre, le souvenir existe sans doute encore. Le problème est d'abaisser les barrières du subconscient qui le retiennent. Je vais vous indiquer le nom d'un ami qui pourra peut-être vous aider. C'est un psychiatre, spécialiste de l'hypnose, une technique couramment utilisée dans le traitement de l'amnésie. Vous pourrez toujours le contacter.

3

« *Pour Franz Anton Mesmer, médecin viennois, les planètes influençaient le corps humain. En 1776, il écrivait dans un article que ce phénomène se produisait grâce à un fluide universel doté de propriétés magnétiques, fluide dans lequel tous les corps étaient immergés. Selon la théorie de Mesmer, la maladie provenait d'une répartition anarchique de ces fluides magnétiques à l'intérieur du corps humain. On recouvrait la santé en en rétablissant l'harmonie. Mesmer croyait fermement qu'une force, appelée magnétisme animal, passait directement dans le corps de ses patients et les soulageait quand il posait les mains sur eux.* »

Schindler se glissa discrètement au dernier rang de l'amphithéâtre et s'installa pour écouter le cours magistral du Dr Arthur Hollander sur l'histoire de l'hypnose. Cet homme corpulent, aux cheveux blancs, n'était pas sans rappeler le Père Noël. Il allait et venait sur l'estrade, ponctuant son discours de claquements de doigts ou d'amples mouvements des bras.

« *La première fois qu'il eut recours au magnétisme, Mesmer guérit avec une rapidité étonnante une jeune fille présentant de graves symptômes. Stimulé par son succès, Mesmer se lança dans une croisade visant à convaincre le corps médical de la validité de sa théorie...* »

Le Dr Hollander but une gorgée d'eau. Face à cette assemblée d'étudiants attentifs, Schindler eut l'impression que le professeur les avait hypnotisés.

« *Le corps médical de Vienne prenait bien évidemment Mesmer pour un charlatan. Aussi dut-il se réfugier à Paris où, en 1781, il fonda une clinique. L'hypnose fit fureur parmi les plus fortunés. Mais Mesmer fut radié par une commission désignée par le gouvernement français. Plein d'amertume, il se retira en Suisse. Plus tard, l'un de ses disciples, le marquis de Puységur, constata que le sujet "magnétisé" n'était réceptif qu'aux paroles du magnétiseur, qu'il n'était conscient de rien d'autre. Il acceptait tous les ordres sans discuter et ne se rappelait absolument rien de cette transe une fois retrouvée sa conscience normale. Puységur nommait cela le "somnambulisme artificiel". Le sujet pouvait accomplir des prouesses telles que lire un message scellé; de même, il était capable de supporter sans broncher le fer rouge ou des aiguilles enfoncées dans sa chair.* »

La sonnerie retentit. Plusieurs étudiants se précipitèrent vers le professeur. Schindler les suivit d'un pas désinvolte et attendit que le dernier soit parti. Le Dr Hollander rassemblait ses notes quand il remarqua la présence de Schindler.

– J'ai apprécié votre exposé, professeur.

– Merci. Je m'efforce d'être vivant et je suis ravi quand j'y parviens. Mais je ne crois pas vous avoir déjà vu. Vous êtes étudiant ?

Schindler lui tendit son insigne :

– Police de Portsmouth. Je m'appelle Roy Schindler.

Hollander parut intrigué.

– Je n'ai rien fait de mal, j'espère, déclara-t-il avec un sourire malicieux.

Schindler se mit à rire :

– Non, à ma connaissance, vous êtes blanc comme neige. C'est le Dr George Tucker qui m'a parlé de vous.

– George ? Bien sûr ! Que puis-je faire pour vous ?

– Pourrions-nous aller quelque part pour bavarder ? C'est un peu compliqué et je risque d'être un peu long. Il s'agit d'une affaire de meurtre et j'aimerais connaître l'avis d'un spécialiste de l'hypnose.

Hollander parut surpris, flatté et intrigué à la fois.

– Je ferai bien sûr tout mon possible. Je n'ai jamais travaillé avec la police et j'ignore en quoi je puis vous êtes utile. Mais si vous jugez... Je connais un pub tranquille à deux pas d'ici. Cela vous convient-il ? Vous avez le droit de boire pendant le service, non ?

Schindler sourit.

– Je vois que nous nous comprenons, docteur.

— Vous êtes enseignant à plein temps à l'université ? s'enquit Schindler.

— Non, non, j'assure simplement un cours de première année en psychologie, histoire de rester dans le coup. Mon métier m'occupe amplement mais j'adore le contact des jeunes. Et vous pouvez m'appeler Art. Docteur, c'est bien trop formel. Cela me donne un coup de vieux.

Schindler s'esclaffa. Ils étaient attablés au fond du Victorian Age, une imitation de pub anglais dont la clientèle était surtout composée d'étudiants.

— Art, qu'est-ce que l'hypnose, exactement ?

Il esquissa un sourire, comme s'il s'apprêtait à répondre à cette même question pour la centième fois.

— C'est simplement une forme de suggestion. Tenez, nous sommes attablés et je vous propose une autre bière. Vous réfléchissez. La bière est bonne mais vous êtes en service et vous devez garder l'esprit clair. Pourtant, si je vous assure que tout ce que je vais suggérer restera raisonnable, alors vous cesserez de réfléchir et vous vous en remettrez à moi.

Hollander sortit de sa poche un stylo et prit une serviette blanche sur laquelle il traça un point.

— Imaginez que ce point est l'état de vigilance maximale. En ce moment, vous êtes vigilant. Vous êtes conscient de tout ce qui se passe dans ce pub, vous écoutez notre conversation, vous réfléchissez par vous-même. Mais il existe aussi des états de conscience partielle.

Hollander dessina un autre point et traça un trait entre les deux.

— Comme vous le savez, à certains moments, quand on est profondément endormi, notre esprit est presque au repos complet. Admettons qu'il s'agisse de cet autre point que je viens de tracer. Ainsi, sur cette ligne, nous trouvons plusieurs degrés de vigilance. A un moment donné, le sujet devient perméable à la suggestion. Ce peut être trente minutes après le coucher. Il a les yeux fermés, il a perdu tout contact avec les sons qui l'entourent. Mais il reste conscient des sons importants, les pleurs d'un bébé ou, dans le cas d'un médecin, par exemple, la sonnerie du téléphone. Un sujet dans cet état peut être alerté facilement, car il concentre son attention sur une seule chose.

– Si l'on posait une question à cette personne, répondrait-elle normalement ? demanda Schindler. Enfin, comme vous me répondez en ce moment ?

– Oh, oui. Tout dépend de la profondeur de l'hypnose. Plus l'état de conscience est bas, plus l'attention est vive et la réaction précise.

– Docteur... Art. Supposons que cette personne ait assisté à une scène si effrayante que sa mémoire la refoule. Quand on l'interroge sur cet événement, elle nie y avoir assisté. Elle est comme frappée d'amnésie. En mettant cette personne sous hypnose, peut-on la faire parler de ce qui s'est déroulé ?

Hollander leva les sourcils et considéra Schindler avec un intérêt nouveau.

– Refoulement, amnésie, je vois que vous avez discuté avec George. Il a déjà répondu à votre question, sinon vous ne seriez pas venu me voir.

Schindler sourit.

– George considère que c'est possible. Qu'en pensez-vous ?

– C'est possible, en effet. On utilise souvent l'hypnose dans les cas d'amnésie. L'une de ses applications les plus courantes en psychiatrie est justement de retrouver des éléments refoulés.

– Que feriez-vous dans le cas présent ?

– Eh bien, vous ne m'avez pas fourni beaucoup de détails. Mais vous le ferez sans doute en temps voulu. D'une manière générale, je mets le sujet sous hypnose pour le détendre. Une fois le patient détendu, les mécanismes du refoulement régressent. La relaxation permet alors aux souvenirs de passer du subconscient au conscient. Toutefois, ce n'est pas un processus facile. Surtout quand il s'agit d'une expérience particulièrement traumatisante. A l'approche du souvenir refoulé, l'individu lutte avec acharnement pour éviter son contact. Il a souvent des réactions physiques que l'on nomme réactions de conversion. Maux de tête, nausées, diarrhée, toutes sortes de signes, ainsi qu'un refus de discuter du sujet, par peur d'être ensuite puni.

– Vous voulez une autre bière ?

– Volontiers.

Schindler fit signe à la serveuse.

– Vous réussissez ?

– Pas toujours.

– Voudriez-vous que je vous expose une affaire assez inhabituelle ?

Hollander sourit, les yeux pétillants.

– Roy, vous m'avez harponné. Exposez-moi donc les faits.

– Il s'agit d'un dossier sur lequel je travaille depuis un certain temps. Vous avez entendu parler de l'affaire Murray-Walters ?

Bobby Coolidge déplia ses doigts engourdis. Il avait des crampes à force d'écrire. Quelques secondes d'inattention et il avait raté le développement du professeur Schneider sur la loi budgétaire de 1950. Personnellement, il se moquait bien de cette loi, mais il s'était promis de fournir des efforts en ce premier semestre.

Cette décision de reprendre ses études était vitale pour lui. Dans sa famille, personne n'était allé à l'université. Pour eux, les étudiants étaient des phénomènes, des martiens. A présent, il était devenu un extra-terrestre et ce n'était pas facile. Bobby louait un studio dans un quartier défavorisé de la ville. Ses économies financeraient sa première année, mais il ne pouvait se permettre d'excès. Sa seule distraction était un téléviseur portable acheté d'occasion et il se nourrissait essentiellement de pâtes accompagnées de sauces variées.

Le travail à fournir était bien plus important qu'au lycée. Et le plus dur, c'était que les autres semblaient comprendre bien mieux que lui. Plusieurs fois, il avait eu envie d'abandonner. Il sécha même pendant une semaine entière, redoutant l'échec. Puis, après avoir une nouvelle fois rendu visite à Billy, il était retourné en cours. Il ne souhaitait pas terminer comme son frère.

A la fin du cours, Billy ne disposait pas d'éléments sur la loi budgétaire. La fille assise à côté de lui griffonnait encore. C'était une ravissante blonde aux yeux bleus, le genre pom pom girl. Elle portait un kilt et un pull rouge. Quand elle se penchait pour écrire, ses longs cheveux tombaient en cascade sur ses épaules.

– Pardon, lui dit Bobby.

Elle leva les yeux vers lui et sourit.

– J'ai raté les dernières minutes du cours. Je peux recopier tes notes ?

– Bien sûr, répondit-elle. Je viens juste de terminer.

– C'est gentil. Je n'arrive pas à suivre le débit de Schneider.

La jeune fille se mit à rire. Sa voix claire rappelait un carillon d'église par un beau dimanche d'hiver.

– Tu n'es pas le seul. J'ai du mal, moi aussi.

Bobby rit à son tour.

– Je suis content de ne pas être le seul. D'après toi, où est-ce qu'il a appris à parler aussi vite ?

Elle lui tendit ses notes. Pas mal, songea-t-il, je lui ai arraché un rire et un sourire. Joli début.

– Qu'est-ce que tu as écrit, là ? demanda-t-il en désignant un gribouillis.

– Budget.

– Merci. Au fait, je m'appelle Bobby Coolidge. Je suis assis à côté de toi depuis des semaines et on ne s'est jamais encore parlés.

– C'est chose faite. Moi, je m'appelle Sarah Rhodes.

La salle se vidait mais Sarah ne semblait guère pressée de partir. Accepterait-elle de déjeuner avec lui ? Depuis son retour de l'armée, il n'avait pas eu de vrais rendez-vous galants. Il avait bien levé quelques filles dans des bars, mais pas depuis son retour à Portsmouth. En partie par manque d'argent et aussi par absence de désir. Il avait du mal à s'accoutumer à la vie civile. Ses valeurs changeaient sans cesse. Toute relation sentimentale lui semblait superflue et déstabilisante. L'amour était un loisir qu'il ne pouvait se permettre. Toutefois, un déjeuner ne ferait de mal à personne, si elle voulait bien l'accompagner.

– Merci, déclara-t-il en lui rendant ses notes.

Ensemble, ils gagnèrent la porte de la salle. Le professeur discutait avec un garçon maigrichon aux lunettes d'écaille. Tous les autres étaient partis.

– Tu as faim ? demanda-t-il.

Il avait parlé trop vite, bredouillé, plutôt. Il ne semblait pas à l'aise.

– Pourquoi ? s'enquit-elle, hésitante.

– Et si je t'emmenais déjeuner ? Après tout, je te dois bien ça. Un déjeuner en échange d'un peu de nourriture pour l'esprit, en quelque sorte...

Elle saisit la plaisanterie. Bobby était fier de son bon mot. C'était presque intellectuel.

– D'accord, mais on partage les frais. Mes notes n'ont pas tant de valeur que ça.

La cafétéria était surpeuplée. Ils trouvèrent une place dans un coin. Sarah déballa un sandwich de son film de Cellophane et le lui tendit.

– Merci. C'est vraiment bourré, ici. Ça me rappelle le mess, au camp d'entraînement.

Sarah parut intéressée :

– Tu as été dans l'armée ?

– Je viens d'en sortir, répondit-il entre deux bouchées.

– Tu es allé...?

– Au Vietnam ? compléta-t-il à sa place. Oui.

– Tu n'as pas aimé, n'est-ce pas ? demanda-t-elle en voyant l'expression de son visage.

– On ne peut pas dire que c'était une expérience agréable. J'y suis allé, j'en suis revenu. Sinon, je n'aime pas beaucoup en parler.

– Désolée, fit-elle.

Il se rendit compte qu'il avait parlé un peu brusquement.

– Ce n'est rien. C'est à moi de m'excuser. Tu ne pouvais pas savoir.

– J'ai posé la question parce qu'on en parle beaucoup aux actualités. Tu es le premier que je rencontre qui y soit allé.

– Tu viens d'où ? demanda-t-il, histoire de détourner la conversation – habilement, il l'espérait.

– De Toronto.

– Tu n'es pas américaine ?

– Non, avoua-t-elle, amusée. Et ne prends pas cet air choqué. Les Canadiens ne sont pas des monstres.

Bobby rougit.

– Je ne voulais pas...

– Ce n'est rien. A présent, on est quittes.

Bobby posa son sandwich et lui prit la main. Il la garda un peu plus longtemps que nécessaire, mais elle ne s'en offusqua pas. Il avait remarqué une petite annonce : l'Association des étudiants projetait *Autant en emporte le vent* le lendemain soir. Un dollar par personne. Bobby avait les moyens de payer deux places et quelques bières.

– Tu aimes les vieux films ? demanda-t-il.

– Oui. Pourquoi ?

Elle lui adressa un regard provocateur et charmeur à la fois.

– J'ai lu que... enfin, on joue *Autant en emporte le vent*, demain. Il paraît que c'est bien. Si tu veux...

– Je l'ai déjà vu.
– Ah...
– Mais j'adorerais le revoir.

Soulagé, il lui sourit de nouveau. Il consulta l'horloge de la cafétéria et rassembla ses livres.

– Il faut que je me dépêche. J'ai un cours de maths dans cinq minutes et je ne peux pas me permettre de le rater. Dis-moi où tu habites et je passerai te chercher demain, à sept heures.

Elle lui indiqua une adresse sur les hauteurs de la ville. Un quartier chic.

– A demain, lança-t-il, un peu anxieux, en se levant.
– A demain.

L'inspecteur était revenu. Cette fois, Esther eut moins peur. Hier, il lui avait envoyé des fleurs. La jeune femme se demandait pourquoi les médecins ne la laissaient pas sortir. Elle ignorait que c'était sur les ordres de Schindler.

– Comment allez-vous, ce matin, Esther? Je vous ai apporté ceci.

Encore des fleurs. Un bouquet de roses. Seuls John et un garçon qui l'avait emmené au bal de promo lui en avaient déjà offert.

– Merci. Mettez-le dans le vase, sur la coiffeuse, s'il vous plaît.

Il avait l'air étrange, avec son bouquet à la main, grand, dégingandé, dans son costume qui ne lui allait pas.

– Je voulais m'excuser de la façon dont je vous ai traitée, autrefois, au commissariat. J'ai eu des remords.

Devait-elle le croire? Ce type lui déplaisait. Néanmoins, les fleurs étaient superbes, et il se conduisait en vrai gentleman. Peut-être s'était-elle trompée sur son compte.

– Ce n'est rien. Je... J'avais presque oublié.
– Je peux m'asseoir?

Elle le dévisagea quelques instants. Puis elle se rendit compte qu'il lui avait demandé sa permission. Elle n'en avait pas l'habitude.

– Oui, allez-y.
– Vous vous sentez mieux?
– Ça va, maintenant. Sauf que le docteur ne veut pas me dire où est mon fils.

– Votre fils va bien. Je m'en suis assuré ce matin. On l'a placé dans une famille d'accueil.

Il lut aussitôt l'angoisse sur son visage.

– Ne vous en faites pas. C'est provisoire. Je me charge de tout, Esther. Personne ne va vous retirer votre bébé. Vous me croyez, n'est-ce pas ?

Elle le fixa d'un air méfiant, flairant un piège. La peur la tenaillait de nouveau.

– Vous voulez une cigarette ?

– Le docteur m'a recommandé de ne pas fumer.

Schindler lui fit un clin d'œil et en lui tendit une.

– Je vous couvre.

Elle allait la prendre mais se ravisa.

– Non, merci. Je ne préfère pas.

– Cela vous ennuie si je fume ?

– Non.

Schindler alluma sa cigarette.

– Vous avez l'air de bien vous remettre, déclara le policier.

– Sans doute.

– Je suis content qu'on vous ait sauvée. Vous êtes quelqu'un d'important, Esther.

C'était reparti ! Le signal d'alarme retentit de nouveau. Quelque chose dans son attitude, dans ses questions, lui déplaisait. Esther n'avait jamais eu d'importance pour personne.

– Je suis venu vous demander un service. Vous pourriez me rendre un service ?

– Lequel ?

– Je sais que vous n'aimez pas en discuter, mais je voudrais vous parler de Richie Walters et d'Elaine Murray.

Son cœur s'emballa. Elle s'en doutait ! Pourquoi ne la laissait-il pas tranquille ?

– Je vous l'ai répété, monsieur Schindler. Je ne sais rien.

– Vous n'aimeriez pas régler ce problème une fois pour toutes ?

– Oui. Franchement, monsieur Schindler. Je sais bien que vous n'êtes pas méchant, mais cela me fait vraiment mal d'en parler.

– Je sais que vous êtes bouleversée. Mais réfléchissez un peu. Admettons que vous étiez là-bas...

Elle voulut protester mais il leva la main :

– Je ne dis pas que vous y étiez. C'est seulement une supposition. Vous savez que les meurtres de Richie Walters et d'Elaine

Murray sont les crimes les plus odieux jamais commis à Portsmouth ?

— Je suppose, admit-elle à contrecœur.

— Bon. Quiconque nous aiderait à résoudre le mystère deviendrait une personne célèbre. Les gens lui seraient reconnaissants car elle aurait rendu un grand service à la communauté. Vous comprenez maintenant pourquoi je vous considère comme une personne importante.

— Mais, monsieur...

— Laissez-moi terminer, d'accord ?

Esther abandonna la lutte et s'écroula sur son oreiller.

— Il arrive que l'on voie quelque chose de si horrible que notre propre esprit refuse de s'en souvenir. Vous avez entendu parler de l'amnésie ?

— Oui. Mais je croyais qu'il fallait avoir reçu un coup sur la tête.

Schindler sourit.

— Cela arrive, en effet. Mais l'esprit est une machine très complexe, Esther. Il protège son propriétaire. Il permet à une personne d'oublier certaines expériences désagréables. Je crois que vous avez vu Richie se faire tuer mais que vous n'avez joué aucun rôle dans ce meurtre. Avec le temps, un policier apprend à juger son prochain. Vous êtes trop gentille pour avoir été impliquée dans un assassinat. Disons simplement que vous et les frères Coolidge vous êtes saoulés après cette fête. Vous m'avez déclaré que vous étiez sans doute allés faire un tour en ville, vous vous souvenez ?

Elle hocha la tête.

— Eh bien, supposons que, après cette balade, les Coolidge se soient lancés dans une course de vitesse avec Richie et que celui-ci les ait battus. Supposons que, fous de colère contre Richie, ils l'aient suivi jusqu'à Lookout Park. Il y aurait eu une bagarre et vous auriez assisté au meurtre. Vous êtes quelqu'un de bien. Vous n'auriez jamais fait une chose pareille. Ce fut si horrible que votre esprit s'est figé et a évacué cette partie de la soirée.

— Mais ça ne s'est pas passé comme ça, monsieur Schindler.

— Comment le savez-vous puisque vous étiez saoule ?

— En effet, mais je m'en souviendrais... Ça ne s'est pas passé comme ça.

Elle commençait à s'agiter. Schindler la laissa se calmer.

— Esther, je vous ai proposé de tirer les choses au clair une fois pour toutes. Êtes-vous d'accord ?

— Oui, ça me plairait, monsieur Schindler.

— Je connais un médecin, le Dr Hollander. C'est un psychiatre spécialisé dans l'hypnose.

Esther rougit. Son angoisse était visible. Ses doigts minces tripotaient nerveusement le drap.

— Le Dr Hollander pourrait vous mettre en état d'hypnose. Ainsi, votre esprit ne dissimulerait plus les mauvais souvenirs. Le Dr Hollander sera capable de voir si je me trompe.

— Je... Je ne sais pas. Pourquoi je verrais un psychiatre ? Je ne suis pas folle.

— Je n'ai jamais affirmé que vous étiez folle. Il se trouve simplement que le plus grand expert en hypnose est également psychiatre. Une fois le mystère éclairci, vous vous sentirez mieux. Si je me trompe, je vous laisserai tranquille. Et si j'ai raison, vous deviendrez célèbre. Et cela impressionnera favorablement les services sociaux quand il s'agira de récupérer votre fils. Je leur parlerai de votre collaboration, de l'aide que vous aurez fournie pour résoudre une affaire importante.

— Si je consultais ce docteur, ce serait bien vu par les services sociaux ?

— J'en suis certain.

— Et vous croyez que c'est important ?

— C'est vital, Esther. Un tas de gens vous remercieront.

— On en parlera dans les journaux ?

Schindler sentit qu'elle était intéressée.

— Si le médecin découvre que vous avez assisté à ces meurtres, vous deviendrez notre témoin vedette.

Le policier la laissa réfléchir. Elle mit longtemps avant de reprendre la parole. Puis sa voix ne trahit ni nervosité ni appréhension, mais une sorte d'excitation sous-jacente.

— Je veux réfléchir, monsieur Schindler. Je ne peux pas vous répondre tout de suite. Mais je le ferai peut-être. Puisque c'est important.

4

– Dr Hollander, je vous présente Esther Pegalosi.
Le médecin se tenait devant un vieux secrétaire.
– Enchanté, madame, déclara le médecin avec un sourire chaleureux. Roy m'a beaucoup parlé de vous.
Face au regard inquiet d'Esther, Hollander ajouta :
– Il est enchanté que vous ayez accepté de l'aider. Vous verrez, vous trouverez cette expérience passionnante. Pour commencer, puis-je vous poser une question personnelle ? reprit-il d'un ton sérieux.
– Laquelle ?
Hollander afficha un sourire affable.
– Puis-je vous appeler Esther ? Ce sera moins guindé.
La jeune femme parut soulagée. Elle s'attendait à être interrogée sur sa vie sexuelle ou sur sa petite enfance, questions qui intéressent toujours les psychiatres. La simplicité du Dr Hollander l'étonnait.
– Bien sûr. Elle baissa les yeux. De toute façon, personne ne m'appelle Mme Pegalosi.
– Parfait. Je vous en prie, asseyez-vous, proposa Hollander.
Il lui désigna un canapé aux tons pastel, installé contre un mur aux boiseries de chêne, sous une toile abstraite multicolore.
Esther obéit. Il la regarda s'installer, les doigts croisés, comme un automate. Schindler demeura en retrait, sur une chaise.
– Vous avez un bien joli tailleur. Il est neuf ?
Le visage d'Esther s'éclaira. Elle portait une jupe verte, une veste assortie et un corsage blanc. Lorsqu'elle avait accepté de rencontrer Hollander, Schindler l'avait emmenée faire des courses. Cela faisait des années qu'elle ne s'était pas offert de vêtements.

– Dites-moi, vous êtes un peu anxieuse, je me trompe ?

Esther rougit et fixa le sol :

– Un peu, oui.

– Bien ! lança Hollander avec un rire bienveillant. Tout le monde est un peu angoissé la première fois. Cela prouve que vous êtes normale. A présent, si vous me disiez pourquoi vous êtes anxieuse ?

Esther se mordit la lèvre et haussa les épaules :

– Je l'ignore.

Hollander esquissa un sourire paternel. Elle commençait à apprécier cet homme sympathique.

– L'hypnose vous impressionne ?

Il attendit patiemment sa réponse.

– Un peu... sans doute, avoua-t-elle enfin.

– Très bien. Votre franchise me ravit car moi, je serai toujours honnête avec vous. A présent, je veux que vous me promettiez une chose. D'accord ?

– Laquelle ?

– Promettez-moi que, s'il vous venait une question, même si vous la jugez idiote, vous me la poserez. Je tiens à ce que vous sachiez exactement ce qui se passe. Nous n'aurons aucun secret l'un pour l'autre. D'accord ?

– Oui.

– Bon. Avez-vous déjà été hypnotisée ?

– Non.

– Avez-vous déjà assisté à une séance d'hypnose à la télévision, au cinéma ou en direct ?

– Une fois oui, à la télé.

– Parfait. Mais ça, ce n'est pas vraiment de l'hypnose. C'est une forme de spectacle. La relaxation, telle que nous allons l'expérimenter, permet d'obéir plus facilement à la suggestion. Il n'y a rien de mystérieux à cela. C'est un phénomène scientifique parfaitement naturel. A la télévision, on voit de mauvais hypnotiseurs transformer leurs sujets en esclaves. Vous croyez que je suis mauvais, Esther ?

Elle se mit à rire.

– Non !

– Tant mieux. Je peux vous assurer que je ne le suis pas. L'hypnose n'est possible que si le sujet est consentant. Comme la médecine, cette méthode sert à aider les gens, pas à leur faire du tort.

– Et... et si on ne peut pas être hypnotisé ?

– Ne vous inquiétez pas, tout le monde peut l'être à condition de ne pas résister. Ne faites aucun effort, je me charge du reste. Hollander devint soudain grave. Esther, nous sommes ici avant tout pour découvrir ce que vous savez d'un certain événement. Mais l'hypnose ne sert pas qu'à faire resurgir des souvenirs oubliés. Elle vous aide à vous maîtriser et à résoudre vos problèmes. Vous avez fait un séjour à l'hôpital récemment, à la suite de difficultés personnelles, n'est-ce pas ?

Esther baissa la tête et opina.

– Je vais être sérieux quelques instants. Nous voulons tous découvrir ce que vous savez du meurtre de Richie Walters, mais je m'intéresse aussi à vous en tant que personne. Roy m'a appris que vous aviez un beau petit garçon que vous élevez seule. Cela m'en dit long sur votre caractère. Vous avez en vous une force potentielle. Grâce à l'hypnose, je peux vous aider à devenir vous-même. Ainsi, vous allez nous aider et nous vous aiderons en échange. Cela vous convient-il ?

– Oui, répondit la jeune femme à voix basse, subjuguée.

Personne ne s'était ainsi intéressé à elle auparavant.

– Mais nous sommes un peu trop sérieux. Passons sur ce fauteuil confortable, près de mon bureau. Nous allons pouvoir commencer.

Quand elle fut assise, Hollander plaça un oreiller derrière sa nuque et approcha une chaise près d'elle.

– Vous êtes bien installée ? Bon. A présent, vous allez vous détendre en posant les deux pieds par terre. Bien à plat. Je vais vous expliquer ce qui va se passer, déclara-t-il d'un ton apaisant. Peu à peu, vous allez vous détendre. Vous vous sentirez même un peu somnolente. Laissez-vous aller. Vous aurez certaines réactions à mesure que vous vous détendrez. Concentrez-vous dessus. Je vous les signalerai. N'oubliez pas que l'hypnose est une expérience normale. Chaque soir, avant de vous endormir, vous êtes dans un état proche de l'hypnose. Je ne veux pas que vous vous endormiez, car vous devez être consciente. Mais si vous avez l'impression de vous endormir, ne vous en faites pas. Laissez-vous aller, je vous réveillerai. Ce doit être une expérience

agréable et apaisante. Je ne vous poserai aucune question embarrassante. N'analysez ni vos pensées ni vos sensations. Laissez-les simplement vous envahir. D'accord ?
– Oui.
– Parfait. Penchez-vous en arrière. Vous êtes bien ?
– Oui.

Hollander tendit la main et enclencha un magnétophone posé sur la table, près de la tête d'Esther. Schindler s'agita doucement sur son siège.

Enregistrement n° 1

Hollander : Esther, vous allez poser les deux mains sur vos cuisses. Non, ne fermez pas les yeux. Quand on est assis et détendu, on remarque des détails que l'on n'avait jamais soupçonnés. Je vais vous les désigner. Esther, concentrez-vous sur vos mains. Vous ressentez peut-être un poids sur votre cuisse, ou une pression, à moins que ce soit le tissu de votre jupe contre votre paume ou la chaleur de votre main sur votre cuisse. Quelles que soient vos sensations, je veux que vous les observiez.

(Une pause.)

Hollander : Bien, Esther, regardez toujours vos mains. Voyez comme elles sont calmes, immobiles. Leur mouvement n'est pas encore visible. Votre attention pourra vagabonder un peu, mais elle reviendra toujours sur vos mains. Et vous ne cesserez de vous demander quand le mouvement se manifestera. Quel doigt bougera le premier ? Car un doigt va bouger, tressauter. Regardez encore, et vous remarquerez un léger mouvement, peut-être à la main droite. Voilà, le pouce tressaute. Très lentement, vos doigts vont s'écarter. Lentement... Voyez comme ils s'écartent. Doucement...

Parfait, Esther. Vous vous en sortez à merveille. Bientôt, vos doigts vont chercher à se soulever. De plus en plus haut. Voyez comme votre index se dresse. Les autres vont le suivre. Doucement, de plus en plus haut.

Vous éprouvez une sensation de légèreté. Bientôt, c'est la main tout entière qui va se lever, légère comme une plume, elle se lève, se lève. Le bras se lève à son tour, de plus en plus haut. Vos paupières sont lourdes. Vous êtes fatiguée. Vous avez envie de dormir, de savourer cette sensation de paix.

Votre bras est tendu devant vous. Vous ne pouvez quitter votre main du regard. Pourtant, vos paupières sont lourdes, très lourdes, et votre respiration se ralentit. Elle est régulière. Respirez profondément. Soufflez, inspirez. Votre main va se rapprocher de votre visage. Elle se lève, se lève. Doucement, vous sombrez avec plaisir dans un sommeil profond. Vous continuez à lever le bras jusqu'à toucher votre visage. Vous êtes de plus en plus fatiguée. Mais vous vous endormirez seulement quand votre main touchera votre visage. Alors, vous dormirez profondément.

Vous battez des paupières, luttant contre le sommeil. Ne luttez plus. Accueillez le sommeil. Dès que vous aurez touché votre visage, vous dormirez profondément. Ça y est, votre main touche votre visage et vos yeux se ferment... Maintenant. Bien, Esther. Dormez. Vous êtes lasse et détendue. Ne pensez à rien d'autre qu'à ce sommeil profond.

(Une pause.)

Hollander : A présent, Esther, rappelez-vous. Je vous ai dit que vous m'intéressiez, que je voyais en vous un grand potentiel.
Esther : Oui.
Hollander : J'ai confiance en vous. Vous pouvez devenir une personne forte et sûre d'elle-même. Je peux maintenant vous apprendre à devenir cette personne. Cela vous plairait-il ?
Esther : Oui.
Hollander : Bien. Vous pouvez baisser la main, à présent. Détendez-vous. Ouvrez les yeux, si vous le souhaitez. Regardez autour de vous et observez votre environnement. Tout est calme, normal. Refermez les yeux, à présent. C'est cela. Très bien. Esther, je vais vous toucher le poignet. Concentrez-vous sur cette sensation. Sentez bien le contact de mes doigts. Quand vous en serez imprégnée, quand vous serez parfaitement détendue, vous me direz « oui ».

(Une pause encore.)

Esther : Oui.

Hollander : Bien. Dorénavant, chaque fois que je toucherai ainsi votre poignet, vous vous souviendrez de ce calme que vous ressentez maintenant. Vous allez désormais sombrer dans une transe suffisamment profonde pour atteindre n'importe quel objectif, que ce soit vous rappeler un souvenir agréable de votre passé, ignorer un malaise ou vous sentir forte. Si votre subconscient est disposé à réagir ainsi, le premier doigt de votre main droite se lèvera. Vous pouvez penser à ce doigt et il bouge. Il se lève de lui-même. Bien, très bien ! C'est ça, Esther. Détendez-vous. A l'avenir, chaque fois que je vous prendrai le poignet, vous réagirez avec confiance. En vous réveillant d'une telle expérience, vous serez capable d'être enfin vous-même. Chaque matin, vous serez de plus en plus impatiente de ressembler à cette personne forte. Dans un instant, je vais vous demander de vous réveiller. Je vais compter jusqu'à trois et vous vous réveillerez en forme et très satisfaite. Quand je compterai jusqu'à trois, votre inconscient prêtera attention à ce décompte. Un, vous pensez à vous réveiller, deux, vous prenez une profonde inspiration et sentez l'énergie qui envahit votre corps. Trois, vous êtes réveillée.

(Une autre pause.)

– Alors, comment vous sentez-vous ? demanda Hollander.
– Bien. C'était... je sais pas... bizarre. En voyant mon doigt se lever tout seul, j'ai eu un peu le tournis.
– Ce qui est formidable, c'est qu'il se soit levé tout seul. Maintenant, vous pouvez pratiquement tout accomplir.
– Sans doute.
– Même des choses que vous ne soupçonniez pas. Vous vous en rendez compte ?
– Oui..., répondit Esther, hésitante.
– Bon. Vous vous rappelez mes instructions pour vous mettre en transe hypnotique ?
– Vous voulez dire penser à ma main ?
– Pas exactement. Vous en omettez une partie. Vous vous rappelez le contact de mes doigts sur votre poignet ?
– Oui, je m'en souviens maintenant.
– Voulez-vous essayer de vous mettre en transe ?

– Je... je veux bien essayer, murmura la jeune femme.
– Bien, répondit le docteur d'une voix douce.
– Je peux... parler ?
– Naturellement.
– Eh bien, j'essaie de sentir la main sur mon poignet, mais...
– Contentez-vous d'y penser et je vous aiderai. Imaginez cette main et, éventuellement, fermez les yeux pour avoir une vision plus claire. Cela vous aide ?
– Oui.
– Bien. Les doigts bougent, tressautent, et la main se lève. Elle s'approche de votre visage et vous entrez en transe.
– Les doigts sont bien écartés comme ça ?
– Oui. Continuez. C'est très bien. Vous faites exactement ce que j'attends de vous. Quand votre main touchera votre visage, dites « maintenant ».

(Une pause.)

Esther : Maintenant.
Hollander : Bien. A présent, songez à une expérience très agréable. Vous vous sentiez forte et votre entourage était fier de vous. Vous vous rappelez une situation de ce genre ?
Esther : Oui.
Hollander : Bien. Vous voulez m'en parler ?
Esther : Le jour de mon mariage, je me sentais belle.
Hollander : Oui. C'est en général une expérience agréable.
Esther : J'étais très heureuse.
Hollander : Bien. Dites-moi ce que vous ressentez en évoquant ce souvenir.
Esther : J'ai envie de pleurer.
Hollander : Envie de pleurer ?
Esther : J'ai pleuré pendant toute la cérémonie. C'est un juge qui nous a mariés. Il a trouvé ça mignon que je pleure. Il était ravi. Il m'a même prêté son mouchoir pour que j'essuie mes larmes.
Hollander : C'est ce que vous faisiez en passant les mains sur votre visage, à l'instant ?
Esther : Oui...
Hollander : Bien. Vous pouvez profiter du bonheur de ce souvenir et même savourer ces plaisirs oubliés. Voilà. Je vois un sourire sur vos lèvres. A quoi pensez-vous ?

Esther : A John, mon mari. Pour le mariage, il m'avait acheté des fleurs. C'était la deuxième fois qu'on m'offrait des fleurs. Elles étaient très belles.

Hollander : C'est bien, Esther. Vous contrôlez votre transe. Je suis fier de vous. Vous êtes prête à aller un peu plus loin ?

Esther : Je crois.

Hollander : A la bonne heure. A présent, nous allons utiliser de nouveau vos capacités. Plus vous vous exercerez, mieux ce sera. Pensez à cette sensation sur votre poignet. Quand vous sentirez votre main se lever vers votre visage, dites « maintenant ».

Esther : Maintenant.

Hollander : Esther, il existe beaucoup de bons moments, dans une vie. Les mariages, Noël. Quel est le plus beau cadeau d'anniversaire que vous ayez reçu ?

Esther : Mon... L'un de mes pères m'a emmené dîner puis voir un spectacle.

Hollander : De qui s'agit-il ?

Esther : De mon vrai père. J'avais onze ou douze ans et je me suis faite belle. Lui, il portait un costume et une cravate et maman était très jolie. J'avais une nouvelle robe. Une robe jaune. Papa a dit que j'étais superbe.

Hollander : Vous revoyez cette robe ?

Esther : Oui.

Hollander : Pouvez-vous imaginer que vous portez cette robe ?

Esther : Oui.

Hollander : Vous la portez en ce moment. Vous pouvez la toucher. Vous êtes très fière de cette nouvelle robe. C'est ça, caressez-la. Palpez le tissu. Vous souriez. Vous êtes contente ?

Esther : Oui. Cette robe est très belle. Merci, papa.

Hollander : Très bien, Esther. Détendez-vous. C'était amusant, non ? A présent, si on évoquait d'autres souvenirs ? Vous vous rappelez une fête, en novembre 1960 ?

Esther : Une fête ?

Hollander : Oui. En novembre 1960.

Esther : J'allais souvent à des fêtes.

Hollander : Vous souvenez-vous de ces deux garçons, Billy et Bobby Coolidge ?

(Une pause. Esther semble agitée.)

Hollander : Esther, vous vous souvenez de Billy et de Bobby, les deux frères ?

Esther : Oui.

Hollander : Êtes-vous déjà allée à une soirée avec eux ?

Esther : Eh bien, j'ai un peu traîné avec leur bande. J'ai sans doute été dans pas mal de fêtes où ils étaient aussi.

Hollander : Alice Fay, ce nom évoque-t-il quelque chose pour vous ?

Esther : Oui.

Hollander : Que savez-vous d'elle ?

Esther : Elle était jolie. Elle a été élue reine de la promo au lycée.

Hollander : Vous êtes allée à une soirée chez Alice en novembre 1960, n'est-ce pas ?

Esther : En novembre ?

Hollander : Oui.

(Une pause.)

Hollander : Esther, vous rappelez-vous cette soirée chez Alice Fay ?

Esther : Un... un peu.

Hollander : Tant mieux. A présent, détendez-vous, fermez les yeux et songez à cette soirée. Faites attention à bien maîtriser vos souvenirs. A votre réveil, vous vous sentirez relaxée et soulagée de toute anxiété. Vous serez une autre Esther. Une nouvelle Esther. Bien plus forte. Maintenant, revivez cette soirée. Quand vous aurez terminé, dites « maintenant ».

(Une pause.)

Esther : Maintenant.

Hollander : A présent, fermez les yeux et laissez défiler chacun des événements de cette soirée. Ça y est ?

Esther : Oui.

Hollander : Esther, j'aimerais revivre cette soirée avec vous. Que voyez-vous ?

Esther : La maison.

Hollander : Quelle maison ?
Esther : Celle d'Alice.
Hollander : Elle vous plaît ?
Esther : Elle est somptueuse.
Hollander : Qu'est-ce que vous préférez, dans cette maison ?
Esther : Dans une pièce, il y avait une moquette épaisse. J'ai marché dessus. Je flottais sur un nuage.
Hollander : C'était agréable ?
Esther : Les meubles étaient très beaux.
Hollander : Que se passe-t-il dans cette maison ? Vous le voyez ?
Esther : Il y a de la musique. Les gens dansent. Tout le monde s'amuse.
Hollander : Très bien. Je veux que vous ressentiez les mêmes choses qu'à l'époque. Comment vous sentiez-vous, Esther ?
Esther : J'étais anxieuse.
Hollander : Anxieuse ?
Esther : Je n'aurais pas dû me trouver là !
Hollander : Pourquoi ?

(Une pause. Esther s'agite.)

Hollander : Pourquoi ne deviez-vous pas vous trouver chez Alice ?
Esther : Il y avait quelque chose de mal... Je... je n'en sais rien. J'étais anxieuse, c'est tout.
Hollander : Ce sont Billy et Bobby qui vous rendaient nerveuse ?
Esther : Hum...
Hollander : Je n'ai pas bien entendu, Esther. Parlez plus fort, je vous prie.
Esther : Sans doute.
Hollander : Qu'ont-ils fait pour vous rendre nerveuse ?
Esther : Comment ?
Hollander : Qu'ont fait Billy et Bobby qui vous ait rendue nerveuse ?
Esther : Je... J'en sais rien. Il fait un peu chaud, ici, non ?
Hollander : Je ne pense pas, non. Esther, Billy et Bobby vous ont-ils inquiétée quand ils se sont battus ? C'est là la raison de votre sentiment de malaise ?
Esther : Je ne me sens pas bien.
Hollander : Qu'est-ce qui ne va pas ?

Esther : Rien.

Hollander : Bon, alors détendez-vous. Voyez comme c'est agréable de maîtriser la situation, de se sentir sûre de soi. Vous ressentez cette confiance en vous ?

Esther : Oui.

Hollander : Alors revenons à cette fête. Revivez cette soirée, je sais que vous le pouvez. Vous revoyez la moquette épaisse et les beaux meubles ?

Esther : Oui.

Hollander : Ôtez vos chaussures et foulez cette moquette. C'est agréable, non ?

Esther : Je n'ai pas fait ça.

Hollander : Mais vous en avez eu envie, n'est-ce pas ?

Esther : Oui.

Hollander : Vous voyez les gens qui dansent ?

Esther : Oui.

Hollander : Vous voyez Billy et Bobby ?

Esther : Près du buffet où il y a un saladier de punch.

Hollander : C'est là qu'a eu lieu la bagarre ?

Esther : La bagarre ?

Hollander : Vous vous rappelez la bagarre ? Billy et Bobby se sont battus. C'est cela qui vous a rendue nerveuse ?

Esther : Je ne m'en rappelle pas.

Hollander : Vous ne vous souvenez pas de cette bagarre ?

Esther : Billy se battait souvent.

Hollander : Billy s'est battu dans le parc ?

Esther : Comment ?

Hollander : Billy s'est-il battu dans le parc ?

Esther : Le... Je ne suis pas allée au parc.

Hollander : Vous n'avez pas perdu vos lunettes dans le parc ?

Esther : Non.

Hollander : Alors, quand les avez-vous perdues ?

Esther : Un peu avant.

Hollander : Avant quoi, Esther ?

Esther : Le... vous savez, quand Richie est... mort.

Hollander : Comment avez-vous fait, tout ce temps-là, sans vos lunettes ?

Esther : Je m'en servais seulement pour lire. Je n'en avais pas besoin pour autre chose.

Hollander : Parlez-nous de la bagarre.

Esther : La bagarre ?
Hollander : Vous avez évoqué une bagarre.
Esther : Ah bon ?
Hollander : Quand a-t-elle eu lieu ?
Esther : J'ai mal à la tête.
Hollander : Vous avez mal à la tête ?
Esther : Ça m'empêche de réfléchir.
Hollander : Quand, Esther ? Est-ce en 1960 que vous avez mal à la tête ou en ce moment ?
Esther : J'ai mal aux oreilles, aussi.
Hollander : Esther, détendez-vous...
Esther : Je n'arrive pas à réfléchir.
Hollander : Ah non ?
Esther : Hum...
Hollander : Bon. Merci de votre aide et de vos efforts. Vous verrez, vous en serez pleinement récompensée. Vous êtes en train d'apprendre à être forte. Aujourd'hui, vos progrès sont à la mesure de votre coopération. Plus vous travaillerez, plus vite vous deviendrez la femme que vous rêvez d'être. Dans quelques instants, je vais vous demander de vous réveiller. En comptant vous-même jusqu'à trois, vous vous réveillerez en pleine forme et sûre de vous. Quand je dirai « maintenant », vous commencerez à compter jusqu'à trois. Maintenant.

Schindler attendit que le Dr Hollander ait refermé la porte. Au cours de l'heure qui venait de s'écouler, le policier n'avait pas bougé de sa chaise, de peur de distraire la patiente. Il s'étira sans rien dire, attendant que le médecin ait fini de rédiger ses notes.
– C'était fascinant, déclara Hollander en levant les yeux de son bloc. Vous avez remarqué ces maux de tête et ces bourdonnements d'oreilles, en fin de séance ?
– Oui.
– Elle refuse de parler, d'évoquer la soirée, alors son corps déclenche une douleur qui l'empêche de se laisser aller.
– Vous pensez donc qu'elle sait quelque chose.
– Je n'en suis pas certain. Il est trop tôt pour l'affirmer. Mais mon instinct me suggère qu'il y a une piste à creuser. Nous en saurons plus la prochaine fois.

– Quand ?
– La semaine prochaine. Il faut lui laisser le temps de réfléchir.
– Serait-il utile que je la conduise chez les Fay ou au parc ?
– Peut-être.

Schindler lui tendit la main.

– Merci, Art. J'apprécie vraiment votre aide.

Hollander se mit à rire.

– C'est à moi de vous remercier. C'est l'expérience la plus passionnante de ma carrière. Si vous saviez comme cela me distrait des jérémiades d'épouses délaissées en mal de sensualité.

Schindler salua le médecin et referma la porte du bureau. Esther Pegalosi était assise dans la salle d'attente. En le voyant approcher, elle leva vers lui un regard anxieux.

5

Les lumières de Portsmouth scintillaient au loin comme des étoiles. Plongé dans la pénombre, Bobby Coolidge contemplait le ciel d'un regard morne et las. Entre ses doigts luisait le bout incandescent d'une cigarette. Il était affalé sur le canapé du salon de Sarah Rhodes, ses jambes reposaient sur une table basse en verre.

La nuit mit longtemps à faire place à l'aurore. Trop occupé à rassembler les bribes d'un rêve, Bobby n'entendit pas Sarah qui, depuis le seuil, lui demanda :

– Ça ne va pas ?

– Je n'arrivais pas à dormir. Ce n'est rien.

Sarah observa la silhouette dans l'ombre. Ils vivaient ensemble depuis un mois et elle n'était pas encore habituée aux sautes d'humeur de Bobby. Le jeune homme entendit ses pas sur le plancher et sentit les coussins du canapé s'affaisser à côté de lui.

– Tu as des soucis ? s'enquit-elle doucement. Cela fait trois nuits que tu ne dors pas.

Il se tourna vers elle. Sarah dormait vêtue d'une petite culotte et de l'un de ses tee-shirts, dont le tissu moulait ses seins à la perfection.

– C'est la pression des examens, rien de plus, répondit-il, mentant à moitié.

Il espérait qu'elle se contenterait de cette explication. Comment lui avouer que ses cauchemars insidieux, qu'il croyait pourtant avoir laissés derrière lui au Vietnam, refaisaient de nouveau surface ? Sans doute la tension due aux examens... Car s'il échouait...

– Tu es sûr qu'il n'y a rien d'autre ? insista-t-elle.

Il appréciait sa sollicitude. Jamais personne ne s'était vraiment occupé de lui. Sentant les doigts de Sarah dans ses cheveux, il ferma les yeux.

– C'est à cause des examens. J'y pense tout le temps. Ça me tue.
– Tu n'as pas à t'en faire, Bobby. Je te connais. Tu vas réussir.
Épuisé, il posa la tête sur son épaule. Le cycle infernal recommençait. La nuit, il ne trouvait pas le sommeil et, dans la journée, il était trop fatigué pour travailler. Et, pour couronner le tout, ces cauchemars qui le taraudaient. En sentant les lèvres de Sarah frôler sa joue, il rouvrit les yeux. Elle ne le regardait pas. Il effleura à son tour le visage de son amie. Puis ils demeurèrent enlacés.

Le soleil s'était levé, baignant la vallée endormie d'une douce lumière. Bobby contempla la brume qui flottait au-dessus des toits comme la vapeur au-dessus d'un bol. Sarah était si compréhensive...

– Moi, je connais un moyen de te faire passer tes insomnies, murmura-t-elle d'une voix rauque.

Il sourit. Doucement, elle se leva puis se dévêtit. Bobby suivit sa silhouette mince et nue dans la chambre. Leurs ébats n'arrangèrent rien. Bobby ne ressentit aucun plaisir et ne parvint pas à s'abandonner, même dans l'extase. Une partie de lui-même l'observait, incrédule. Que faisait Bobby Coolidge au lit avec cette fille de rêve ? Que faisait-il à l'université ? Il n'était pas à sa place. Sarah comprit que ses efforts étaient vains. Bobby était décidément un être étrange. Rien à voir avec les garçons qu'elle fréquentait au lycée. Cela faisait d'ailleurs partie de son charme. Sa maturité, ses relations. La plupart de ses amis étaient des anciens du Vietnam. Le fait qu'un garçon qui avait fait la guerre, qui avait tué, puisse la trouver attirante la flattait. Elle lui caressa le torse et l'embrassa sur la joue. Cette complexité était une autre facette de son charme. Ses anciens petits amis étaient trop simples, tous issus d'un même moule. Des garçons riches et oisifs. Bobby, lui, était indéchiffrable. Ou presque. Il avait des jardins secrets, des zones d'ombre, comme la guerre, dont il refusait de parler, ou son passé, qu'il n'évoquait qu'en termes vagues. Parfois, il paraissait très vulnérable, exprimant un mélange de force et de fragilité qu'elle trouvait fascinant.

– Bobby, quelque chose te tracasse. Je veux que tu m'en parles.

Bobby ne répondit pas, se contentant de fixer le plafond, le souffle court.

– Bobby ? répéta-t-elle.

– J'ai la trouille de rater mes examens... Tu comptes tant pour moi. Je pense à ce que je vais devenir si j'échoue, et à mon frère, aussi.
– Pauvre chéri, murmura-t-elle en le cajolant.
Elle se blottit contre son flanc droit. Il aimait le contact de sa peau douce.
– Sous tes airs de dur, tu n'es qu'un petit chat. Mais je te connais, mon minou. Tu es intelligent. Tu réussiras.
Il esquissa un sourire triste et la serra contre lui.
– Sarah, tu es ce qui m'est arrivé de mieux dans la vie. Pourtant, tu ne me connais pas vraiment. Tu ignores qui j'étais avant la guerre.
– Les gens ne changent pas tant que ça. Au fond de soi, on reste la même personne.
– Non, Sarah. Avant la guerre, j'ai commis des erreurs que je ne commettrais plus aujourd'hui. De grosses bêtises.
– Oh, Bobby, tu dramatises toujours. Je sais que tu es incapable de faire du mal.
– Mais c'est vrai pourtant. J'ai du sang sur les mains, Sarah. Et je n'arrive pas à l'effacer de mes rêves. Quand je suis sous pression, comme en ce moment, les cauchemars resurgissent et je revois mes actes.
– Mais, Bobby...
– Je t'en prie... Tu es ce qui m'est arrivé de mieux. Je ne veux pas te perdre. Pour une fois, s'il te plaît, respecte ma volonté.
Elle lui adressa un regard étrange, troublé.
– Très bien. Je ne te poserai plus de questions. Je voulais seulement t'aider.
– Tu m'aides par ta seule présence. Tu es ma fée. Je t'aime.
Il l'embrassa, d'abord doucement, puis avec ardeur. Son désir enfla.
Cette fois, il ne se laissa pas distraire.

Enregistrement n° 2

– Eh bien, Esther, êtes-vous d'accord pour commencer ? demanda Hollander
– Oui, répondit-elle sans hésiter.

– Voyons comment nous allons procéder. Détendez-vous. C'est ça. Dès que vous vous sentirez détendue, votre main s'approchera de votre visage et vous direz « maintenant ».

(Une pause.)

Esther : Maintenant.
Hollander : Très bien. Gardons cette impression agréable et profitons-en pour revenir un peu dans le passé. Cette fois, nous n'irons pas très loin. La semaine dernière, vous étiez dans ce bureau, installée dans ce fauteuil. Nous avons passé une heure très constructive. Ensuite, vous êtes sortie pour rejoindre Roy, M. Schindler. Et, tous les deux, vous avez regagné sa voiture. Voulez-vous à présent revivre cette expérience, aussi précisément que possible ? Ne m'en parlez pas. Revoyez en pensée ce qui s'est passé. Tout ce qui s'est passé jusqu'à ce que vous soyez de retour à votre appartement. Quand vous aurez fini, faites-le moi savoir en disant « maintenant ».
Esther : Maintenant.
Hollander : Cela vous a-t-il dérangée ?
Esther : Non.
Hollander : Accepteriez-vous de revivre cette expérience pour moi ?
Esther : Oui.
Hollander : D'accord. Racontez-moi tout, aussi précisément que possible, comme si cela se passait en ce moment. Vous sortez donc du bureau. Vous entendez la porte à battant se refermer.
Esther : On regagne la voiture. M. Schindler me dit que j'ai bien travaillé. Il est fier de moi. Je m'installe sur le siège avant et on sort du parking.
Hollander : Quelle rue prenez-vous ?
Esther : Atlanta Boulevard. Puis tout droit vers Monroe. On a parlé de vous. J'ai dit que je vous trouvais gentil.
Hollander : Merci beaucoup !
Esther : J'ai dit que vous me paraissiez gentil et compréhensif. Ensuite, on a pris Monroe Boulevard jusqu'au parc. M. Schindler est entré dans le parc. En conduisant, il m'a demandé si cela me rappelait quelque chose. D'abord, on est allés près d'un taillis de ronces. Il m'y avait déjà amenée. C'est là où on avait retrouvé mes

lunettes. Sinon, je ne connaissais pas cet endroit. On a roulé un peu plus loin et on est allés... on a pris une sorte de chemin de terre. J'ai regardé pour voir si je me rappelais ce chemin. Mais avant, on est passés devant une aire de pique-nique. Ensuite, en montant, il y avait des bancs publics. On a pris à droite, sur un chemin boueux. Selon Roy, c'est sur ce chemin que le meurtre a eu lieu. Ça me rappelait quelque chose, mais je n'étais pas certaine. Je me rappelais une vaste étendue. Il m'a demandé si une Mercury rouge de 1955, avec des flammes rouges et jaunes peintes sur les côtés, évoquait quelque chose pour moi. Elle était garée près des arbres. Mais je ne m'en souvenais pas. On s'est arrêtés un moment. Roy m'a demandé si j'étais avec Bobby et Billy ce soir-là. J'ai répondu que oui, mais seulement en début de soirée. Il a voulu savoir si Bobby et Billy faisaient parfois la course sur Monroe, j'ai dit que oui, ça leur arrivait. Ensuite, on s'est promenés à pied dans le pré. M. Schindler m'a emmenée au sommet de la colline. Il m'a montré comment, si une fille l'avait dévalée en courant, elle serait passée là où l'on avait retrouvé mes lunettes. Mais je ne me souvenais de rien. Alors on est retournés à la voiture.

Hollander : Et ensuite ?

Esther : On a tourné à gauche, à l'entrée du parc, et on s'est garés devant une maison. Roy m'a emmenée dans la cour et m'a demandé si j'avais le souvenir de chiens qui aboyaient. Alors j'ai...

Hollander : Oui ?

Esther : Eh bien, je n'y étais jamais venue. Mais j'ai commencé à avoir très peur, j'étais au bord du malaise. J'ai eu l'impression que quelque chose allait arriver.

Hollander : C'est ce que vous ressentez en ce moment ? Pourriez-vous faire resurgir cette sensation ?

Esther : Je préférerais pas.

Hollander : Vous avez affirmé n'être jamais allée là-bas.

Esther : J'en suis pas sûre. Sur place, j'ai eu l'impression d'y être déjà venue. Et quand il a parlé de chiens, j'ai eu l'impression étrange qu'il évoquait une certaine race de chiens.

Hollander : Quelle race ?

Esther : Des bergers allemands.

Hollander : Pourquoi ?

Esther : Je n'en sais rien. Sauf qu'on en a eu un. Mon beau-père l'a tué.

Hollander : Il l'a tué ?
Esther : C'était après le divorce de mes parents. J'avais treize ans. Ma mère s'était remariée avec un homme très strict. Il avait fait plusieurs séjours en hôpital psychiatrique après sa sortie de l'armée. Et il était alcoolique. Quand il buvait, il nous frappait à toute heure du jour et de la nuit. Un jour, il a battu ma mère. Je l'ai vu. Alors, avec ma mère, on est parties.
Hollander : Vous alliez me parler du berger allemand.
Esther : Ah oui ?
Hollander : Oui.
Esther : Il l'a tué. C'était mon chien. J'allais le promener dans la forêt. C'était mon seul ami. Un jour, il l'a tué pour me punir parce que j'avais désobéi. Il lui a tiré une balle dans l'œil en m'obligeant à regarder.

(Une pause.)

Hollander : Vous voulez mon mouchoir ?
Esther : Merci.
Hollander : Ça va mieux ? Vous pouvez continuer ?
Esther : Ça va.
Hollander : Détendez-vous. Allongez-vous dans l'herbe fraîche et laissez la brise vous caresser le visage. C'est ça. Inspirez profondément. Quand vous sentirez la brise et verrez les nuages, dites « maintenant ».

(Une pause, au cours de laquelle Esther retrouve une respiration normale.)

Esther : Maintenant.
Hollander : Bon. Revenez tranquillement à la semaine dernière. Vous êtes avec Roy, dans la cour de la maison. Une sensation étrange vous étreint. Vous pouvez la recréer parce que vous êtes forte et sûre de vous. Peu à peu, vous devenez une femme qui maîtrise son destin. Vous êtes détendue et confiante, n'est-ce pas ?
Esther : Oui.
Hollander : Alors dites-moi ce que vous ressentez. Vous revoyez ce chien comme s'il était actuellement en face de vous. Pensez à ce que vous ressentiez en voyant ce gros chien. Si vous voulez dire quelque chose, parlez. Exprimez-vous. Que ressentez-vous ?

Esther : Je sais que je suis déjà venue.

Hollander : Oui. Continuez...

Esther : Je sais que j'avais très peur.

Hollander : Pourquoi aviez-vous peur ? Donnez-moi votre première impression, la première !

Esther : J'avais peur qu'on se fasse piquer.

Hollander : Se faire piquer ? A cause de quoi ?

Esther : Parce qu'on était là.

Hollander : Qu'y a-t-il de mal à cela ? Pourquoi voudrait-on vous arrêter parce que vous êtes là ?

Esther : Je n'en sais rien.

Hollander : Ah non ?

Esther : Je peux deviner, mais en réalité, je n'en sais rien.

Hollander : Bien. Quelles sont alors vos déductions ?

Esther : J'y ai réfléchi. Quand on a quitté la maison pour rentrer chez moi, Roy m'a dit que le meurtre avait eu lieu en haut de la colline, non loin de la maison. Il m'a dit aussi que les bergers allemands étaient agités, cette nuit-là, et que la femme qui habitait cette maison avait vu une jeune fille qui s'enfuyait en courant. C'était peut-être moi.

Hollander : Mais vous aviez peur avant que Roy ne vous raconte tout cela ?

Esther : Oui.

Hollander : Comment pouviez-vous avoir peur si vous n'étiez pas encore au courant de cette histoire de chiens ?

Esther : Je n'en sais rien.

Hollander : Vous avez dit « qu'on se fasse piquer ». Pourquoi ce « on » ?

Esther : C'est bizarre.

Hollander : Quoi ?

Esther : Eh bien, là-bas, dans l'allée, j'ai eu l'impression que j'étais déjà venue deux fois. Dont une fois en voiture.

Hollander : Vous aviez déjà remonté l'allée de la maison en voiture ? Aviez-vous peur d'être arrêtée parce que le meurtre venait d'être commis ?

Esther : Je ne sais pas quand c'était. Mais j'étais déjà venue dans cette allée en voiture. Je crois que j'étais à l'arrière. Et qu'il y avait quelqu'un à côté de moi.

Hollander : Ils vous ont retrouvée sur la route, après que vous vous êtes enfuie en courant ?

Esther : Je ne m'en souviens pas !
Hollander : Détendez-vous, Esther. C'est bien. Laissez venir les choses. Je suis là, avec vous.
Esther : Je ne peux pas.
(Elle crie, elle pleure.)
Hollander : Laissez venir. Je suis là. Il faut que cela sorte. Laissez cette sensation vous quitter. Il faut que cela sorte naturellement.
Esther : Je ne peux pas réfléchir.
(Elle pleure encore.)
Hollander : Bon. Tout va bien. Vous travaillez bien. Ne cherchez pas à réfléchir. Détendez-vous.

(Elle pleure encore un moment.)

Hollander : Vous allez mieux ?
Esther : Je ne me rappelle pas. Vraiment.
Hollander : Si vous ne vous souvenez pas...
Esther : Je ne peux pas.
Hollander : J'apprécie vraiment vos efforts. Vous le savez, n'est-ce pas ?
Esther : Si seulement ça pouvait sortir.
Hollander : Quoi ?
Esther : Hein ?
Hollander : Que voulez-vous faire sortir ?
Esther : Je... je voulais dire. Voir si ça s'est vraiment passé ou non. Parfois, je m'y perds, parce qu'on allait tout le temps au parc quand j'étais au lycée.
Hollander : Vous êtes déjà allée dans ce pré ?
Esther : J'y suis allée souvent, très souvent...
Hollander : Je voudrais éclaircir ce détail. Vous y alliez pour flirter et...
Esther : On y allait tout le temps, pour faire la fête et pour boire. C'était par exemple l'endroit idéal pour se faire peur à Halloween parce que c'est un lieu inquiétant. J'y allais presque tous les ans. On se faisait peur, on courait dans les bois, des trucs comme ça. Mais l'allée ne me paraissait pas familière. C'était très bizarre... ce sentiment... Je sais que j'ai peur de mes souvenirs.
Hollander : Eh bien, je ne vous en veux pas. J'aurais peur, moi aussi.

Esther : C'est comme quand je me réveille. Je revois mon rêve mais je ne m'en souviens pas. Il m'échappe.

Hollander : Vous rêvez de cela ?

Esther : Parfois.

Hollander : Parlez-moi de ces cauchemars.

Esther : Je vois le visage de Richie. Il est couvert de sang comme sur la photo que m'a montrée M. Schindler. Ensuite, je cours. Je descends la colline en courant. Quelqu'un court avec moi. Je crois que c'est une fille. J'ai pas l'impression d'être poursuivie. Je cours, c'est tout. Ensuite, on est dans la voiture. A l'arrière.

Hollander : Vous voyez le visage de la jeune fille ?

Esther : Non. Je me suis réveillée.

Esther : Vous avez fait ce cauchemar plusieurs fois ?

Esther : Deux fois depuis qu'on est allés au parc, la semaine dernière.

Hollander : Ces cauchemars vous bouleversent-ils ?

Esther : Oui.

Hollander : Comment vous sentez-vous à votre réveil ?

Esther : J'ai le cœur qui bat très vite et j'ai du mal à respirer. La première fois, j'ai même cru que c'était la réalité.

Hollander : Et vous n'aviez jamais fait ces cauchemars auparavant ?

Esther : Eh bien si, une ou deux fois.

Hollander : Vous m'avez pourtant dit que c'était depuis que Roy vous avait accompagnée au parc.

Esther : Oui, mais j'avais déjà rêvé de ce visage. Ma mère pourra vous le confirmer. C'était quand je vivais chez elle.

Hollander : C'est bien, Esther. La séance a été un peu éprouvante, aujourd'hui. Vous avez fourni de gros efforts et je suis fier de vous. Maintenant, je vais vous donner un conseil qui vous aidera la prochaine fois que vous douterez de votre force. Vous êtes capable d'élever un enfant toute seule. Nous voyons bien que vous devenez de plus en plus forte, vous serez bientôt celle que vous voulez être. La prochaine fois que vous aurez peur, que ce soit ici ou chez vous ou n'importe où, détendez-vous en pensant au contact de ma main sur votre poignet. Vous n'aurez pas besoin de voir votre poignet, ni de fermer les yeux ou quoi que ce soit. Rappelez-vous cette sensation et, très vite, votre main s'approchera de votre visage. Vous vous sentirez détendue et soulagée. Promettez-moi de vous exercer à la maison. N'importe quand, dans votre chambre, devant la télévision. Vous me promettez de vous entraîner ?

Esther : Oui.

Hollander : C'est bien. Dans un instant, vous allez vous réveiller, en pleine forme, forte et confiante...

— Eddie ! cria Gary Barrick en repérant Eddie Toller à l'autre bout du bar.

Le Soulier de Satin était très enfumé et la lumière tamisée déformait les traits du jeune homme aux cheveux bouclés qui se leva de son tabouret.

— Nom de Dieu ! s'exclama Eddie en reconnaissant celui qui l'avait interpellé. Où t'étais passé ?

Les deux hommes sourirent et échangèrent une poignée de main vigoureuse.

— Tu as l'air en forme pour quelqu'un qui est sorti de taule depuis quelques mois.

— Hé, fit Eddie en jetant un coup d'œil aux alentours pour voir si quelqu'un avait entendu. Doucement. Ici, la plupart des gens ignorent que j'ai fait de la taule.

— Excuse-moi. Qu'est-ce que tu fais là ?

— Je travaille. Je suis directeur adjoint, répondit-il non sans fierté.

— C'est pas vrai ! C'est formidable ! Je suis content que tu t'en sois bien sorti.

— Ouais, pas trop mal, admit-il en haussant les épaules. Et toi ?

Gary afficha un large sourire.

— Toujours pareil. J'ai pas de boulot en ce moment, mais je cherche.

Eddie désigna à Gary un tabouret et fit signe à la serveuse. Une jolie blonde aux longues jambes s'approcha en ondulant des hanches.

— Qu'est-ce que je vous sers, Eddie ? s'enquit-elle.

— Rien pour moi, mais mon ami est un invité. Qu'est-ce que tu bois, Gary ?

Gary commanda. La blonde s'éloigna de sa démarche chaloupée.

— Elle est pas mal, commenta Gary, impressionné. Tu en profites, au moins ?

– Sheila ? Non. J'ai une copine. Elle travaille en salle, mais elle est de repos, ce soir. Depuis quand tu es en ville ?
– Le mois dernier.
– Tu as un logement ?
– Ouais. Je suis avec une poulette que j'ai rencontrée.

Sheila revint avec la consommation de Gary. Les deux hommes évoquèrent ensuite les deux années qu'ils avaient passées dans la même cellule.

– Alors t'es rangé des voitures, maintenant ? demanda Gary.
– Ouais. Finies les conneries ! Joyce et moi, on va se marier dès que j'aurai assez de blé.
– Te marier ? Alors c'est sérieux ?
– Ouais. Tu sais, je ne rajeunis pas.
– Dommage, déclara Gary avec nostalgie.
– Pourquoi ?

Gary regarda aux alentours et se pencha en avant.
– J'ai mis au point un coup génial et je cherche un autre type.

Eddie réfléchit une seconde et secoua la tête.
– Non. Je ne veux plus tremper dans tes combines, Gary. Mon boulot ne rapporte pas des masses, mais ça me suffit et c'est régulier. En plus, je ne supporterai jamais de retourner en taule. Je suis trop vieux pour ça.

Gary haussa les épaules.
– Chacun son truc. Écoute, je te file mon adresse et mon numéro de téléphone.
– Non. Je ne suis pas partant.
– Pas pour ça. Pour se voir. J'aimerais bien rencontrer ta copine. Entre vieux potes, on reste en contact.

Esther plia le linge du bébé et posa la pile à côté de ses affaires. Elle balaya le salon du regard. Elle avait fini son repassage et terminé la vaisselle. Le bébé dormait. Avec un long soupir, elle s'écroula sur son vieux fauteuil d'occasion, devant la télévision, épuisée. Pourtant, les tâches ménagères lui pesaient moins depuis les séances chez le Dr Hollander.

Il lui avait permis de comprendre combien cela était important. Tout le monde n'était pas capable d'élever seule un enfant. Elle avait cru le contraire, mais le médecin lui avait ouvert les yeux.

Elle consulta la pendule. 8 h 45. Elle pouvait regarder le dernier quart d'heure d'une émission télévisée ou s'entraîner à l'hypnose.

Elle opta pour cette dernière solution. Elle attendait désormais les séances avec impatience. Elles l'aidaient à se détendre et à se sentir moins nerveuse. Elle se débarrassait des angoisses quotidiennes pour devenir une femme forte et sûre d'elle. L'hypnose lui procurait plus de bien-être que l'alcool ou les médicaments. Sa vie lui paraissait plus facile et elle passait des nuits réparatrices.

L'hypnose l'aidait également à penser aux souvenirs que le Dr Hollander voulait faire remonter à la surface, ces pensées sombres et floues qui se cachaient dans les recoins de son subconscient. A chaque séance, elle était de plus en plus persuadée qu'elle cachait quelque chose à propos de cette nuit. Quand le docteur et Roy s'entretenaient de ces événements, tout lui semblait logique. Si c'était arrivé, ce ne pouvait être que comme ils le disaient.

Esther ferma les yeux et imagina les doigts du médecin sur son poignet. Elle ressentit aussitôt des picotements dans ses membres. Son corps commença à se détendre. Sa main se leva vers son visage. Elle pensa au Dr Hollander. Il était si gentil, si paternel. Mais pas comme tous ses autres pères. Lui la soutenait, l'aidait. Maintenant, elle appréciait même Roy. Elle avait dû se tromper sur son compte, car il semblait finalement très gentil. Il lui offrait des tas de cadeaux. Rien de très cher, à part ces superbes vêtements neufs, mais des fleurs ou des babioles pour le bébé. Il se montrait très prévenant. Comme John. Ils avaient d'ailleurs à peu près le même âge. Les hommes plus âgés étaient toujours plus attentionnés, même si elle en avait connu plusieurs qui ne l'étaient pas. Bien sûr, Roy était bien plus intelligent que John. Quand elle se trouvait avec lui et le docteur, elle se sentait bête. Pourtant, ils ne l'avaient pas prise pour une imbécile. Mais elle l'était. Elle l'avait toujours su. Au lycée, si les garçons s'intéressaient à elle, c'était uniquement parce qu'elle était jolie et qu'elle acceptait de coucher avec eux. Seul John lui avait témoigné du respect. Comme le Dr Hollander et Roy. La nuit dernière, elle avait rêvé de Roy. A son réveil, elle était mal à l'aise : il s'agissait d'un rêve érotique. Ils étaient ensemble dans un grand lit, nus. Pas dans une chambre, croyait-elle. C'était flou. Il y avait peut-être des nuages à la place des murs. Roy était allongé sur elle.

Anxieuse, elle se concentra sur son poignet, pensant à ce que Roy et le docteur attendaient d'elle. Elle voulait tant les aider.

Mais leurs questions la déconcertaient parfois. Pourquoi Roy avait-il évoqué Monroe Boulevard et les courses de voitures ? Croyait-il qu'ils avaient fait la course avec Richie, ce soir-là ? Elle était persuadée que non. Une fois, elle s'était pourtant retrouvée avec quelqu'un engagé dans une poursuite avec Richie. Mais elle n'en était pas sûre. C'était si loin.

Mais si, c'était bien cette nuit-là... Non, impossible... Si... Alors elle se trompait sur d'autres détails. Elle rouvrit les yeux. Ce soir, elle ne parvenait pas à se mettre en état de transe hypnotique. Il était 21 heures. Esther alluma le téléviseur.

6

Enregistrement n° 5

Hollander : Bientôt, votre main va toucher votre visage. Voilà. Vos yeux vont se fermer. Vous êtes totalement détendue. A présent, êtes-vous disposée à oublier tout ce qui risquerait d'être pénible pendant la séance d'aujourd'hui ? Répondez par « oui ».
Esther : Oui.
Hollander : Bien. Vous oublierez donc tout ce que vous ne serez pas disposée à évoquer consciemment, comme un rêve s'efface quelques minutes après le réveil. Vous pourrez en faire autant des moments difficiles de cette séance. Maintenant, imaginez que la fenêtre qui se trouve devant vous est en fait un écran de cinéma. Le voyez-vous en pensée ?
Esther : Oui.
Hollander : Bien. Regardez en bas de cet écran, vous verrez un petit compteur.
Esther : Oui.
Hollander : Vous lisez bien 1967 ?
Esther : Oui.
Hollander : Parfait. Imaginez qu'il tourne à l'envers. 1967, 1966, 1965, à la vitesse de votre choix. Quand il indiquera 1960, faites-le moi savoir en énonçant la date.
Esther : 1960.
Hollander : Sur l'écran apparaîtront des événements qui se sont déroulés en 1960, comme si vous regardiez un film. Vous en serez peut-être la vedette. Quand l'action du film commencera, dites « maintenant ».
Esther : Maintenant.

Hollander : Bon. Que voyez-vous ?
Esther : On est chez Bob.
Hollander : Bob comment ?
Esther : C'est un restaurant. On y sert des hamburgers. C'est là qu'on avait l'habitude de traîner.
Hollander : Quand vous dites « on », vous parlez de qui ?
Esther : Mes copains.
Hollander : Vous voulez dire les Cobras ?
Esther : Certains d'entre eux.
Hollander : Billy et Bobby Coolidge ?
Esther : Je les connaissais.
Hollander : Que faisiez-vous avec les Cobras ?
Esther : Je n'en sais rien.
Hollander : Avez-vous déjà fait des bêtises avec eux ?
Esther : Des bêtises ?
Hollander Un acte illégal.
Esther : Une fois, on a cambriolé le minigolf.
Hollander : Parlez-moi de cela. Quand était-ce ?
Esther : En 1959, en juillet. Trois garçons et moi. Ils ont cambriolé le minigolf. On allait se faire pincer, alors ils ont dévalé la pente en voiture. Elle appartenait au frère de l'un d'eux. On a roulé à toute vitesse sur cette route sinueuse. Des voitures de police nous suivaient et l'une d'elle s'est retrouvée dans le fossé. On a descendu la pente, puis on a pris un sens interdit. Environ cinq voitures nous ont arrêtés.
Hollander : Des voitures de police ?
Esther : Oui.
Hollander : Vous avez eu peur ?
Esther : Oh oui. Je n'osais même pas regarder.
Hollander : Que vous est-il arrivé ?
Esther : Eh bien, j'étais jeune, vous savez, alors ils m'ont gardée un petit moment puis ils ont appelé ma mère.
Hollander : Pourquoi avoir cambriolé le minigolf ?
Esther : Je ne sais plus. J'étais bourrée et j'ai presque tout oublié. Même le tribunal. J'ai dû témoigner et déjà, là, je ne me rappelais plus trop des détails. Je ne savais pas si on était conscients de ce qu'on avait fait. On était tous bourrés. En tout cas, Bones s'était approché de la caisse et avait menacé la bonne femme en lui mettant son couteau sous la gorge. Mais il ne lui a

pas fait de mal. C'était dans le feu de l'action. On était comme ça, à l'époque. On vivait au jour le jour. C'était la devise des Cobras.

Hollander : Cette arrestation vous a impressionnée ?

Esther : Je n'avais pas peur d'être arrêtée. Ce n'était pas la première fois. J'avais peur d'aller en maison.

Hollander : Qu'entendez-vous par maison ?

Esther : C'est quand ils vous gardent si vous êtes mineur. Je n'aime pas être enfermée.

Hollander : Quand aviez-vous été arrêtée auparavant ?

Esther : Quand j'ai griffé un garçon.

Hollander : Qui cela ?

Esther : Andy Trask.

Hollander : Andy Trask ?

Esther : C'était avec mes ongles. Je ne lui ai pas fait très mal. Il a eu peur, c'est tout. Ils m'ont laissé partir quand ma mère est venue me chercher.

Hollander : Pourquoi avoir frappé ce garçon ?

Esther : C'était à une fête de l'école. Il a voulu aller trop loin avec moi, et j'ai refusé.

Hollander : Qu'entendez-vous par « aller trop loin » ?

Esther : Vous savez, me peloter, et tout. J'ai... Il m'a fait peur.

Hollander : Vous n'aimiez pas qu'il essaie de vous toucher ?

Esther : J'ai aimé qu'il en ait envie... qu'il ait envie de moi, mais pas la façon dont il l'a fait.

Hollander : Comment s'est-il comporté ?

Esther : Il a été brutal, comme mon... comme George. Il a essayé de me culbuter sur le siège arrière de sa voiture.

Hollander : Qui est George ?

Esther : Mon... mon beau-père. Quand il était saoul, il battait maman, puis il la forçait, enfin vous voyez, et il fallait qu'on le regarde. Ensuite, il nous obligeait à le faire aussi. Il était dingue. C'est pour ça que maman l'a quitté. Elle, elle pouvait le supporter, mais elle avait peur pour nous.

Hollander : Et ce garçon était comme votre beau-père ?

Esther : Il buvait. Ensuite, il m'a poussée sur le siège et m'a brutalisée. Moi, j'aime les garçons gentils. J'aime qu'ils me disent que je suis belle. Je ne suis pas...

Hollander : D'accord, Esther. Détendez-vous. Je vois que vous êtes bouleversée, alors continuons, vous voulez bien ?

(Un hochement de tête)

Hollander : Bon. Avançons un peu. Pensons à la fin de l'année 1960. Laissez les images vous venir à l'esprit. Vous voyez toujours l'écran ? Bon. Regardez encore. Bientôt, le décor va s'effacer pour faire place à une autre scène, un peu plus tard dans l'année. En novembre. Vous voyez une fête ?

Esther : Tout ce que je vois, c'est une fête de Noël.

Hollander : Esther, nous avons déjà discuté de cette soirée. Celle qui a eu lieu chez Alice Fay. Vous êtes dans la maison d'Alice. Vous foulez la moquette moelleuse. Vous vous rappelez ? Vous aviez l'impression de flotter sur un nuage.

Esther : Oui.

Hollander : Vous pouvez ôter vos chaussures et vous promener. Quel effet cela provoque-t-il ?

Esther : Je flotte dans le ciel.

Hollander : Bien. Vous souriez. Il y a d'autres personnes ?

Esther : Oh, bien sûr. C'est une fête.

Hollander : Que font-ils ?

Esther : Ils dansent, ils s'amusent.

Hollander : Qui vous accompagne ?

Esther : Roger. Il y a aussi Billy et Bobby Coolidge.

Hollander : Qui est Roger ?

Esther : Roger Hessey. C'est mon petit ami... Enfin, il l'était, à l'époque.

Hollander : C'était sérieux ?

Esther : On... on sortait simplement ensemble.

Hollander : Roger est-il resté longtemps ?

Esther : Non. Il est parti quand ça a mal tourné.

Hollander : Que s'est-il passé ?

Esther : Billy a semé la pagaille.

Hollander : Comment ?

Esther : Il s'est battu. Roger ne voulait pas se battre, alors il est parti.

Hollander : Pourquoi n'êtes-vous pas partie avec lui ?

Esther : Je n'en sais rien.

Schindler : Billy s'est servi d'un couteau pendant cette bagarre, non ?

Esther : Je ne me rappelle pas.

Hollander : Regardez l'écran, Esther. Vous voyez la pièce dans laquelle la fête avait lieu ?

Esther : Oui.

Hollander : Vous vous voyez, parmi les invités, avec Billy et Bobby ?

Esther : Oui.

Hollander : Vous voyez aussi Tommy Cooper, n'est-ce pas ? Il est à l'écran ?

Esther : Je...

Hollander : Détendez-vous et regardez bien. Vous verrez Tommy et Alice près du saladier de punch. Il y a aussi Billy et Bobby. Dites-moi quand vous les verrez.

Esther : Je les vois.

Hollander : Parlez-moi de la bagarre. Sur l'écran, Tommy et Billy sont en train de se battre, n'est-ce pas ?

Esther : Je ne vois pas la bagarre. Franchement. Ça s'est passé trop vite.

Hollander : Mais vous voyez Billy et son couteau ? Regardez l'écran. Il y a la table et le saladier de punch. Billy se tient devant, c'est ça ?

Esther : Oui.

Hollander : Comment est-il habillé ?

Esther : Comme d'habitude. Son blouson de cuir noir avec «Cobras» marqué dans le dos et un jean moulant.

Schindler : Vous voyez cela clairement ?

Esther : Billy s'habillait toujours comme ça.

Schindler : Bien. Et vous voyez le couteau à cran d'arrêt dans sa main ?

Esther : Non...

Schindler : Billy avait un couteau comme celui-là, n'est-ce pas, Esther ? Il le montrait à tout le monde, non ?

Esther : Je... Ça fait un bout de temps...

Hollander : Détendez-vous, Esther. Inutile de s'énerver. N'oubliez pas que vous regardez un film. Ce qui se passe à l'écran ne peut pas vous blesser, n'est-ce pas ?

Esther : Non.

Hollander : Bien. Et je suis là pour vous aider. Vous êtes d'accord ?

Esther : Oui.

Hollander : Je vous ai aidée à devenir plus forte et plus sûre de vous-même, comme vous en rêviez. J'ai tenu ma promesse.

Esther : Oui.

Hollander : Et à présent, vous vous sentez forte ?
Esther : Je...
Hollander : Comment vous sentez-vous, Esther ?
Esther : J'ai peur.
Hollander : Bon. Alors réveillez-vous. Un, deux, trois, d'accord ?

— Je pensais à des choses tristes, dit Esther en s'étirant.
— Je sais, répondit Hollander. Vous avez dit que vous aviez peur. Qu'est-ce qui vous faisait peur ?
— Je n'en sais rien. Je dors mal. Hier soir, j'ai rêvé...
— C'était le cauchemar dont vous nous avez parlé il y a quelques semaines ?
— Oui, en me réveillant, je me sens mal. Vous êtes si gentil avec moi. Je sais que vous voulez que je me rappelle, et j'essaie. Si seulement je n'étais pas obligée de revenir en arrière !
— Il n'y a aucune obligation à cela, Esther. Comme nous ne pouvons pas vous forcer à venir ici.
— Oui, je sais.
— A la maison, vous vous entraînez, comme je vous l'ai demandé, quand vous êtes mal ?
— Vous voulez dire, penser à vos doigts sur mon poignet ?
— Oui.
— J'essaie. Parfois, j'ai du mal à me concentrer. Le bébé me prend beaucoup de temps et j'ai mon ménage à faire.
— C'est dans ces moments-là qu'il faut vous exercer. Quand vous êtes sous pression.
— Je sais et j'essaie de temps en temps. Mais cela me bouleverse. Je sais que c'est en moi. Et je veux que ça sorte.
— Eh bien, vous y arriverez, affirma Hollander, confiant. A présent, mettez-vous à l'aise. Concentrez-vous sur mes doigts qui touchent votre poignet. Votre main se fait légère comme une plume. Chaque jour, vous ressemblez un peu plus à celle que vous rêvez de devenir...

Schindler : Vous vous rappelez que Billy a volé des bouteilles. Vous vous en souvenez, n'est-ce pas, Esther ?
Esther : Oui.
Schindler : Ensuite, vous avez bu ce vin dans la voiture. Vous revoyez la scène ?

Esther : Oui.

Schindler : Combien de temps cela a-t-il duré ?

Esther : Je n'en sais rien, moi. Quand on a trop bu, on est fatigué et on perd la notion du temps.

Schindler : Ensuite, vous êtes allés vous balader en ville, avec la voiture.

Esther : Je crois.

Schindler : A présent, vous roulez sur Monroe. Vous voyez Monroe Boulevard ?

Esther : Je vois Monroe, mais je ne suis pas... Je ne me rappelle pas si...

Schindler : Pourtant, il fallait passer par Monroe Boulevard pour rentrer chez vous, non ?

Esther : Non. D'habitude, on passait par Marshall Road.

Schindler : Mais vous auriez pu passer par là ?

Esther : Oui.

(Chuchotements.)

Schindler : Bon, Esther, je veux que vous imaginiez Monroe Boulevard. Dites-nous ce que vous voyez, sur ce boulevard. Nous sommes en novembre 1960.

Esther : Je me rappelle pas y avoir été ce soir-là.

Schindler : Quel soir ?

Esther : Quand ils... enfin, vous savez... le meurtre.

Hollander : C'est bien, Esther. Faisons comme si vous y étiez. Vous voyez le boulevard sur l'écran. Vous le voyez ?

Esther : Oui.

Hollander : Bon. Que voyez-vous, maintenant ?

Esther : Pas grand-chose. Des magasins.

(Chuchotements.)

Hollander : Vous vous trouvez dans quel genre de voiture ?

Esther : Qu'est-ce que vous voulez me faire dire ?

Hollander : Rien que la vérité. Que voyez-vous sur l'écran ?

Esther : Eh bien, en fait... Je ne suis pas dans une voiture.

Schindler : Quel genre de voiture avaient Billy et Bobby Coolidge ?

Esther : Ben, j'en... une Dodge ou une Ford. Un truc comme ça.

Schindler : De quelle couleur ?

Esther : Heu... bleu foncé ou noire. Une couleur sombre.

Schindler : Vous connaissez la voiture de Richie, n'est-ce pas ?

Esther : Je ne sais pas de quel modèle il s'agit.
Schindler : Mais vous voyez à quoi elle ressemble ?
Esther : C'était la plus belle voiture du lycée. Un jour, j'étais avec Billy et Bobby quand ils ont fait la course avec lui.
Schindler : Il y avait quelqu'un d'autre avec vous trois ?
Esther : Je ne crois pas.
Schindler : Vous aviez l'habitude de sortir seule avec les frères Coolidge ?
Esther : Il y avait peut-être quelqu'un d'autre. Sans doute Roger. J'ai oublié. C'était il y a longtemps.
Schindler : Que s'est-il passé au cours de cette poursuite ?
Esther : C'était une course, c'est tout.
Schindler : Vous n'avez pas eu d'accident ?
Esther : Pas... Je ne crois pas, non.
Schindler : Qu'alliez-vous dire ?
Esther : Comment ?
Schindler : Vous avez commencé par « pas ». Vous alliez dire « pas cette fois ». Vous aviez déjà fait la course avec Richie une autre fois, et il y avait eu un accident, c'est cela ?
Esther : Je crois pas.
Schindler : Vous ne croyez pas ou vous êtes sûre ?
Esther : J'en sais rien. Je suis perdue. Un accident, je m'en souviendrais, quand même.
Schindler : Vous m'avez affirmé que vous étiez ivre.
Esther : Oui.
Schindler : Alors il est fort possible que...
Esther : Je suis fatiguée.

— Vous êtes bien silencieuse, ce soir, déclara Schindler.
Esther se tourna vers le policier. Il souriait, ce qui accentua son malaise. Elle était en train de les décevoir et, pourtant, il se montrait gentil, comme si ce n'était pas important.
— Je suis fatiguée, c'est tout, répondit-elle.
— Je vous comprends. Ces séances ne doivent pas être très agréables. Le docteur et moi apprécions beaucoup vos efforts.
Schindler engagea la voiture sur la bretelle de sortie de l'autoroute. Esther fixa ses mains. L'idée de passer la nuit seule la déprima. Si seulement elle n'était pas aussi vidée après chaque séance... Elle les attendait avec tant d'impatience qu'elle éprouvait ensuite une sensation de flottement.

Son immeuble fut bientôt en vue. Esther ferma les yeux un instant. Roy se gara devant la porte. Elle ne voulait pas qu'il la laisse. Se souvenant qu'il avait déclaré avoir faim, elle déclara :
– Vous... Vous voulez monter ? Je préparerai des spaghetti.
Schindler fut étonné par cette invitation, mais ravi. Depuis quelques séances, la jeune femme paraissait moins tendue en sa présence.
Elle s'attendait à essuyer un refus. C'était stupide de toute façon. Elle était piètre cuisinière. Et de quoi allaient-ils parler ? Contre toute attente, il accepta. Elle fut un instant terrifiée à l'idée que la soirée serait un désastre. Schindler raccompagna la baby-sitter tandis qu'Esther se rendait à la cuisine. Le bébé s'était endormi. Schindler annonça qu'il en profiterait pour trouver une boutique encore ouverte. En son absence, elle enfila une tenue qu'il lui avait offerte, sans se rendre compte qu'elle n'était guère appropriée à la situation.
– Vous êtes ravissante, déclara le policier à son retour.
Elle rougit, comme il l'espérait. Elle était si facile à manipuler, à l'instar de la plupart des gens, si l'on prenait le temps de les étudier.
Esther dressa le couvert tandis que Schindler servait le vin. Elle avait l'impression de tout faire de travers. A part pour John, elle n'avait jamais vraiment cuisiné pour un homme.
– Vous vous sentez mieux ? demanda-t-il quand ils eurent fini de manger.
La jeune femme était un peu éméchée.
– Je me sens bien, répondit-elle.
Il l'aida à débarrasser la table. Leurs hanches se frôlèrent dans l'étroite cuisine. Le policier se rendit compte que ce contact excitait Esther.
– Vous êtes très en beauté, ce soir, déclara-t-il.
– Merci, fit-elle en détournant les yeux, effrayée par les pensées qui l'envahissaient soudain.
Se rappelant son rêve, elle se sentit coupable de ce désir. Elle entreprit de faire la vaisselle, histoire de se changer les idées. Mais Roy lui prit l'assiette des mains et ferma le robinet. Elle leva les yeux vers lui. Il était grand. Elle vit ce qu'il voulait lui montrer, ce qu'elle voulait voir. Un père qui prendrait soin d'elle. Qui la guiderait.
Il lui caressa les cheveux. C'était si facile.

– Vous avez mis cette robe spécialement pour moi ?

Elle lui répondit d'un murmure si bas qu'il l'entendit à peine. Il lui caressa le menton et plongea les yeux dans son regard. Puis, la prenant par la main, il l'emmena dans la chambre, comme une enfant. La jeune femme sentait son cœur battre à toute vitesse. Elle avait l'impression de se liquéfier. Quand il la déshabilla, elle sut que, dès qu'il la toucherait, elle fondrait.

Schindler la coucha sur le lit et caressa longuement ses seins généreux aux mamelons dressés. Malgré son excitation grandissante, Schindler contrôlait son désir. Esther gémit et se cambra. Bientôt, il fut sur elle, en elle. Elle fut submergée par un plaisir indicible. Dans les bras de Roy, elle s'abandonna. Schindler la sentit se crisper puis se détendre. Après l'extase, il resta en elle. Elle pleurait. Ses larmes se mêlèrent à la transpiration qui inondait les épaules du policier. Il l'apaisa en la caressant, comme un chien.

Désormais, il la manœuvrerait plus facilement.

7

– Écoute, Ted : s'il faut arrêter les communistes, mieux vaut que ce soit au Vietnam qu'à Disneyland.
– Seigneur, je ne le crois pas ! s'exclama Ted Wolberg. Où as-tu trouvé ça ?
Ted et Bobby Coolidge passaient le temps chez George Rasmussen. Comme d'habitude, Ted et George se chamaillaient au sujet de la guerre. Bobby prêtait peu d'attention à leurs propos. Il les avait entendus bien des fois. Apparemment, les gens ne parlaient plus que du Vietnam.
– Qu'est-ce que tu en penses, Bobby ?
Bobby regarda Ted. Il n'aimait pas participer aux discussions sérieuses, ne se sentant pas assez sûr de lui pour s'aventurer dans l'arène intellectuelle. En cours, il ne s'exprimait jamais. Avec ses amis, il se contentait d'écouter. Malheureusement pour lui, on le considérait comme le spécialiste du Vietnam. On l'interrogeait à tout propos, s'attendant à ce qu'il soit au fait des moindres développements du conflit. En réalité, il en savait bien moins sur l'histoire et la politique de ce pays que George, qui avait effectué son service militaire à Washington, ou Ted, étudiant en sciences politiques et passionné par l'Extrême-Orient.
– Vous avez raison tous les deux, répondit-il prudemment. Nous ne devrions pas nous trouver là-bas...
– Vous voyez, coupa Ted, c'est ce qu'affirmaient les deux prisonniers de guerre qui viennent d'être libérés. Mais il ne faut pas comparer avec l'Allemagne nazie. Après tout, aucune police secrète ne vient arrêter les gens pour propos subversifs. Vous vous laissez berner par les méthodes du complexe militaro-industriel qui dirige ce pays. Marcuse prétend...

– Qui ça ? demanda George.

Ted allait répondre quand le carillon de la porte d'entrée retentit. George se leva et revint accompagné de Sarah. La jeune fille tenait une enveloppe à en-tête de l'université. Bobby sentit sa gorge se nouer. En cette période de vacances, il attendait ses résultats du premier semestre, redoutant le pire. Il ne souhaitait pas non plus que ses camarades soient au courant, au cas où il aurait obtenu des notes catastrophiques.

– Heu... George... Je peux dire deux mots à Sarah dans ta chambre ?

– Bien sûr. Mais faites le ménage avant de partir.

– Tu es vraiment très drôle, George, déclara Sarah en suivant Bobby dans le couloir.

– Alors ? fit Bobby, anxieux, dès qu'ils eurent refermé la porte.

L'espace d'un instant, elle l'observa d'un air gêné. Il sentit son moral sombrer. Puis elle éclata de rire et se jeta à son cou.

– Tu es parmi les meilleurs, imbécile ! Je suis très fière de toi !

Il voulut se dégager de son étreinte, n'ayant pas encore enregistré le sens de ses paroles.

– Quoi ? demanda-t-il en la repoussant.

– Tu figures parmi les meilleurs ! répéta-t-elle. Trois A, un B + et un C + en maths.

– Tu me fais marcher ?

– Si tu voyais ta tête !

– Comment ? Hé, mais c'est pas possible !

Il se mit à arpenter la pièce sans parvenir à détacher son regard du relevé de notes. C'était inscrit noir sur blanc.

– Écoute, tu es très belle, ce soir. On sort tous les deux en ville.

– Ce n'est pas la peine, Bobby, déclara-t-elle, sachant qu'il était à court d'argent.

– Laisse tomber. Tu ne peux pas imaginer ce que ça représente pour moi, Sarah. Toute ma vie, j'ai cru que j'étais un imbécile, un bon à rien. Si tu savais comme j'ai eu peur au cours de ce semestre. J'ai failli laisser tomber des dizaines de fois.

Elle ne répondit pas mais elle le savait très bien. La nuit, elle l'entendait gémir. Il s'était tué au travail et elle lui avait plusieurs fois remonté le moral quand il perdait courage.

– Tu sais, j'arrive à un tournant de ma vie, Sarah. Jamais je ne reviendrai en arrière. Jamais.

Enregistrement n° 8

— Je suis ravi de vous voir aussi radieuse, Esther, lança Hollander.
— Depuis quelques semaines, je suis en pleine forme.
— Pourquoi, selon vous ? Y a-t-il des raisons précises ?
— Je... vous savez... Je crois que ce sont les... les séances, et mes exercices à la maison. Le monde me paraît plus beau.
— A quel point de vue ? demanda le médecin.
— Eh bien, mon bébé, par exemple. Avant, je... enfin, je ne le détestais pas, mais il m'emprisonnait. Parfois, je voyais en lui une punition.
— Une punition pour quoi ?
— Je n'en sais rien. Le départ de mon mari, peut-être. Je sais que ça ne rime à rien, mais je me suis dit que, si je n'avais pas eu ce bébé, John serait resté.
— Selon vous, votre mari vous a quittée à cause de l'enfant ?
— En fait, je sais maintenant que c'est faux. Enfin, on se serait séparés de toute façon. Mais j'ai pensé... J'ai mis ça sur le dos du bébé, si vous voyez ce que je veux dire.
— Oui. Et maintenant ce sentiment a disparu ?
— Non, oui, je... Enfin, ce n'est qu'un bébé. Mais avant de commencer les séances et de penser un peu à moi, je ne m'étais pas rendu compte pour John et le bébé.
— Ainsi, vos sentiments envers votre fils ont changé ?
— Oui, je... je l'aime. Je pense qu'avant, ce n'était pas le cas. Aujourd'hui, je passe de longs moments à le regarder, je le câline et je l'embrasse. Il est bien plus calme, moins exigeant.
— Pensez-vous que ce soit parce qu'il ressent votre changement d'attitude ? demanda Hollander.
— Je n'en sais rien. Je ne suis pas médecin. Peut-être.
— Vous dites que d'autres changements sont intervenus.
— Eh bien, j'ai l'impression que je suis en train de devenir moi-même, déclara la jeune femme.
— Comment le savez-vous ?
— Je suis plus calme, moins angoissée. En cas de crise, je me détends, je pense à mon poignet et je me calme. Puis je songe à ce qui me fait peur et je trouve en général la réponse à mon problème.

— A la bonne heure. Et je suis content que... que vous ayez l'impression d'avoir progressé grâce à mon aide, dit le médecin d'un ton humble.

— Je vous suis très reconnaissante.

— Merci.

— Docteur, j'ai réfléchi toute la semaine et j'ai décidé que, cette fois, j'allais vraiment essayer de me souvenir. Il y a quelque chose au fond de moi et je vais m'efforcer de le faire sortir.

— Formidable ! J'aime vous entendre parler ainsi ! D'une jeune femme peureuse, vous vous êtes transformée en une personne forte et sûre d'elle. Je vais vous aider. Aujourd'hui, nous allons essayer une nouvelle méthode, si vous êtes d'accord.

— Laquelle ? demanda Esther, un peu inquiète.

— Je vais vous injecter de l'amobarbital. Je vous ai parlé des barrières du subconscient qui se dressent dès que l'on approche du moment crucial ?

— Oui.

— Eh bien, ce produit va vous mettre en état de semi-sommeil et réduira votre attention. Vous vous sentirez un peu ivre. Les barrières de protection empêchant vos propres souvenirs de se libérer mettront plus de temps que d'habitude à se dresser. Lorsqu'on est ivre, le cerveau réagit toujours plus lentement. Vous comprenez ?

— Je crois, oui.

— Vous m'autorisez à employer cette substance ? demanda Hollander.

— Oui, si vous croyez que c'est utile.

— Très bien. Ensuite, nous lancerons la séance comme d'habitude. Nous imaginerons l'écran de cinéma.

— A la maison, j'essaie d'imaginer l'écran, et j'y vois un tas de choses bizarres. Vous savez ce qui m'inquiète vraiment ? J'ai peur en fait de créer ou d'imaginer un événement qui n'est pas arrivé.

— Cela ne se produira pas. Si nous avons recours à l'écran, c'est pour que vous soyez une simple spectatrice. Au cinéma, on peut rapporter ce qui se passe mais on ne peut pas agir comme face à un événement. De même pour nos séances, vous pourrez vous remémorer un événement du passé, mais pas l'inventer.

— Je sais. J'avais simplement peur que ce soit possible.

— Mais cela ne l'est pas, n'est-ce pas ?

— Oh non ! s'exclama Esther.
— Alors c'est bien. A présent, commençons. Cette fois, vous allez vous allonger sur le divan, pour être à l'aise.
— Je peux avoir un coussin ?
— Bien sûr. Adoptez la position la plus confortable. Quand vous serez en transe et que je vous aurai fait l'injection, je vous demanderai de compter à rebours. A un certain point, je saurai que le produit a fait effet.
— Je serai endormie ?
— Vous serez un peu assommée, mais vous n'aurez pas plus l'impression de dormir que d'habitude. Il se peut en revanche que vous ayez plus de mal à vous souvenir. Si tel était le cas, inspirez profondément et détendez-vous. Puis recommencez deux ou trois fois. Bon, dans une seconde, nous allons injecter le produit, vous vous sentirez soudain un peu lasse. Pendant l'injection, vous allez compter à rebours à partir de cent.

(Une pause.)

Esther : Cent.
Hollander : 99. C'est ça... Très bien. Laissez-vous sombrer, continuez...
Esther : 80, 79... 71.
Hollander : C'est bien. A présent, détendez-vous. Commencez à faire défiler vos souvenirs. Les événements de cette soirée de novembre 1960 deviennent de plus en plus clairs. En les revoyant, vous êtes très détendue, sûre de vous. Il vous est plus facile d'en parler, sachant que vous pourrez oublier ensuite. Vous pourrez vous souvenir ou oublier, selon ce que vous préférerez. Évoquons donc cette soirée. Rappelez-vous chaque épisode. C'est agréable, non ?
Esther : J'ai fini de compter ?
Hollander : Oui. Dites-moi ce que vous avez à l'esprit.
Esther : Pas grand-chose.
Hollander : Vous vous souvenez de cette soirée ? Un détail. Le restaurant de Bob, par exemple ?
Esther : Oui.
Hollander : Vous avez décidé de vous rendre à la fête d'Alice Fay.

Esther : Non.
Hollander : Non ? Alors qu'avez-vous fait ?
Esther : J'ai bu un milk-shake. Billy a décidé de s'incruster à la fête.
Hollander : Je vois. Et ensuite ?
Esther : Je n'en sais rien.
Hollander : Vous n'êtes pas allés à la fête ?
Esther : Si.
Hollander : C'était chez Alice Fay, n'est-ce pas ?
Esther : Oui.
Hollander : Et il y a eu une bagarre.
Esther : Oui.
Hollander : Qui s'est battu ?
Esther : Billy et Bobby avec Tommy Cooper et d'autres garçons que je ne connaissais pas.
Hollander : Et Billy a sorti son couteau.
Esther : Oui.
Hollander : Vous vous en souvenez ?
Esther : Oui.
Hollander : Vous le voyez clairement sur l'écran ?
Esther : Oui, je le vois.
Hollander : Comment est Billy en quittant la soirée ?
Esther : En colère.
Hollander : Contre Tommy Cooper ?
Esther : Contre tous les gosses de riches.
Hollander : Pourquoi les gosses de riches ?
Esther : Il m'a engueulée.
Hollander : Qui ? Billy ?
Esther : Oui. Ça m'a fait peur.
Hollander : Qu'est-ce qu'il a dit ?
Esther : Qu'il détestait les gosses de riches parce qu'ils n'avaient pas à travailler, comme lui.
Hollander : Il a dit cela après votre départ de chez Alice ?
Esther : Oui.
Hollander : Bien. Vous commencez vraiment à faire d'énormes progrès. Je suis très fier de vous. Ensuite, où êtes-vous allés ?
Esther : Heu... au magasin.
Hollander : Où cela ?

Esther : Une boutique ouverte la nuit. Billy a volé quelques bouteilles. Il y en avait aussi d'autres dans la voiture.
Hollander : Quel genre de bouteilles ?
Esther : Du vin bon marché, trop doux. Il m'a rendue malade.
Hollander : Où avez-vous bu ce vin ?
Esther : Dans une rue transversale, je crois. C'était peut-être près d'un parc ou d'une cour d'école.
Hollander : Pourquoi cela ?
Esther : Ben, y avait pas de maisons aux alentours. C'est pour ça qu'on y est allés. Personne ne pouvait nous surprendre.
Hollander : Où êtes-vous allés après avoir bu le vin ?
Esther : C'est flou. A la maison ?
Hollander : Vous... Regardez l'écran, Esther. Voyez-vous une course de voitures au cours de laquelle quelqu'un vous aurait poussé à faire un tête-à-queue ?
Esther : Ben, y avait souvent des courses.
Hollander : Mais au cours de cette nuit-là, vous étiez en voiture avec Bobby et Billy. Vous êtes partis en tête-à-queue. Vous roulez sur Monroe Boulevard.
Esther : Oui.
Hollander : Vous vous rappelez ?
Esther : Billy est devenu fou.
Hollander : Pourquoi ?
Esther : Je n'en sais rien.
Hollander : Que fait Billy quand il est en colère ?
Esther : Il a suivi l'autre voiture.
Hollander : Il s'agit de la voiture de Richie ?
Esther : Je n'ai pas dit ça.
Hollander : Vous vous rappelez ?
Esther : Non.
Hollander : Mais vous savez à quoi ressemble la voiture de Richie. La voyez-vous sur l'écran ?
Esther : Oui.
Hollander : Cette voiture qui vous a fait quitter la route pourrait-elle être celle de Richie ?
Esther : Je n'en suis pas sûre.
Hollander : Est-ce possible ?
Esther : Oui.
Hollander : Bon. Donc Billy a suivi la voiture. Où va-t-il ?

Esther : Je crois que je suis rentrée à la maison.
Hollander : Vous croyez ?
Esther : Oui.
Hollander : Dans la voiture de Billy ?
Esther : Je ne m'en souviens pas.
Hollander : Très bien. Réfléchissez encore un peu. Vous vous souviendrez. Vous y êtes. Vous êtes dans la voiture de Billy. Sur Monroe Boulevard. Vous démarrez. Vous allez au parc ?
Esther : Peut-être.
Hollander : Très bien. Et vous gravissez une pente. Vous passez devant des bancs de pique-nique ?
Esther : Oui.
Hollander : L'autre voiture est-elle aussi passée par ici ?
Esther : Je n'en sais rien.
Hollander : Mais vous la suiviez ?
Esther : Oui.
Hollander : Qui est avec vous dans la voiture ?
Esther : Bobby.
Hollander : Qui d'autre ?
Esther : Peut-être Roger.
Hollander : Roger Hessey ?
Esther : Oui.
Hollander : N'avez-vous pas dit qu'il était parti peu de temps après votre arrivée chez Alice Fay, vous laissant seule avec les frères Coolidge ?
Esther : Je crois.
Hollander : Alors il ne pouvait être dans la voiture. Observez l'écran. Laissez défiler les événements de la soirée. Imaginez l'intérieur de la voiture de Billy. Vous le voyez ?
Esther : Oui.
Hollander : Bien. Roger est-il là, avec vous ? Dans le parc ?
Esther : Non.
Hollander : Bien. Donc, vous êtes avec les frères Coolidge dans la voiture de Billy et vous suivez l'autre voiture. Dans le parc. Que se passe-t-il ensuite ? Billy est fou de rage. Vous suivez cette voiture. Il fait nuit. Que se passe-t-il ?
Esther : Je l'ai vue.
Hollander : Quoi ?
Esther : J'ai vu la voiture.

Hollander : Bien. Ensuite ?
Esther : Je viens de parler, là ?
Hollander : En effet.
Esther : Je suis en train de me réveiller.
Hollander : Oui, je sais.
Esther : Je croyais dormir.
Hollander : Vous dormiez un peu. Reprenons. Vous suivez la voiture et vous êtes dans Lookout Park.
Esther : J'ai dit ça ?
Hollander : Oui, Esther. Je peux vous repasser la bande si vous voulez.
Esther : Je crois qu'il me faut encore de ce produit. Si je vous ai dit quelque chose, tout à l'heure, c'est sans doute grâce au produit.
Hollander : Oui. Vous avez évoqué des souvenirs intéressants. Mais nous ne sommes pas encore allés très loin.
Esther : Bon, alors faites-moi une autre injection.
Hollander : Voilà. A présent, continuez. Nous vous protégeons, ici. Rien ne peut vous arriver si vous racontez ce qui s'est passé. La vérité.
Esther : Je veux savoir ce que j'ai dit.
Hollander : Vous avez déclaré que cette voiture vous avait fait quitter la route et que Billy l'avait suivie jusqu'au parc. Puis vous avez vu la voiture garée à l'entrée du pré.
Esther : Comment ? J'ai dit ça ? Docteur, je sais que je suis dans les vapes, mais vous pourriez m'injecter encore une dose ?
Hollander : Je viens de le faire.
Esther : Ah, pardon. J'ai oublié de quoi je parlais.
Hollander : Vous étiez avec Billy et Bobby dans la voiture.
Esther : Je suis supposée dire Billy ?
Hollander : En fait, vous êtes supposée dire ce qui s'est vraiment passé.
Esther : D'accord.
Hollander : Billy et Bobby étaient là ?
Esther : Oui. C'est la vérité.
Hollander : Billy et Bobby étaient avec vous ?
(Esther tousse.)
Hollander : Pourquoi ne continuez-vous pas ? Éclaircissez-vous la gorge.

Esther : Je peux avoir de l'eau ?

Hollander : Tenez. Buvez.

(Une pause.)

Hollander : Vous ne nous racontiez pas d'histoires en disant que Billy et Bobby étaient avec vous, n'est-ce pas ?

Esther : Non, pourquoi ? C'est quoi, ça, c'est un détecteur de mensonges ?

Hollander : Non, Esther.

Esther : Quand vous m'avez demandé qui était dans la voiture, j'ai répondu Billy et Bobby. Vous étiez en train de vérifier avec un détecteur de mensonges ?

Hollander : Non. Ceci est un micro relié à un magnétophone.

Esther : Roger n'était pas avec nous. Je l'ai dit parce que, au début, je n'en étais pas très sûre.

Hollander : Très bien, Esther. Qui était au volant dans le parc ? Billy ou Bobby ?

Esther : Heu...

Hollander : Vous voyez le conducteur ?

Esther : J'essaie de penser à ce que vous m'avez dit.

Hollander : Ce qui m'intéresse, c'est ce dont vous vous souvenez. Vous devez vous rappeler de ce détail pour en débarrasser votre esprit.

Esther : Oui. J'essaie. Je veux pas qu'on me prenne pour une menteuse.

Hollander : Auriez-vous déclaré quelque chose tout à l'heure sans être persuadée que ce soit la vérité ?

Esther : Non. Mais, selon vous, j'ai dit quelque chose et je m'en souviens pas. Je veux pas passer pour une menteuse.

Hollander : Ne vous souciez pas de cela. Occupez-vous de vos souvenirs. D'accord ?

Esther : Je fais de mon mieux.

Hollander : Bien. Vous êtes allée dans une boutique après la fête.

Esther : Oui.

Hollander : Que s'est-il passé, après l'épicerie ?

Esther : On a bu les bouteilles de vin.

Hollander : Bien. Et ensuite ?

Esther : Je ne m'en souviens pas.

Hollander : Vous vous souveniez, tout à l'heure. Vous avez oublié ce que vous avez décrit tout à l'heure ?

Esther : On est rentrés à la maison.

Hollander : Vous m'avez parlé de Monroe Boulevard et de Lookout Park.

Esther : Ouais. J'ai sans doute menti.

Hollander : Vous m'avez sans doute menti ?

Esther : J'aurais pu mentir ?

Hollander : J'en doute.

Esther : On a été à l'épicerie puis on a bu du vin, mais je me rappelle seulement qu'on est rentrés à la maison.

Hollander : Vous êtes bien réveillée, maintenant ?

Esther : Je crois.

Hollander : Pouvez-vous réciter « un chasseur sachant chasser... » ?

Esther : Un chasseur sachant chasser sait chasser sans son chien.

Hollander : Vous êtes réveillée. Sinon vous seriez incapable de prononcer cette phrase. Nous allons arrêter pour aujourd'hui.

Eddie Toller vérifia l'adresse puis gravit un escalier un peu délabré, à l'extérieur d'une maison en bois usée par les intempéries. En atteignant le porche, à l'étage, il frappa à la moustiquaire. Aussitôt, la conversation qui se déroulait à l'intérieur cessa. Il entendit des pas, puis la porte s'ouvrit en grinçant, laissant s'échapper dans l'air nocturne une forte odeur de marijuana.

– Gary est là ? s'enquit Eddie auprès d'une jeune fille.

Elle le toisa. Sans doute son âge éveillait-il en elle des soupçons.

– Je m'appelle Eddie Toller. Il m'attend.

– Ah oui, répondit la fille en le laissant entrer.

Le couloir était éclairé de bougies. Eddie se rendit compte que la fille devait en fait avoir dix ans de plus, mais que sa tenue la rajeunissait. C'était Laura Kinnick, la petite amie de Gary. Elle écarta un rideau de perles et le conduisit dans un salon. Assis dans la position du lotus sur un grand coussin recouvert de tissu indien, Gary se leva et présenta Eddie aux autres couples présents. Les deux hommes avaient les cheveux longs. Eddie les trouva aussitôt antipathiques. Ils paraissaient sales.

A la stupeur des amis de Gary, Eddie refusa un joint, préférant une bière.

– Comment ça va, mon vieux ? s'enquit Gary, quelques instants plus tard, dans la cuisine.

– Pas très bien, Gary. C'est pour ça que je viens te voir ce soir.
– Qu'est-ce qui se passe ?
– Ah, toujours ces connards de flics ! Ils ont chopé Carl, le patron du Soulier de satin. Il dealait de la drogue. J'ai été arrêté, moi aussi. Comme je n'avais rien à voir avec tout ça, ils ne m'ont pas poursuivi. Quelqu'un en a parlé à mon juge d'application des peines et il veut que je démissionne. Je lui ai répondu que je ne pourrais jamais trouver un autre emploi avec mon casier, mais il s'en fout. Alors voilà, je n'ai plus de boulot.
– Les salauds, commenta Gary avec compassion.
– Ouais. Enfin, ce qui est fait est fait. Maintenant, il faut que je trouve un moyen de gagner ma croûte. Je refuse de vivre aux crochets de Joyce.
– Je te prêterais bien du blé, Eddie. Mais je suis fauché.
– Écoute, je tends pas la main. Je veux seulement en savoir plus sur ce coup dont tu m'as parlé.
– Tu veux participer ?
– Si ça vaut la peine, oui. Je veux d'abord savoir de quoi il s'agit. Je suis trop vieux pour retourner en taule. Avec mon casier, la prochaine fois que je tombe, ce sera pour longtemps. Alors faut pas déconner.
– Non, Eddie. C'est un coup sûr et qui va rapporter plein de blé. J'ai tout prévu.
– D'accord. Explique-moi.
– Laura travaille au centre médical de Cameron Street. Le matin, je la conduis au boulot et le soir, je vais la chercher. Alors ils me connaissent bien, là-bas. Laura a un passe qui ouvre la pharmacie du rez-de-chaussée. C'est là qu'on va frapper.
– Qu'est-ce qu'il y a à prendre ?
– Des médicaments, Eddie.
– Je m'en doute, mais je n'ai pas de relations pour fourguer ce type de camelote.
– Moi, j'en ai. Et le mec paie à la livraison.
– Qui c'est ?
– Un gars que j'ai connu en taule. Il est géant, Eddie. Il connaît tous les gens importants.
– Comment tu sais qu'il ne te fait pas marcher ?
– Parce que j'ai déjà eu affaire à lui.
Eddie fit un signe de tête en direction du salon.

– Et elle ?
– Laura ? Elle n'est au courant de rien. Un jour, j'ai pris ses clés pour en faire un double.
– J'hésite...
– Hé, pourquoi ? C'est du gâteau. On a les clés du château. Ils se douteront jamais de rien.
– Je veux réfléchir et voir les lieux par moi-même.
– Bien sûr, Eddie. Je ne veux pas te bousculer. Si on allait y faire un tour mardi ?
– Va pour mardi. Mais il faut que je sois sûr. Tu comprends mon point de vue, à mon âge. Je ne peux pas me permettre de foirer encore.

– Je suis très fier de toi, murmura Roy à l'oreille d'Esther.
Elle ronronna de plaisir et l'embrassa, pleinement épanouie. Si seulement elle pouvait aider Roy en se rappelant tout ce qu'il voulait savoir. Il était 16 h 30. Elle allait bientôt devoir s'habiller pour se rendre chez le Dr Hollander. Elle aurait aimé confier au médecin le secret qu'elle partageait avec Roy, mais le policier lui avait fait promettre de ne rien révéler à personne. Elle déplorait aussi que Roy ne lui consacre pas plus de temps. Il n'acceptait de la voir qu'avant ou après les séances, par mesure de sécurité. Il ne fallait pas que leur relation éclate au grand jour, ce serait très mal vu au moment du procès. Il avait raison. Mais ces quelques heures partagées ne lui suffisaient pas : elle pensait à lui à chaque seconde.

Roy alla prendre une douche. Esther devait ranger un peu l'appartement avant l'arrivée de la baby-sitter. Elle se sentait très bien, très positive. Aujourd'hui, elle allait se rappeler. C'était certain. Il le fallait, pour Roy. Il lui avait affirmé que les barrières étaient presque tombées. Elle le sentait, elle aussi. Dernièrement, elle avait fait des rêves étranges.

Et si tout cela n'était que le fruit de son imagination ? Elle fut soudain déprimée. Autrefois, elle avait beaucoup aimé Bobby. Elle ne voulait pas lui nuire. Si elle prétendait que c'était vrai alors qu'en fait les choses ne s'étaient pas passées ainsi... Mais c'était sans doute la vérité puisque Roy le disait. Elle chassa ces sombres pensées de son esprit.

Enregistrement n° 10

Esther : Je me rappelle une course en voiture.
Schindler : Bien. La voiture qui faisait la course avec vous avait-elle quelque chose de spécial ?
Esther : Ils nous ont fait faire un tête-à-queue.
Hollander : Très bien ! Vous voyez, votre mémoire revient peu à peu. Pourriez-vous décrire cette autre voiture ?
Esther : Non. Mais elle était voyante.
Hollander : Voyante ?
Esther : Il y avait des flammes.
Hollander : Elle était en feu ?
Esther : Je... Je sais à quoi vous voudriez que la voiture ressemble, mais je ne suis pas sûre que je m'en rappelle vraiment.
Hollander : Je ne cherche pas à vous influencer. Dites-moi ce dont vous vous souvenez. Aujourd'hui, vous nous révélerez la vérité, n'est-ce pas ?
Esther : Oui.
Hollander : Bien. Pourquoi parlez-vous de flammes sur cette voiture ? Était-ce un motif décoratif ? Les flammes étaient peintes sur la carrosserie ?
Esther : Je sais ce qu'il est censé y avoir et je sais à quoi cette voiture ressemble. Alors c'est difficile de ne pas avoir cette image à l'esprit.
Hollander : Ce n'est pas ce que je vous demande.
Esther : Vraiment, je ne me rappelle pas. Cela ressemblait à des flammes. Je n'aime pas rouler vite. Je n'ai sans doute pas regardé parce que j'avais la frousse.
Hollander : D'accord. Et après cette course ?
Esther : Ils étaient fous de rage.
Hollander : Qui ?
Esther : Billy. Il a voulu les rattraper. Il connaissait la fille.
Hollander : Billy connaissait la fille ?
Esther : Oh...
Hollander : Parlez plus fort, s'il vous plaît. Je ne vous entends pas.
Esther : C'est vraiment arrivé le même soir.
Hollander : Quoi ?
Esther : Je ne me sens pas très bien.

Hollander : Bientôt, vous vous sentirez mieux. Qui était cette fille, Esther ?

(Sanglots.)

Hollander : Détendez-vous. Tenez, prenez mon mouchoir. Vous travaillez bien. Ça va mieux ? Buvez un peu d'eau. Bon, respirez profondément. A présent, racontez-moi. Racontez à Roy. Qui était cette fille ?

Esther : Je peux ?

Hollander : Esther. Aujourd'hui est un jour de vérité. Aujourd'hui, il faut être forte, sûre de vous-même. Roy et moi savons que vous l'êtes. Allons, dites-nous.

Esther : Elaine Murray. Billy l'a reconnue.

Hollander : Bon. Tout va bien. Alors, Billy est devenu fou de rage ?

Esther : Oui.

Hollander : Qu'a-t-il fait ?

Esther : Ils ont poussé des jurons. Pendant un moment, ils ne voyaient plus l'autre voiture.

Hollander : Ils se sont lancés à sa poursuite ?

Esther : Oui, mais ils ne la trouvaient plus.

Hollander : Où sont-ils allés ?

Esther : Au parc.

Hollander : Vous êtes allés au parc ?

Esther : Apparemment. Mais c'est peut-être le fruit de mon imagination.

Hollander : Non. Tout va bien. Votre mémoire fonctionne mieux que jamais. Que s'est-il passé ensuite ?

Esther : On... J'ai vu la voiture.

Hollander : Celle avec laquelle vous aviez fait la course ?

Esther : Comment êtes-vous sûr que je ne raconte pas tout ça parce que j'ai hâte d'en finir ? Peut-être qu'en réalité je ne me rappelle rien.

Hollander : Tout va bien. Voyons à quel point votre mémoire est bonne. Que s'est-il passé ?

Esther : C'est dur parce que je sais ce qu'il ont fait. Je sais ce que vous voulez me faire dire et je veux être certaine que ce sont bien mes souvenirs et que je ne me contente pas de répéter... ce que je sais déjà.

Hollander : Ce que vous êtes supposée dire n'est peut-être pas vrai. Rappelez-vous simplement ce qui s'est passé.

Esther : Très bien. On roule dans le parc. Voyez-vous, il y a plein de virages, là-bas. Des virages et des arbres. Billy était fou de rage, alors il roulait vite et la poussière volait autour de nous. Je ne sais pas où on est allés. On est passés plusieurs fois devant une aire de pique-nique. Un petit chemin partait de là. En passant, j'ai aperçu quelque chose.

Hollander : Quoi ?

Esther : J'ai oublié... En fait, je n'aime pas m'en souvenir.

Hollander : Je sais.

Esther : Vraiment, je ne peux pas...

Hollander : Il s'est passé quelque chose dans le parc ?

Esther : Oui.

Hollander : Quoi ?... Vous secouez la tête. Que s'est-il passé ?

Esther : Je n'ai rien vu.

Hollander : Que n'avez-vous pas vu ?

Esther : Je suis partie en courant.

Hollander : Pour fuir quoi ?

Esther : Je...

Hollander : C'est bon. Prenez un Kleenex. Nous vous protégeons. Ici, vous ne risquez rien.

Esther : Je...

Hollander : Respirez bien fort. Tout va bien.

(Esther est en pleurs.)

Hollander : Pourquoi vous êtes-vous enfuie en courant ?

Esther : Le meurtre...

Hollander : Vous avez assisté au meurtre ?

Esther : Ils criaient.

Hollander : Qui ?

Esther : Tout le monde. Ils voulaient lui casser la gueule.

Hollander : A qui ?

Esther : Au garçon qui conduisait l'autre voiture.

Hollander : Pourquoi n'est-il pas parti ?

Esther : Parce qu'il avait été insulté.

Hollander : Insulté ?

Esther : Enfin, sa copine.

Hollander : Qu'ont-ils dit ?
Esther : Billy a proféré des horreurs.
Hollander : Lesquelles ?
Esther : Et le garçon lui a répondu de la fermer.
Hollander : Le garçon a ordonné à Billy de se taire ?
Esther : Je ne peux pas vous dire si c'est vraiment ce que j'ai dans la tête.
Hollander : Continuez, votre mémoire ne ment pas. Nous sommes très fiers de vous. Vous êtes une femme bien, Esther.
Esther : Alors ils ont commencé à se battre.
Hollander : Comment cette bagarre a-t-elle débuté ?
Esther : Billy a dit quelque chose et l'autre a répondu que ce n'était pas une façon de s'adresser à une jeune fille et qu'il allait lui faire retirer ses paroles. Billy l'a cogné.
Hollander : Billy l'a cogné ?
Esther : Ils l'ont tabassé. Après, ils sont allés chercher la fille.
Hollander : Où se trouvait-elle ?
Esther : Dans la voiture.
Hollander : Qu'avez-vous fait ?
Esther : Je ne me sens pas bien. On peut arrêter, maintenant ?
Hollander : Non, Esther. Nous allons continuer.
Esther : Je ne me rappelle pas.
Hollander : Mais si. Nous sommes très fiers de vous, Esther.
Esther : Il n'avait plus de visage.
Hollander : Qui ?
Esther : Richie.
Hollander : Richie n'avait plus de...? Du calme. Vous voulez un mouchoir ?

(Sanglots.)

Esther : Je suis partie en courant.
Hollander : Vous vous êtes enfuie en voyant le visage de Richie ? Vous me faites signe que oui. Où se trouvait la fille ?
Esther : Ils la traînaient dans l'herbe. C'est tout ce que je sais. Je me suis enfuie.
Hollander : Vous êtes tombée au cours de cette fuite ?
Esther : Oui.
Hollander : En courant, auriez-vous perdu quelque chose ?

Esther : Mon sac. Mes lunettes sont tombées du sac.
Hollander : Après cette chute, vous vous êtes relevée. Où êtes-vous allée ?
Esther : Je suis descendue jusqu'à la route.
Hollander : Avez-vous... Avez-vous croisé des chiens ?
Esther : Je suis arrivée dans la cour et ils m'ont... ils m'ont pourchassée. Au début, je ne les avais pas vus, mais ils m'ont sauté dessus.
Hollander : Comment vous en êtes-vous sortie ?
Esther : Oh, ils étaient attachés. A une laisse.
Hollander : Bon, alors vous vous éloignez des chiens. Ensuite, où allez-vous ?
Esther : Sur la route. J'ai décidé de rentrer chez moi à pied.
Hollander : Comment êtes-vous rentrée chez vous ?
Esther : Je suis réveillée, maintenant et j'ai oublié ce que vous voulez que je vous dise.
Hollander : Ce que vous êtes censée dire, je n'en veux pas. Je veux vos véritables souvenirs.
Esther : Je sais ce que je suis censée dire et, enfin, je vous raconte la vérité. Je n'invente rien.
Hollander : Je comprends, Esther. Fermez les yeux un instant. Détendez-vous. Dans une minute, je vais vous administrer le médicament.

(Une pause.)

Hollander : Comment êtes-vous rentrée chez vous ?
Esther : Billy et Bobby et... ils ont arrêté la voiture.
Hollander : Ils sont descendus de voiture ?
Esther : Je marchais dans la rue et ils se sont arrêtés. Ils sont arrivés à ma hauteur et ils m'ont ordonné de monter.
Hollander : Qui conduisait ?
Esther : Bobby, je crois.
Hollander : Où était Billy ?
Esther : A l'arrière. Il maintenait une fille.
Hollander : Elaine ?
Esther : Oui.
Hollander : Elle allait bien ?
Esther : Elle n'était pas morte. Elle allait bien.
Hollander : Comment le savez-vous ?

Esther : Elle était assise et elle me regardait, mais il la tenait.
Hollander : Comment la tenait-il ?
Esther : Par le bras et les épaules. Elle avait l'air presque endormie.
Hollander : Sonnée ?
Esther : Oui.
Hollander : Où l'ont-ils emmenée ?
Esther : Je n'en sais rien. Ils m'ont ramenée chez moi. Ils m'ont déposée en pleine rue et ils se sont éloignés.
Hollander : Ils ne vous ont rien dit ?
Esther : Non. C'est le lendemain, en lisant les journaux.
Hollander : Comment cela ?
Esther : J'ai lu que Richie avait été tué, alors j'ai décidé que c'était impossible et j'ai oublié. Il faut dire que j'étais bourrée.
Hollander : Pourquoi pleurez-vous ?
Esther : Je suis fatiguée.
Hollander : C'est tout ce dont vous vous souvenez ?
Esther : Je n'en sais rien.
Hollander : Mais vous vous rappelez avoir assisté au meurtre de ce garçon ?
Esther : Non, je n'ai pas vu ça.
Hollander : Vous avez déclaré avoir été témoin de la bagarre.
Esther : Non, non, j'ai su après qu'il y avait eu un meurtre. J'ignorais ce qui s'était passé. Je croyais qu'ils l'avaient seulement tabassé, comme d'habitude.
Hollander : Mais vous avez déclaré avoir aperçu le visage de Richie.
Esther : Je l'ai vu plus tard.
Hollander : Par la suite, Billy et Bobby vous ont-ils parlé de tout ça ? Vous ont-ils menacée ?
Esther : Eh bien, vous savez, on traînait ensemble. Et je ne voulais pas être placée dans un foyer. Il y avait eu cette histoire de cambriolage au minigolf et, si j'avais de nouveaux ennuis, le juge avait menacé de me placer dans un foyer.
Hollander : Après cette nuit, avez-vous revu Elaine Murray ?
Esther : Non. Je ne voyais pas beaucoup Billy et Bobby, non plus.
Hollander : Pas même au lycée ?
Esther : Ils ont eu un accident de voiture en... juste après le nouvel an. Ils sont allés à l'hôpital. Après, j'ai arrêté de traîner

avec les Cobras pour rester plus souvent à la maison. Ils ont failli ne pas avoir leur bac, je me souviens. La direction du lycée voulait sans doute se débarrasser d'eux.

Schindler : Quand vous êtes-vous enfuie ?

Esther : Sur la colline ?

Schindler : Oui.

Esther : Quand ils ont donné des coups de pied au garçon et qu'ensuite ils ont pourchassé la fille. C'est un peu trouble dans mon esprit, parce que ça s'est passé très vite.

Hollander : Vous vous en souvenez très bien, aujourd'hui.

Esther : Avant, non. Je le jure.

Hollander : J'en suis certain.

Esther : Pourquoi ?

Hollander : Pourquoi vous n'aviez pas de souvenirs ?

Esther : J'avais fait quelque chose de mal, j'avais peur d'avoir des ennuis.

Hollander : Je vous crois.

Esther : Je savais qu'ils se battaient, mais je me doutais pas qu'ils allaient le tuer et... le reste.

Hollander : Qu'auriez-vous fait si vous aviez su qu'ils allaient violer et tuer la jeune fille ?

Esther : Je les en aurais empêchés.

Hollander : Comment ?

Esther : N'importe comment. Je ne sais pas...

(Sanglots.)

Hollander : Allez-y, pleurez.

Esther : Je crois pas... Je crois pas qu'ils en avaient l'intention. Je ne crois pas.

Hollander : Vous ne les imaginez en train de commettre un tel acte ? Pas Bobby ?

Esther : C'était un dur, ce petit salaud, mais...

Hollander : Pas Billy ?

(Une pause.)

Esther : Peut-être. Je n'en sais rien. Billy adorait se battre. Il est peut-être allé trop loin sans s'en rendre compte. Je sais qu'il en a tabassé plus d'un.

Hollander : Quelle est la dernière chose que vous ayez vue, sur la colline ?

Esther : Je crois qu'ils maintenaient le garçon, près de la voiture. Comme s'ils le fouillaient.
Hollander : Comment cela ?
Esther : Je crois qu'ils allaient le dépouiller. Ils le prenaient peut-être pour un riche puisqu'il sortait avec cette fille.
Hollander : Ils ont mentionné que la fille était riche ?
Esther : Je ne crois pas. C'est juste une idée.
Hollander : Bon. Nous ne jouons pas aux devinettes. Dites-nous simplement ce que vous savez. Qui est descendu le premier de la voiture, sur la colline ?
Esther : Billy. Et le garçon, aussi.
Hollander : Pendant qu'ils se battaient, où se trouvait la fille ?
Esther : Je n'en sais rien. Sans doute dans la voiture.
Hollander : A-t-elle crié ?
Esther : Je ne me souviens pas.
Hollander : En descendant de voiture, Billy ou Bobby avaient-ils quelque chose à la main ?
Esther : Je ne sais plus.
Hollander : Avez-vous vu l'un d'eux frapper le garçon à la tête ?
Esther : Non.
Hollander : Ont-ils projeté Richie à terre ?
Esther : Je n'ai pas vu ça.
Hollander : Esther, quand vous êtes remontée en voiture, lorsqu'ils vous ont retrouvée, cette jeune fille se trouvait à l'arrière avec Billy ?
Esther : Oui.
Hollander : Et il la maintenait par le bras et les épaules ?
Esther : Oui.
Hollander : Avait-elle quelque chose autour du cou ?
Esther : Non.
Hollander : Pas de corde ou quelque chose de ce genre ?
Esther : Il faisait nuit et j'y voyais pas très bien. Je ne l'ai vue qu'une minute. J'avais trop bu et j'étais fatiguée après avoir couru. Et j'avais eu peur des chiens.
Hollander : Où êtes-vous allés ?
Esther : Ils m'ont ramenée chez moi.
Hollander : La jeune fille s'est débattue ? A-t-elle cherché à descendre ?
Esther : Non.
Hollander : Elle n'a pas essayé de descendre ?

Esther : Attendez. Vous ai-je déjà menti ? Je ne veux pas...

Hollander : Vous ne mentez pas, en ce moment. Nous sommes fiers de vous. Billy avait-il une main sur sa bouche ?

Esther : Peut-être.

Hollander : Vous souvenez-vous de l'attitude de la jeune fille ?

Esther : Elle était calme, un peu sonnée, peut-être.

Hollander : Pleurait-elle ?

Esther : Je ne l'ai pas regardée longtemps, vous savez. Elle pleurait peut-être. Ce n'est pas sûr.

Hollander : Dites-nous ce dont vous vous souvenez et ne vous inquiétez pas de savoir si c'est vrai. Vos souvenirs correspondront à la vérité.

8

– Monsieur Boggs, êtes-vous homosexuel ?
– Objection, votre honneur !

A peine la question formulée, Harry Jamison jaillit de son siège. Un pauvre petit homme effrayé se tenait à la barre des témoins. Le juge Jacob Samuels tenta de dissimuler son mécontentement envers Philip Heider, mais le jury remarqua le regard noir qu'il adressa au procureur. Bien qu'il ne le montra pas, Heider fut ravi de la réaction de Jamison. Il l'avait prévue. A présent, quelle que soit la décision du juge, il avait réussi à semer le doute.

– J'aimerais m'entretenir avec vous, messieurs, déclara Samuels en ramassant les pans de sa robe noire avant de disparaître par une porte située derrière l'estrade.

Harry Jamison le suivit d'un pas traînant. Avec son énorme bedaine, il semblait tout droit sorti de quelque comédie burlesque. Cette impression était renforcée par ses extravagants costumes à rayures et à carreaux. Philip Heider, au contraire, était un jeune homme svelte et élégant. Et brillant. Ceux qui le connaissaient bien savaient que, sous ses airs trompeurs, il était froid, sans pitié et pragmatique.

En entrant dans la pièce lambrissée, Heider et Jamison trouvèrent le juge Samuels assis derrière son bureau. Il avait attendu l'offensive de Heider pendant une demi-heure. Elle était venue après une série de questions particulièrement stupides de Jamison à Lowell Boggs, son client. Cette attaque était de fort mauvais goût. Le préjudice était-il suffisant pour annuler le procès pour vice de forme ? Samuels observa les deux hommes avec mépris. Jamison était un pitre doublé d'un incompétent. Qu'il puisse encore pratiquer son métier d'avocat révélait l'absurdité du système. Quant à Heider... C'était autre chose. Il était le digne fils de Stewart Heider :

cruel, amoral... Grâce à son argent d'origine douteuse, il avait acheté une respectabilité à son fils en l'inscrivant dans les meilleures écoles. Mais le naturel revenait au galop. Ce fond de malhonnêteté qui avait, disait-on, assuré la fortune de Heider, se traduisait chez Philip dans sa manière de plaider.

Malheureusement, comme son père, le fils ne franchissait jamais la limite. Il était malin. Samuels devait bien l'admettre. Très malin, même. En dix-sept ans de barreau, Samuels avait croisé de grands avocats. Malgré son relatif manque d'expérience – il n'exerçait au sein du bureau du procureur que depuis deux ans –, Heider était l'un des meilleurs éléments que le juge ait jamais rencontrés.

– Je demande une annulation, déclara Jamison. J'avais prévenu la cour que M. Heider voudrait s'engager dans cette voie. Je ne vois pas comment M. Boggs peut désormais bénéficier d'un procès équitable après cette mascarade répugnante.

– Monsieur Heider ? demanda le juge.

– Votre honneur, cette question est en rapport direct avec l'affaire. Nous considérons que Boggs est homosexuel et qu'il a tué Bobby Washington à la suite d'une querelle d'amoureux. La férocité des coups de couteau portés à la victime indique une grande passion chez le meurtrier.

– Rien ne prouve que M. Boggs soit homosexuel, geignit Jamison. Il va falloir produire des preuves si vous voulez traîner mon client dans la boue. Or, vous n'en avez fourni aucune lors de l'accusation.

– En effet, monsieur Heider. Je vous avais averti avant le début du procès que de simples hypothèses ne nous suffiraient pas, souligna Samuels.

– Je le sais, votre honneur. Mais M. Jamison m'a tendu la perche. Il a forgé sa défense sur le fait que M. Washington était homosexuel et qu'il avait accosté M. Boggs. Celui-ci l'aurait alors poignardé en état de légitime défense en se servant du couteau de la victime. M. Jamison ayant abordé la question de l'homosexualité le premier, je croyais avoir le droit à un interrogatoire contradictoire.

Tout en parlant, Heider observait l'expression de Jamison. Il esquissa un sourire de satisfaction. Le juge Samuels remarqua cet air triomphant et réprima sa colère. Heider était un salaud dénué de toute conscience professionnelle. Jamison bredouilla, cherchant à expliquer sa stratégie. Samuels le laissa parler bien qu'il ait déjà pris sa décision.

— Je crains que M. Heider n'ait raison, Harry. Vos questions m'ont sidéré, surtout après nos conversations préliminaires. Mais c'est fait, et je vais permettre à M. Heider de continuer dans ce sens.

— Je vois, répondit Jamison, atterré.

Il s'extirpa de son siège pour regagner la salle d'audience, les épaules voûtées. Samuels arrêta Heider sur le seuil.

— C'est un coup bas, monsieur Heider. Je vous ai à l'œil. Si vous dépassez les bornes, j'accorderai à M. Jamison son annulation.

— Je comprends, votre honneur, répondit poliment Heider.

Il n'avait pas intérêt à fanfaronner. Après un regard furtif à Jamison, il regagna son siège. Cette grosse larve n'était qu'un imbécile. Un bon avocat aurait lutté. Enfin, à cheval donné, on ne regarde pas les dents, songea Heider. Cette victoire ne nuirait pas à sa réputation, et la perspective de voir ce petit pédé derrière les barreaux ne lui déplaisait pas. Il détestait la faiblesse. Or Boggs était un faible, une limace implorant le jury de lui accorder une autre chance. Et il aurait pu l'obtenir, songea Heider, sans l'incompétence de son avocat. Le jury aurait certainement acquitté un comptable blanc de soixante-sept ans, au casier judiciaire vierge, accusé du meurtre d'un toxico noir, mais jamais un pédé ayant poignardé son amant. Heider s'adossa sur son siège et observa Boggs, à l'autre bout de la salle. Puis il baissa les yeux sur son calepin et posa la question suivante.

Cinq heures plus tard, Heider regagna le bureau du procureur, deux journalistes sur les talons. Il affichait un sourire triomphal.

— Coupable ? demanda un jeune procureur adjoint, dans le couloir, tandis que Heider passait en coup de vent.

— Cela vous étonne ? répondit Heider.

Les journalistes éclatèrent de rire. Ils appréciaient la personnalité de Heider, toujours disposé à s'entretenir avec la presse.

— Monsieur Heider ! l'interpella Fanny. M. Holman veut vous voir. C'est important.

Que pouvait bien lui vouloir le procureur ? Herb Holman n'était pas seulement son patron, mais également un vieil ami de sa famille. Il devait en grande partie sa place au soutien financier et politique de Stewart Heider.

Heider s'excusa. Les journalistes le laissèrent et commencèrent à mettre en forme leurs notes. Le bureau de Holman était isolé au fond du bâtiment. Heider croisa plusieurs collègues en chemin mais peu d'entre eux le félicitèrent ou prirent la peine de lui demander le verdict de l'affaire Boggs. Heider n'était guère apprécié par ses collègues, en partie en raison du favoritisme manifeste de Holman à son égard, mais aussi à cause de son attitude méprisante.

Herb Holman était un petit homme rougeaud. A l'arrivée de Phil, il sourit et lui tendit la main :

– Bien joué, Phil. Le greffier du juge Samuels m'a appelé.

Heider haussa modestement les épaules.

– Ce pauvre Jamison m'a plutôt rendu service.

Holman rit puis les deux hommes s'assirent.

– Phil, tu es toujours tenté par un poste à la Chambre des représentants, l'an prochain ?

– J'en ai discuté plusieurs fois avec papa, répondit Heider, déconcerté par cette question abrupte. Il croit qu'on peut avoir Faulk, et je suis d'accord avec lui.

– Bon. Eh bien, j'ai un dossier qui pourrait t'aider à obtenir cette nomination. Tu te souviens de l'affaire Murray-Walters ?

– Murray-Walters ? Ce n'est pas cette histoire de viol et d'homicide dans Lookout Park, il y a cinq ou six ans ?

– C'est cela.

– Je m'en souviens un peu. J'étais à la fac à l'époque. On en avait même parlé dans les journaux de la côte Est.

– Cet après-midi, j'ai reçu un coup de fil d'un inspecteur de police de Portsmouth, un dénommé Roy Schindler. Tu le connais ?

– Bien sûr. Il a travaillé plusieurs fois pour moi. Un type très intelligent.

– Oui, en effet. Schindler pense être en mesure d'obtenir une mise en examen dans l'affaire Murray-Walters. Je veux que tu lui parles. Si tu es d'accord, tu porteras le dossier devant le Grand Jury et tu le suivras par la suite.

Heider eut un coup au cœur. Tout le monde connaissait l'affaire Murray-Walters, à Portsmouth. Les parents l'évoquaient encore pour mettre en garde leurs enfants contre les dangers de Lookout Park. Ce dossier permettrait à Phil de se retrouver à la une des journaux pendant plusieurs mois.

Holman sourit.

– J'ai pensé que cela t'intéresserait. Schindler attend ton appel. Avec lui, il faudra prendre des gants. Et attention, pas de fuites.

– J'ai compris.

– C'est bien, mon garçon.

Laissant Schindler parler en conduisant, Heider se contentait de réfléchir. Toute cette histoire était fantastique. Comment amener un jury à croire une femme qui ignorait encore, six ans après les faits, qu'elle avait été témoin d'un crime ? Les journaux allaient parler de sorcellerie. Schindler n'avait rien d'un naïf. Droit, intelligent, pas du genre à prendre des décisions inconsidérées. Tout dépendait de la fille. Voilà pourquoi il avait insisté pour la rencontrer. S'il ne la croyait pas, le jury ne la croirait pas non plus.

– Le Dr Hollander est-il certain qu'elle dit la vérité ?

– Absolument. On a réécouté son histoire des dizaines de fois.

– Et elle a un souvenir précis, à présent ? Je veux dire quand elle est consciente et non sous hypnose.

– Oui.

– Elle n'a pas besoin d'écouter les bandes ?

– Non. Elle raconte tout de mémoire. Le Dr Hollander affirme que ses blocages ont cédé grâce aux médicaments.

– Mais tout de même, cela ressemble à un coup monté.

– Non. Il s'agit d'un témoignage authentique. Et nous avons d'autres témoins pour corroborer ses déclarations. Le type qui a assisté à la course poursuite et la propriétaire des chiens. Sans compter les invités d'Alice Fay qui ont vu Billy Coolidge armé d'un couteau.

Heider observa le paysage. Schindler s'efforça de ne pas trop parler. C'était difficile tant il était enthousiaste. Il avait travaillé si longtemps sur ce dossier apparemment sans issue. A présent, il entrevoyait le bout du tunnel... Il ressentait une sérénité incroyable. Une douce euphorie l'envahissait.

A l'issue de sa conversation téléphonique avec Heider, il avait appelé Esther pour lui annoncer leur arrivée. Cela faisait deux semaines qu'il ne lui avait pas parlé. Elle était excitée comme un petit chiot, exigeant de savoir pourquoi il n'avait pas donné de ses nouvelles. En apprenant qu'il serait accompagné du procureur, elle prit peur, mais Roy la rassura en lui promettant de venir la rejoindre dans la soirée.

– On y est, annonça Schindler en garant la voiture.

– Tu as apporté la lampe-torche ? s'enquit Eddie.
– Ouais. Tiens, fit Gary en la tendant à Toller. Calme-toi. Tu vas finir par me rendre nerveux.
– Je suis calme. Je voulais seulement vérifier qu'on avait tout.
– Oui, on a tout.

Eddie remonta la fermeture à glissière de son blouson et releva son col pour dissimuler son visage. Il n'y avait pas de vigiles sur les lieux, mais mieux valait ne prendre aucun risque.

Gary avait garé la voiture à l'arrière du centre médical de Cameron Street. Pour la troisième fois en deux minutes, Eddie consulta sa montre. Il était 3 heures, par une nuit sans lune. Plusieurs soirs de suite, ils avaient arpenté les lieux pour repérer les rondes de police. Le bâtiment était situé dans un quartier tranquille. A cette heure-là, il n'y avait personne dans les rues.

Gary enfila ses gants et saisit les taies d'oreiller qu'ils avaient apportées pour y mettre les médicaments. Le parking était désert et leur voiture se trouvait près de la sortie. Malgré la pénombre, Eddie n'était pas serein car la pharmacie, située à l'avant de l'immeuble, était éclairée. Il en avait fait part à Gary qui lui avait expliqué que le placard où étaient stockés les médicaments, au fond de la boutique, n'était pas visible de la rue.

Gary sortit le double des clés et ouvrit facilement la porte de derrière. Avec un sourire, Gary précéda Eddie à l'intérieur du bâtiment sombre et désert.

– Ça va être du gâteau, Eddie, murmura-t-il.

Eddie scruta prudemment les alentours. Cela portait malheur d'affirmer qu'un boulot serait facile. Depuis le début, d'ailleurs, il avait un mauvais pressentiment

Au bout du couloir, Gary tourna à droite. A travers la porte vitrée, Eddie vit la rue. Gary s'arrêta devant une lourde porte en bois qu'il essaya d'ouvrir. Eddie braqua nerveusement sa torche le long du couloir. En entendant son complice pousser un juron, il se retourna.

– Elle ne rentre pas, cette putain de clé.
– Quoi ?
– Elle ne fonctionne pas.
– Attends, je vais essayer.

Il tendit sa torche à Gary et glissa la clé dans la serrure. En vain.

– Qu'est-ce qui se passe ? demanda Eddie, au bord de la panique.
– J'en sais rien. Elle devait ouvrir la porte de la pharmacie.
– Qu'est-ce que ça veut dire ? T'as pas essayé avant ?
– Écoute, Eddie, on aurait pu me voir.
– Merde ! Tu veux dire que... Qu'est-ce qui t'a fait croire qu'elle ouvrirait cette putain de porte ?
– Un jour, j'ai entendu Laura dire que c'était un passe et qu'elle pouvait rentrer dans tous les bureaux.
– Oh, non ! Elle a bien dit bureaux, connard. Pas pharmacie.

Gary le fit taire d'un geste de la main.

– Ne t'énerve pas, Eddie. C'est pas si grave. Je connais les lieux. Je sais où trouver un pied-de-biche. Ce sera un peu plus long, c'est tout. Attends-moi là.

Eddie voulut lui répondre mais Gary avait déjà disparu au bout du couloir. Il entendit l'écho de ses pas dans l'escalier. Eddie savait qu'il devait filer tout de suite. Il avait de mauvaises vibrations. Croyant entendre un bruit dans le noir, il éteignit sa torche et se tapit dans un coin.

– Allume la putain de lampe, Eddie, c'est moi ! souffla Gary.

Il revenait chargé d'outils et choisit un pied-de-biche. Eddie s'assit par terre, dos au mur. « Je m'en doutais », se répétait-il inlassablement tandis que Gary tentait de forcer la porte. Il grommela et soupira pendant quelques minutes puis le panneau céda. Gary se mit à genoux, Eddie sur les talons. Il se redressa un instant, puis comprit pourquoi Gary progressait ainsi. Dans la pharmacie, il faisait grand jour. S'ils se relevaient, n'importe qui pouvait les voir de l'extérieur.

Gary se faufila vers une porte dont la moitié supérieure était vitrée. Les murs étaient tapissés de boîtes de médicaments. Au fond se trouvait un réfrigérateur.

– Au boulot ! ordonna Gary en se redressant.

Il commença à jeter les boîtes dans une des taies d'oreiller.

– Attends une minute, lança Eddie. C'est quoi, ces trucs ? Ça vaut pas un clou.

— Bien sûr que si, répondit Gary en passant à l'étagère suivante.

Tandis que Gary s'affairait, Eddie examina quelques boîtes et flacons. Antalgiques, tranquillisants, sirop contre la toux. Pas de narcotiques.

— Ce type est prêt à payer pour cette merde ? s'enquit Eddie, incrédule.

— Ouais ! Bien sûr. Écoute, arrête un peu de discuter et bouge-toi.

— Mais ça ne vaut pas un clou, je te dis !

Gary lâcha sa taie d'oreiller, fou de colère.

— Ta gueule ! cria-t-il. Depuis qu'on est partis, t'arrêtes pas de râler. Si je t'ai demandé de venir, c'est parce que j'avais entendu un tas de compliments sur toi, en taule. T'es un pro du cambriolage, paraît-il. Alors grouille-toi de remplir ces putains de taies, sinon...

Gary se figea et écarquilla les yeux. Eddie Toller se retourna. Deux flics les observaient à travers la vitre. Il entendit ensuite son complice se diriger vers la sortie en courant. Ne songeant plus qu'à regagner la voiture, Eddie fila à son tour. Une fois dans le couloir, il ne vit pas Gary. Tant pis pour lui ! Il ne serait pas dans ce pétrin sans ce connard... Il s'arrêta brusquement face à un mur. Merde. Il était perdu. Se précipitant dans une autre direction, il reconnut la porte du fond. Il se rua vers la sortie. Au moment où il allait l'atteindre, un policier se profila sur le seuil, braquant son arme sur lui.

— Bouge pas, connard ! lança-t-il.

Eddie se jeta à terre et mit les mains derrière la tête.

Norman Walters regarda la porte de son bureau se refermer sur Schindler.

— Ne me passez aucun appel, aboya-t-il dans l'interphone.

Il se sentait vieux et las. Il avait envie de fermer les yeux et de s'endormir pour longtemps. Pourtant, il devrait encore puiser dans ses réserves émotionnelles, de plus en plus réduites depuis la mort de son fils, pour annoncer la nouvelle à Carla.

Cette perspective l'anéantissait. Après la mort de Richie, il l'avait regardée vieillir de jour en jour. Son étincelle de jeunesse s'était éteinte depuis la première visite de Schindler. Bien sûr, le temps effaçait les douleurs. Mais jamais complètement. Carla était plus calme maintenant, résignée.

Lui aussi avait changé. Il avait perdu de sa belle assurance. Les choses auxquelles il tenait tant, son travail, ses voitures, le golf, l'intéressaient beaucoup moins. Il manquait une dimension à leur vie. Pourtant, ils avaient tenu le coup. Le temps avait atténué le souvenir du jeune homme aimant.

Jusqu'à ce que Schindler ne rouvre la plaie. Bientôt, quand il en aurait le courage, il rentrerait à la maison et la nouvelle réveillerait la souffrance de Carla.

L'inspecteur Avritt claqua la portière de la voiture. Schindler regarda le véhicule qui les avait suivis depuis le palais de justice. Heider l'avait appelé dès qu'il avait obtenu les mises en examen. Schindler s'était précipité pour faire signer les mandats par le juge. En chemin, il s'était rappelé la honte et la colère qu'il avait ressenties lorsqu'on lui avait retiré l'affaire. Nul n'était au courant des visites hebdomadaires qu'il rendait au Dr Hollander. Il avait mené l'enquête en parallèle. Une fois les preuves obtenues, il les avait présentées au capitaine. Il savourait encore les excuses du capitaine qui décida aussitôt de rouvrir le dossier. Et de le lui confier.

Ses mandats en lieu sûr, il s'était rendu au bureau de Norman Walters. Il s'attendait à plus d'enthousiasme de la part du père de Richie qui apprenait que son fils serait vengé. Mais il comprenait sa réaction. Si Walters s'était montré plus distant envers lui, ces dernières années, c'était sans doute à cause de son propre échec. Tout allait changer désormais.

Schindler effleura distraitement le mandat d'amener, dans la poche intérieure gauche de sa veste. Il leva les yeux vers l'appartement de Sarah Rhodes. Sa montre indiquait 11 h 30. C'était une belle journée ensoleillée. Le début du printemps. Dans une demi-heure, des inspecteurs de police munis d'un mandat similaire débarqueraient à la prison d'État.

Les policiers en uniforme étaient descendus de leur voiture. Schindler, suivi d'Avritt, entra dans l'immeuble, toujours calme. Il l'avait toujours su, depuis le jour où il avait posé les yeux sur Billy Coolidge. Il songea à ces longues années durant lesquelles l'enquête avait stagné. Comme il avait espéré faire valoir son intime conviction. Devant la porte de l'appartement, Schindler s'arrêta pour attendre les autres. Puis il sonna. C'est une jeune fille qui ouvrit.

– Mademoiselle Rhodes ?
– Oui.

Face à son insigne, elle parut troublée. Une voix d'homme résonna dans l'autre pièce. Schindler tressaillit.

– Bobby Coolidge est là ? demanda le policier.
– Oui. Il y a un problème ?

Schindler sourit. Il était le chasseur. La proie était à sa portée.

– Nous aimerions discuter avec M. Coolidge. Pourriez-vous lui demander de venir un instant ?
– Bien sûr, répondit-elle, hésitante.

Elle disparut dans la pièce voisine. Les policiers se groupèrent sur le seuil.

Sarah revint suivie de Bobby. Il avait un peu grossi, changé de coiffure, et avait perdu de son arrogance, mais c'était bien le jeune homme que Schindler avait vu au commissariat, un soir de 1961.

– Robert Coolidge ?
– Oui.
– J'ai un mandat d'amener contre vous. Veuillez nous accompagner.

Bobby sourit. Son regard passa de Schindler à ses collègues.

– C'est une blague ?
– Je crains que non, répondit Schindler en tendant à Bobby un exemplaire du document.

Bobby ne le regarda même pas.

– De quoi on m'accuse ?
– Monsieur Coolidge, je vous arrête pour les meurtres d'Elaine Murray et de Richie Walters.

IV

OMBRES ET MURMURES

1

De retour au village, Bobby prit peur. C'était une nuit sans étoiles. Tel un décor hollywoodien, le ciel noir et lourd semblait infini. La brume enveloppait les huttes à toit de chaume et les cadavres, créant l'illusion lugubre qu'ils émettaient plaintes et cris.

Bobby chercha en vain les membres de sa compagnie. Il crut entendre une araignée s'enfuir dans les ténèbres. Puis il y eut un bruissement dans les arbres. Bobby plaqua son fusil contre sa veste kaki. Penché en avant, il avança, les yeux perçant les ténèbres. Heurtant un obstacle, il sursauta. Puis il baissa les yeux et vit un vieil homme qui gisait dans la poussière. De toute évidence, il était mort, mais ses yeux l'imploraient. Bobby fut soudain saisi d'une terreur irraisonnée. Il se jeta sur le vieillard en hurlant, le labourant de coups de couteau, faisant jaillir le sang. Il y en avait partout, telles des coulées rouges dans la nuit. Le vieil homme aux yeux emplis de chagrin le suppliait. Mais Bobby n'entendait que ses propres hurlements.

– Ta gueule, bordel !
– Quoi ?

Plusieurs voix réclamèrent le silence. Bobby ouvrit les yeux. Il se trouvait dans sa cellule, non dans la jungle.

– J'ai dit ta gueule ou je viens te faire taire ! gronda un détenu depuis une cellule voisine.

Bobby bredouilla des excuses et se passa la main sur le visage. Il était en nage. Mais au moins, il n'était pas au Vietnam. Il se dégagea de sa couverture serrée autour de sa gorge. Puis il se redressa, balança les jambes sur le côté de sa couchette et prit sa tête entre ses mains, incapable de se détendre. Respirer profondément ne servait à rien. Il était vide à l'intérieur. Quand on lui avait lu le chef d'accusation, tous ses rêves s'étaient envolés.

Depuis son arrestation, la veille, il se trouvait en quartier d'isolement. Il n'avait reçu aucune visite, à part celle des inspecteurs, et avait refusé de leur parler. Pourquoi Sarah n'était-elle pas venue ? La cellule exiguë comprenait une couchette et une cuvette de toilettes, rien d'autre. Il y avait assez de place pour faire les cent pas mais Bobby n'avait pas envie de bouger. Depuis dix-huit heures, il était amorphe. Le moindre mouvement lui était pénible. Son cœur palpitait dans sa poitrine comme un oiseau battrait des ailes dans sa cage, effrayé par le moindre murmure. La veille au soir, au moment de l'extinction des feux, Bobby avait pleuré, pas de colère, mais de désespoir. Il était perdu. Il avait envie qu'on le console, qu'on lui promette que tout n'était pas fini. Il aurait voulu enfouir son visage au creux de l'épaule de Sarah, qu'elle lui caresse les cheveux en évoquant leur avenir commun. Il voulait y croire. Au bout d'un moment, sa respiration s'apaisa. Soudain très las, il se laissa retomber sur sa couchette, se cacha sous la couverture et ferma les yeux. Aussitôt, la peur le rattrapa. Le Vietnam resurgit. Dormir, c'était faire des cauchemars. Seigneur, il avait tant besoin de repos... Et ici, ni alcool ni Sarah pour lui permettre de s'endormir. Il rouvrit lentement les yeux et fixa le plafond. Il percevait un mouvement dans le noir : un rat grattait le sol.

En arrivant à son bureau, Mark Shaeffer trouva dans la salle d'attente une ravissante jeune femme et un homme qui lui parut vaguement familier.

– Vous vous souvenez de moi ? déclara-t-il. Je suis George Rasmussen. Il y a quelques mois, vous m'avez tiré du pétrin.

Oui, bien sûr, cet étudiant qui avait été arrêté pour conduite en état d'ivresse. Cette fille était-elle sa femme ? Mark eut du mal à la quitter des yeux. Comme George, elle semblait très tendue. Il les introduisit dans son bureau.

– Que puis-je faire pour vous ? demanda-t-il.

Mark fixait toujours la jeune femme, vêtue d'un pantalon et d'un pull moulant. Elle réveillait en lui des pulsions érotiques. Elle semblait douce, perdue. Il eut envie de la protéger, de la caresser. Dernièrement, ses relations avec Cindy étaient sporadiques. Il ressentit soudain un désir brûlant.

– Mon petit ami a été arrêté hier, expliqua-t-elle d'une voix tremblante.

Mark sortit un bloc et un stylo :

– Il est actuellement incarcéré ?

– Oui. On ne m'autorise pas à le voir. J'ai appelé George, qui m'a suggéré de venir vous trouver.

– Vous avez essayé de le faire libérer sous caution ?

– C'est impossible. Nous nous sommes renseignés.

– Vraiment ? A qui vous êtes-vous adressés ?

– J'ai oublié son nom. Un sergent.

– Où ? A la prison du comté ?

– Oui.

– Il devait être au courant.

Mark fit pivoter son fauteuil et décrocha son téléphone.

– Comment s'appelle votre ami ?

– Bobby, enfin, Robert Coolidge.

– Il paraît qu'une accusation pour meurtre interdit toute libération sous caution, ajouta George.

Mark reposa le combiné. Il sentit des picotements sur sa nuque.

– Votre ami est accusé de meurtre ?

La jeune femme regarda nerveusement George.

– C'est ce qu'ils ont affirmé à Sarah quand ils sont venus l'arrêter. Et c'est ce qu'ils m'ont répété quand je les ai appelés.

– Il est incapable d'un tel acte. Depuis plusieurs mois, nous sommes toujours ensemble, intervint Sarah. Quand aurait-il pu tuer quelqu'un ? C'est insensé.

– Qui aurait-il tué ?

– Deux personnes, un homme et une femme, dont j'ai oublié le nom.

Pour tout spécialiste du droit pénal, le mot meurtre possède une qualité mystique. Le prononcer modifie l'atmosphère de façon tangible. Il y eut soudain de l'électricité dans l'air. Oubliant ses pulsions érotiques, Mark appela la prison du comté.

– Je suis maître Shaeffer. Je crois que vous détenez un prisonnier du nom de Robert Coolidge.

Sarah observait Mark, à l'affût du moindre signe. Il semblait trop jeune pour se voir confier la défense de Bobby, mais

George avait confiance à lui. De plus, il paraissait intelligent et consciencieux. Elle l'entendit répéter une date, 1960, et vit une expression de trouble apparaître sur le visage de l'avocat.

– Oui, je passe le voir tout de suite. Pourriez-vous me réserver un parloir particulier ? Merci, c'est très aimable.

Il raccrocha et se tourna vers Sarah :

– Mademoiselle Rhodes, les noms de Elaine Murray et Richie Walters évoquent-ils quelque chose pour vous ?

Sarah nota un changement perceptible dans l'attitude de l'avocat, à présent tendu, lui aussi. Elle se sentit soudain mal à l'aise :

– Je crois que ce sont ces personnes que Bobby est accusé d'avoir tué.

– Oui, mais savez-vous qui ils sont et quand ils ont été assassinés ?

Sarah regarda George. Celui-ci semblait déconcerté. Ces noms lui rappelaient quelque chose, sans qu'il sache vraiment quoi.

– Je... Non, cela ne m'évoque rien.

– Vous vivez à Portsmouth ? Vous êtes d'ici ?

– Non. Je suis canadienne. De Toronto.

Mark respira profondément et s'adossa dans son fauteuil. Il réfléchit. Ce dossier pouvait lui forger une solide réputation. A Portsmouth, l'affaire Murray-Walters était célèbre. Il aurait la télévision, la une des journaux et assez de publicité gratuite pour faire prospérer ses affaires.

– Mademoiselle Rhodes, il y a environ sept ans, un jeune homme nommé Richie Walters a été tué à Lookout Park. Quelques semaines plus tard, Elaine Murray, sa petite amie, était retrouvée morte au bord de l'autoroute. Bobby est accusé d'avoir commis ces deux meurtres.

Mark guetta la réaction de la jeune femme. Elle blêmit, incapable de prononcer un mot. George se pencha en avant.

– C'est ridicule. Bob est un pacifiste. Il refuse d'évoquer ses souvenirs de guerre. C'est grotesque.

– Je n'affirme pas qu'il est coupable, George. Je vous explique seulement de quoi il est accusé. Mademoiselle Rhodes, cela m'ennuie d'évoquer ce sujet mais, dans une affaire aussi grave, je pense que je me dois d'être franc. Aucune affaire de meurtre n'est facile. Même les plus simples exigent énormément de travail. Je crois pouvoir affirmer que ce sera très difficile. Ce crime remonte à sept ans. Je vais devoir passer énormément de temps à enquêter et à préparer le dossier. J'aurai peut-être recours aux services d'experts et à ceux d'un détective privé. Je devrai sans doute refuser d'autres dossiers. Voilà où je veux en venir : Bobby a-t-il les moyens de payer les honoraires d'un avocat ? Cela lui coûtera sans doute plusieurs milliers de dollars, au moins.

Sarah s'exprima d'une voix hachée. Mark voyait bien qu'elle était déchirée. Il avait déjà lu cette expression sur le visage des proches d'un accusé quand ils commençaient à douter. Elle se demandait qui était vraiment Bobby Coolidge, entrevoyant une face sombre qu'elle n'avait jamais soupçonnée. Dans un cas d'homicide, certaines questions devenaient difficiles.

– Bobby n'a pas d'argent... du moins pas assez.

– Il s'agirait d'environ dix mille dollars.

Sarah ne répondit pas tout de suite. Elle regarda Mark droit dans les yeux. Que savait-elle de Bobby, au juste ? Dix mille dollars ! Verser une telle somme à un inconnu pour défendre un homme qui... qui quoi ? Elle partait du principe qu'il était coupable. Comment expliquer cette première réaction ? A présent, c'était elle qui se sentait coupable et honteuse. Sa famille était fortunée et elle possédait des économies personnelles

– Je pense pouvoir réunir cette somme. Ma famille est... aisée. Il faudrait que j'en parle à mes parents.

– Très bien. Je vais aller voir Bobby en prison. Je vous appellerai ce soir. Aurez-vous leur accord ?

– Je vais essayer.

Mark se leva. George et Sarah le suivirent jusqu'à la porte. Sur le seuil, Sarah se retourna et tendit la main à l'avocat. Elle semblait sonnée mais se maîtrisait. Il garda sa main dans la sienne.

– Merci de nous aider, maître Shaeffer. Quand vous verrez Bobby, dites-lui que j'ai essayé de lui rendre visite, je vous prie. Et demandez-lui si nous pouvons faire quelque chose.

– Je vous appellerai ce soir pour vous tenir au courant.

George le salua à son tour puis ils partirent. Mark contenait difficilement son enthousiasme. Un homicide ! Et celui-ci se démarquait de tous les autres. Quant aux honoraires... Si Sarah réunissait dix mille dollars, son année était assurée. C'était un dossier de rêve pour un jeune avocat. Même Cindy serait satisfaite.

Ils s'étaient encore disputés ce matin-là. Rosedale et Collins, un petit cabinet à qui il avait accordé un entretien avant l'ouverture de son propre cabinet, lui proposait une place d'associé avec un salaire bien supérieur à ce qu'il gagnait en ce moment. S'il prenait ce poste, Cindy pourrait s'arrêter de travailler pour avoir un enfant. Elle l'avait supplié d'accepter mais il avait refusé. Il aimait son indépendance et les affaires commençaient à marcher. Certes, il ne gagnait pas grand-chose, mais il n'avait pas de souci avec la hiérarchie. Lorsqu'il avait quitté la maison, Cindy était en larmes. Il faillit ajouter « comme d'habitude » mais se ravisa. C'était injuste. Il comprenait le point de vue de sa femme. Cette dispute le contrariait. Puis il songea à Sarah Rhodes. Elle semblait si différente de Cindy. Elle, au moins, se souciait de quelqu'un d'autre qu'elle-même. Elle était disposée à sacrifier de l'argent pour aider Coolidge.

La maison d'arrêt du comté était une bâtisse de pierre grise construite à une époque où une prison se devait de ressembler à une prison. Elle abritait des hommes en détention préventive. A l'intérieur, la peur et le doute étaient palpables, même pour le visiteur le plus insensible. On n'y faisait aucune distinction entre un contrevenant au code de la route et un violeur. Ils restaient tous ensemble, jusqu'à ce que le tribunal les envoie ailleurs ou les libère.

De par son statut particulier, Bobby Coolidge avait été placé dans l'une des rares cellules individuelles, dans un quartier de haute sécurité. Mark attendait que l'on amène le jeune homme dans un parloir situé au sous-sol de la prison. C'était une pièce étroite, sans fenêtre, fermée par une grosse porte en fer. Le mobilier se réduisait à une table et quelques chaises en bois. Mark choisit la plus éloignée de la porte afin d'avoir quelques secondes pour enregistrer ses premières impressions. Il voulait s'assurer qu'il avait bien jaugé Coolidge. Si son client ne lui faisait pas confiance, il risquait de chercher un autre avocat.

La porte s'ouvrit avec un bruit métallique. Un jeune homme d'environ vingt-cinq ans apparut sur le seuil, suivi d'un gardien. Il portait un jean ample et une chemise bleue, dont la poche était déchirée. Mark remarqua aussitôt son air abattu. Les yeux baissés, sans jamais regarder devant lui, Coolidge attendit que le gardien lui ordonne d'entrer. Puis il avança lentement. Son regard s'arrêta sur Mark, puis se détourna aussitôt. Il balaya la pièce de mouvements nerveux de la tête, comme s'il s'attendait à découvrir quelqu'un caché dans un coin.

Pendant un instant, Mark entrevit la lourde responsabilité que représentait la défense de cet homme. Le gardien referma brutalement la porte. Coolidge regarda en arrière. Mark se leva et attendit.

– Maître Mark Shaeffer, avocat, annonça-t-il enfin en tendant la main.

Coolidge l'observa un instant puis lui serra la main un peu mollement avant de la relâcher, gêné. Mark s'assit et lui désigna une chaise. Coolidge s'y effondra.

– Sarah a cherché à vous voir, mais n'en a pas reçu l'autorisation. George Rasmussen l'accompagnait.

– Comment... Qu'est-ce qu'elle pense de tout ça ?

– Elle est avec vous, monsieur Coolidge. Elle viendra dimanche.

– Alors tant mieux, commenta Bobby d'un ton las.

Il tendit la main vers la poche de sa chemise et s'arrêta.

– Vous avez une cigarette ?

– Désolé, j'ai arrêté il y a un an, répondit Mark. Je peux demander à un gardien, si vous voulez.

– Non, ça va, répondit Coolidge en secouant la tête. Il s'interrompit puis reprit : Monsieur... ?

– Shaeffer. Mark Shaeffer.

– Avant d'aller plus loin, je dois vous signaler que je n'ai pas les moyens de payer vos honoraires.

– Mlle Rhodes va s'en charger.

Coolidge secoua négativement la tête :

– Non. Pas question qu'elle soit mêlée à tout ça.

– Monsieur Coolidge, il va falloir que vous envisagiez la chose de façon plus pragmatique. Innocent ou coupable, vous êtes accusé de deux meurtres. Il vous faut un avocat. Mlle Rhodes a les moyens de m'engager. Pas vous. Vous pouvez refuser son aide par fierté. Mais, sans avocat, vous avez toutes les chances de finir vos jours derrière les barreaux. C'est ce que vous souhaitez ?

Coolidge baissa les yeux sans un mot. Quand il releva la tête, Mark sut qu'il ne protesterait plus.

– Bon, fit l'avocat. Vous êtes donc accusé d'avoir tué Richie Walters le 25 novembre 1960 et Elaine Murray un peu plus tard. Est-ce le cas ?

– Absolument pas.

– Vous les connaissiez ?

– Bien sûr. Tout le monde a entendu parler de cette histoire. J'allais au lycée avec eux.

– Pourquoi la police vous a-t-elle arrêté, selon vous ?

– Je l'ignore. C'est ce que j'essaie de comprendre. Mon frère et moi avons été arrêtés à l'époque, mais ils nous ont libérés. Pourquoi avoir attendu si longtemps s'ils me croyaient coupable ?

– Je ne connais pas encore la réponse à cette question. Je n'ai vu que les chefs d'accusation contre votre frère et vous.

– Billy ? Il est accusé, lui aussi ?

– Oui.

Bobby se passa une main sur la bouche et parut se perdre dans ses pensées.

– Bobby, les noms que je vais vous citer évoquent-ils quelque chose pour vous ? Ils figurent sur la liste des témoins cités devant le Grand Jury. Roy Schindler, Arnold Shultz, Thelma Pullen, Esther Pegalosi, le Dr Arthur Hollander.

– Non. Je n'en connais aucun.

Mark réfléchit un moment.

– Bobby, vous m'avez dit que la police vous avait déjà arrêté, à l'époque des faits. Pourquoi ?

Bobby haussa les épaules :

– Je n'en sais rien. Ils m'ont posé un tas de questions sur cette fameuse nuit. Je suppose que c'est parce qu'on s'était bagarré et que Billy avait sorti un couteau dans une soirée où on s'était incrustés. Et je crois qu'ils ont retrouvé des lunettes appartenant à une fille qu'on connaissait, dans le parc, près de l'endroit où le fils Walters a été tué. Mais c'est tout.

– Racontez-moi aussi précisément que possible ce que vous avez fait le soir du 25 novembre.

– C'est si loin. Je n'en sais rien. J'étais avec Billy, mon frère et... heu... Roger... Roger Hessey. Et il y avait la fille à qui appartenaient ces lunettes, Esther Freemont.

– Attendez une minute, coupa Mark. Cette Esther Freemont pourrait être Esther Pegalosi. Elle s'est mariée ?

Bobby secoua la tête :

– Je n'en sais rien. Après le lycée, je suis entré dans l'armée et je l'ai perdue de vue. On n'était pas très proches.

Mark prit quelques notes.

– Continuez.

– Eh bien, on s'est incrustés à une soirée, chez une fille.

– Comment s'appelait-elle ? Dorénavant, quand vous citerez

une personne, indiquez-moi ses coordonnées, si vous vous en souvenez.

– Je ne vais pas pouvoir vous aider pour les adresses, mais je pense pouvoir vous fournir leurs noms.

Coolidge relata l'incident survenu à la soirée et le vol du vin. Mark notait au fur et à mesure. Il observait Coolidge avec attention, cherchant à le jauger. Bobby était intelligent, il s'exprimait bien. Le genre de client qui pourrait l'aider dans son enquête. Mais disait-il la vérité ? Il semblait sincère en clamant son innocence. C'était la première fois qu'il parlait avec un peu d'assurance. Pourtant, malgré son manque d'expérience, Mark savait qu'il était très difficile de savoir si un client mentait ou pas.

– Que s'est-il passé après que vous ayez bu le vin ? s'enquit l'avocat.

Coolidge haussa les épaules :

– Je crois qu'on a fait un tour en ville, puis on a raccompagné Esther et on est rentrés à notre tour.

– Vous croyez ?

– Eh bien, c'est loin. Mais c'est le souvenir que j'en garde.

Mark posa son bloc-notes et s'adossa sur son siège.

– Très bien. Ça suffira pour aujourd'hui. Je vais aller voir le procureur pour obtenir des précisions sur certains de ses témoins.

Mark se leva. Bobby l'observait. Il s'humecta nerveusement les lèvres.

– Monsieur Shaeffer, quelle est votre impression ?

– Tant que je n'aurai pas découvert les atouts du procureur, je ne peux pas me prononcer.

Bobby baissa de nouveau les yeux :

– Vous... vous croyez pouvoir me tirer de là ? Enfin, en versant une caution, par exemple...

– Dans une affaire d'homicide, il n'existe pas de telle procédure. Et puis de toute façon, la caution serait si élevée que vous ne pourriez pas la payer.

– Ah, fit Bobby presque dans un soupir. Eh bien, faites de votre mieux, parce que j'ai passé des moments difficiles, hier soir. Je ne crois pas que je supporterai très longtemps d'être enfermé.

En entrant dans le parloir de la prison du comté, Eddie Toller reconnut son avocat commis d'office qui lisait un journal au fond de la salle. Eddie n'était guère impatient de revoir ce jeune crétin. Leur précédente entrevue avait duré dix minutes. Cet imbécile lui avait tendu sa carte en lui disant de ne pas s'en faire, puis il était parti à toute vitesse. Eddie avait même oublié son nom. Quand Eddie le rejoignit, il sembla peu disposé à poser son journal. Toller murmura « je t'emmerde » dans sa barbe.

– Eh bien, monsieur Toller, je crains d'avoir de mauvaises nouvelles, déclara l'avocat quand Eddie se fut assis.

– Ah oui, lesquelles ?

– J'ai parlé au procureur chargé de votre dossier et j'ai bien peur que, vu vos antécédents, il ne soit pas disposé à vous accorder une réduction de peine si vous plaidez coupable. De plus, en cas de condamnation, il va demander le maximum, vingt ans, ce qui se tient au vu des preuves incontestables qu'il possède contre vous. Toutefois, si vous plaidez coupable, il laissera la décision au juge. Au point où on en est, c'est sans doute notre meilleure chance.

– Quoi ? De plaider pour vingt ans ?

– Eh bien, le juge n'est pas obligé de vous condamner à vingt ans de réclusion. Votre collaboration avec la police jouera en votre faveur.

– Non ! Pas question de plaider coupable. Écoutez, les flics ne m'ont pas lu mes droits avant d'arriver au commissariat. C'est grave ça, non ?

– Je crains que non, monsieur Toller. Voyez-vous...

L'avocat s'attarda sur les droits de l'accusé, qui n'avaient pas été violés. Eddie ne l'écoutait plus. La une du journal attira soudain son attention. C'était la photographie d'une jeune fille qu'il pensait avoir croisée par le passé. Eddie tendit le cou pour mieux déchiffrer le titre. Mais le journal était plié en deux, de sorte qu'il n'en vit que la moitié.

– Vous acceptez ?

– Hein ?

– Je vous demande si vous êtes d'accord, répéta l'avocat, agacé par le peu d'attention de son client.

– Ben, vous êtes mon avocat. C'est à vous de voir. Mais je ne veux pas prendre vingt ans.

– Vous n'espérez quand même pas être relaxé ? Vous avez été surpris en flagrant délit et vous avez avoué, par deux fois !

– Écoutez, vous travaillez pour qui, au juste ? Pour moi ou pour le procureur ? De toute façon, ce coup, c'était pas mon idée. C'est Gary Barrick qui a tout organisé, et pas question de porter le chapeau.

L'avocat fit mine de se lever.

– Eh bien, je verrai ce que je peux faire. Réfléchissez donc à ce que je vous ai proposé.

– D'accord. Hé, je peux jeter un coup d'œil à votre journal ?

L'avocat semblé déconcerté, mais il lui tendit le journal. Eddie prit connaissance de la une :

« *Deux arrestations dans les meurtres Murray-Walters. Le mystère enfin éclairci au bout de sept ans !* »

Eddie parcourut l'article, puis il se concentra sur le portrait de la jeune fille. Ce devait être elle. L'avocat s'impatientait, aussi Toller lui rendit-il son bien.

– Merci beaucoup, dit-il avec un sourire en serrant la main de l'avocat.

Troublé, celui-ci sourit à son tour, avant de se diriger vers la sortie. Eddie se rassit pour réfléchir. Pour une fois, la situation allait tourner en sa faveur. Il le sentait. L'avocat s'arrêta sur le seuil et jeta à Toller un regard étonné. Toller lui fit un signe de la main.

Salut, connard, songea-t-il. Je n'aurai plus besoin de toi.

Mark trouva l'adresse d'Esther Pegalosi dans l'annuaire mais préféra ne pas l'appeler. L'appartement se trouvait dans un vieux quartier de la ville, dans un immeuble bien entretenu. Le nom d'Esther figurait sur une boîte aux lettres métallique. Le vieil ascenseur s'éleva lentement dans un cliquetis de chaînes et de rouages, pour s'immobiliser dans un sursaut au troisième niveau. Mark se retrouva dans un couloir sombre. Il frappa puis appuya sur la sonnette. N'obtenant aucune réponse, il sonna de nouveau. Cette fois, il perçut un bruit de pas et sentit qu'on l'observait par le judas.

– Madame Pegalosi ?

– Qui est là ?

– Je m'appelle Mark Shaeffer. Je suis avocat et j'aimerais vous parler.

– De quoi ?
– Je peux entrer une minute ? C'est difficile de discuter sur le palier. Si vous voulez, je peux glisser ma carte sous la porte.

La jeune femme entrouvrit la porte pour qu'il puisse lui tendre une carte. Elle était séduisante, dans le genre négligé, en jean et tee-shirt. Ses longs cheveux noirs étaient en désordre mais ses seins généreux tressautaient librement sous le fin tissu. Sa peau mate et ses grands yeux marron plurent tout de suite à l'avocat. Après avoir chaussé ses lunettes, elle examina la carte puis la lui rendit.

– Qu'est-ce que vous voulez ?
– Je représente Bobby Coolidge, l'un de vos anciens amis. Il est en prison, accusé d'un crime très grave. Vous avez témoigné devant le Grand Jury et ce que vous avez déclaré m'intéresse.

La jeune femme, manifestement inquiète, parut sur le point de refermer la porte.

– Je n'en ai que pour quelques minutes. J'aimerais savoir ce qui s'est passé. M. Coolidge est peut-être coupable...
– Oui ! cria presque la jeune femme. Il l'est !
– Eh bien, dans ce cas, j'ai besoin de vous parler afin de conseiller au mieux mon client. Pourquoi croyez-vous qu'il est coupable ?
– Je refuse d'en discuter. Ils m'ont dit que je n'aurais pas à en parler si je ne le voulais pas.
– Qui cela ?
– Roy... M. Schindler et M. Heider.
– M. Heider, le procureur ?
– Oui. Il a affirmé que je pouvais refuser d'en parler.
– Eh bien, il a raison. Je ne voudrais pas vous forcer. Mais Bobby est accusé de meurtre. Il risque de finir ses jours en prison. Cela ne vous ferait pas de mal de me parler. S'il y a la moindre erreur, nous pourrions la réparer.
– Je ne peux pas... je ne veux pas.
– Madame Pegalosi, si vous témoignez, vous aurez à me répondre au tribunal. Pourquoi pas maintenant ?
– Je vous en prie, allez vous-en ! Je ne veux pas vous parler.

Esther était au bord de la panique. Elle lui claqua la porte au nez. Surpris et fâché, il fut tenté de sonner pour qu'elle lui ouvre à nouveau. Puis il se rendit compte qu'il n'avait aucun droit de s'entretenir avec elle et sa rage se concentra sur Philip Heider.

Mark consulta sa montre. Il se faisait tard. Il possédait les adresses de Pullen, Shultz et Hollander. D'après ce qu'avait dit Esther, Schindler devait être de la police. Il décida de tenter sa chance chez Thelma Pullen.

Mark arriva à son bureau à 19 heures. Il ôta sa veste, remonta ses manches et appela sa femme. Cindy répondit après plusieurs sonneries.
– Mark ?
– Oui.
– Où es-tu ? J'ai appelé ton bureau et on m'a seulement dit que tu enquêtais pour un dossier.
– Ce n'est pas un simple dossier. Tu ne devineras jamais qui je défends.
Cindy perçut l'enthousiasme dans sa voix.
– Qui ? demanda-t-elle prudemment.
– Tu as lu le journal, aujourd'hui ? La première page ?
– Oui.
– Je viens d'être retenu pour représenter Bobby Coolidge, l'un des deux hommes accusés des meurtres Murray-Walters.
– Des meurtres ? répéta-t-elle, hésitante.
– C'est ça.
Il y eut un silence.
– Mark, tu crois que...? Enfin, un meurtre, c'est grave. Tu crois que tu as l'expérience nécessaire ?
Mark fut à la fois déçu et fâché. Il espérait que Cindy se serait montrée aussi enthousiaste que lui. Elle avait tout gâché en projetant sur lui son manque d'assurance, ses faiblesses.
– Oui, je peux y arriver, répondit-il plus sobrement.
– Ils te payent cher ?
– J'ai demandé dix mille, répondit l'avocat.
– Dix mille ! Oh, Mark !
A présent, elle se réjouissait, songea-t-il avec amertume. A cause de l'argent qu'il allait gagner...
– Ils t'ont déjà payé ?
– Je dois appeler ce soir pour m'assurer qu'ils peuvent réunir cette somme.
– Alors tu n'es pas certain de l'obtenir ? répliqua-t-elle, déçue.
– Non. Je vais appeler tout de suite.
Il y eut un nouveau silence pesant.

– Quand rentres-tu ?
En vérité, il aurait préféré ne pas rentrer du tout.
– Bientôt. Je t'appellerai avant de partir.
– Mark, je suis contente que tu aies décroché cette affaire.
Trop tard, songea-t-il.
– A tout à l'heure, répondit-il en lui envoyant un baiser avant de raccrocher.

Il poussa un long soupir et chercha le numéro de Sarah dans le dossier. En le composant, il ressentit une excitation étrange. Bientôt, il saurait combien il allait toucher, mais il avait aussi envie d'entendre la voix de la jeune femme.

– Sarah ? C'est Mark... Mark Shaeffer.
– Ah oui ? répondit-elle, anxieuse.
– Je vous avais dit que j'appellerais ce soir, vous vous souvenez ?
– Oui. A propos de l'argent. Vous avez vu Bobby ?
– Nous avons discuté pendant environ une heure. J'ai passé le reste de l'après-midi à parler aux témoins. Demain, j'ai rendez-vous chez le procureur.
– Comment les choses s'annoncent-elles ?
– Je n'en sais rien. Pour l'instant, le témoin le plus intéressant a refusé de me répondre. J'ai vu deux autres personnes, mais rien dans leurs déclarations ne semble mettre en cause Bobby. J'espère en savoir plus sur cette affaire demain, chez le procureur.
– Comment va Bobby ?
– Il n'a pas le moral. Je lui ai assuré que vous viendriez le voir dimanche. Vous pourrez le rencontrer dans une salle privée au lieu du parloir.
– Merci.
Mark attendait qu'elle continue, mais elle ne dit rien.
– Heu... concernant mes honoraires. Vous avez parlé à vos parents ?
– Non. Je... Ils n'étaient pas là. Je vais essayer à nouveau. Puis-je vous voir demain ?
Mark se sentait un peu nerveux. Il s'était déjà impliqué dans l'affaire sur sa simple promesse.
– Bien sûr. Quand voulez-vous venir ?
– En fin d'après-midi ? Vers cinq heures ?
Mark vérifia sur son agenda.
– Très bien. Alors à demain.

Ils raccrochèrent. Mark garda la main sur le combiné, s'efforçant de visualiser les traits de Sarah. Et sa silhouette. Il revoyait ses seins pointer sous son pull. Il l'imagina nue, au lit. Puis il se ressaisit. Il pensa à Cindy et à leur couple à la dérive.

– Ils m'ont envoyé un type. Un avocat. Comment m'a-t-il retrouvée ? Tu m'avais promis que je n'en parlerais plus qu'au tribunal.

Esther est au bord de la crise d'hystérie, songea Schindler. Il la prit par les épaules. Il ne fallait pas qu'elle craque si près du but.

– Doucement, calme-toi ! ordonna-t-il d'un ton ferme.

Elle se jeta à son cou et se mit à pleurer.

– Je suis contente que tu sois là. Je devenais folle. Ce type est venu et...

Schindler l'étreignit. Il redoutait de la trouver dans cet état. Il avait accouru du commissariat dès son appel.

– Qui est venu te voir ? demanda-t-il quand elle se fut calmée.

– J'ai sa carte, répondit-elle en se dirigeant vers la table de la cuisine.

Elle la lui tendit et s'assit.

– Il a prétendu être avocat, déclara-t-elle d'une voix craintive.

– Il l'était sans doute, répondit Schindler.

Il n'avait jamais compris pourquoi les gens comme Esther avaient si peur des hommes de loi.

– Qu'as-tu fait ?

– Ce que toi et M. Heider m'aviez conseillé. J'ai refusé de lui parler.

Il se plaça derrière elle et se mit à lui masser les épaules.

– Et...?

– Il est parti.

– Tant mieux, murmura-t-il, sentant les muscles se détendre sous ses doigts. Tu vois, ce n'était pas très difficile.

– Non, admit-elle, penaude.

– Et tu t'en es sortie toute seule, ajouta-t-il d'un ton apaisant.

– Oui, chuchota-t-elle. Mais j'ai eu peur. Je ne savais pas comment il m'avait trouvée et j'étais toute seule.

– Tu n'es pas toute seule, Esther. Je suis là. Et il a pu connaître ton nom de mille façons : de vieux journaux, les documents officiels...

– Sans doute, concéda-t-elle. C'est simplement que... je ne t'ai pas beaucoup vu, ces derniers temps. Et j'ai traversé des moments d'angoisse, comme avant mes séances avec le Dr Hollander.

– Tu n'as aucune raison d'avoir peur, assura Schindler d'une voix douce. Lève-toi et retourne-toi.

Elle obéit mais refusa de le regarder dans les yeux. Il lui prit le menton et lui fit lever la tête.

– Tu as encore peur ? demanda-t-il.

– Non, Roy, répondit-elle, tendue.

Elle avait tant envie de lui, d'être dans ses bras, de le sentir en elle. Elle voulait s'agripper à lui, être en sécurité.

– Le bébé dort ? s'enquit-il d'une voix suave.

– Oui.

La bouche sèche, elle frissonna de tout son être. Il tendit la main et caressa ses seins nus sous sa chemise. Les jambes de la jeune femme la supportaient à peine. Roy recula d'un pas pour mieux la voir. Esther ôta sa chemise et son jean pour se retrouver, presque au garde à vous, vêtue du petit slip rouge qu'il disait adorer. La tête penchée, elle n'osait pas le regarder. Il lui caressa les cheveux. Elle fondit en larmes.

2

L'interphone de Caproni se mit à ronronner. Philip Heider souhaitait le voir immédiatement. Al empila avec soin ses dossiers, marquant les pages, classant ses notes. Puis il se rendit au bureau du procureur. Quand une affaire aussi importante que l'était le dossier Murray-Walters se présentait, il était d'usage de ne nommer qu'un seul substitut, dévoué à cette seule tâche. Souvent, on lui désignait même un assistant. Al avait été choisi parmi tous ses collègues pour assister Heider sur ce dossier épineux, ce qui représentait un honneur. Il était certain d'obtenir ensuite une promotion vers les assises. Jamais Al n'avait fait preuve de tant d'enthousiasme dans son travail. Il avait déjà parcouru les rapports de police accumulés en sept ans. Maintenant qu'ils tenaient deux suspects, certains détails insignifiants revêtaient une importance capitale.

Tout en finissant de dicter une lettre, Heider fit signe à Al de s'asseoir en face de lui. Travailler sous ses ordres n'était pas facile, mais Al admirait son intelligence et sa minutie. Heider était perfectionniste jusque dans sa façon de dicter. Avec lui, jamais la moindre faute d'orthographe. S'il travaillait dur, Al apprenait aussi beaucoup sur l'art de traiter un dossier.

– Vous connaissez un avocat nommé Mark Shaeffer ?

– Je crois. J'ai eu un procès contre lui, il y a quelques mois.

– Quelle impression vous a-t-il laissée ? Je l'attends d'une minute à l'autre.

– Je n'en sais rien. Compétent, je pense. Pas un génie, mais pas un imbécile non plus. Difficile à dire après une seule affaire. Pourquoi ?

– Il assure la défense de Bobby Coolidge.

— Ah bon ? lâcha Caproni, étonné. Je m'attendais à quelqu'un de plus chevronné.

Heider haussa les épaules.

— Cela va nous faciliter les choses. Savez-vous s'il a déjà plaidé une affaire d'homicide ?

Al secoua la tête.

— Je l'ignore. Je peux me renseigner.

Heider griffonna quelques notes sur un bloc.

— Al, je veux que vous assistiez à cet entretien pour m'aider à le jauger. Ensuite, j'aurai une mission à vous confier. Un détenu de la prison du comté, un certain Eddie Toller, affirme posséder des informations sur l'affaire Murray-Walters. Il ne veut parler qu'au procureur. Ce n'est probablement rien, mais Coolidge est incarcéré au même endroit et il lui a peut-être fait des confidences. Quand nous en aurons terminé avec Shaeffer, allez donc le voir. J'ai fait vérifier son casier. Il est chargé : cambriolages, vols de voitures, drogue... Bref, son compte est bon. Il va peut-être nous raconter des salades dans l'espoir de négocier sa peine. Voyez ce qu'il sait. Ne lui promettez rien. S'il paraît tenir un renseignement intéressant, expliquez-lui que vous êtes mon assistant et que je dois donner mon accord avant toute négociation. C'est clair ?

Al hocha la tête.

— Bon. Revenons-en à Shaeffer. Que devrions-nous lui révéler, selon vous ?

— Au moins un condensé du dossier, sauf les transcriptions des séances d'hypnose. Elles contiennent trop d'éléments sur lesquels il pourrait jouer.

— Je suis d'accord avec vous. Contentons-nous de l'inquiéter. Il va falloir lui remettre des copies des déclarations que son client a faites en 1961. Je ne lui fournirai les dépositions des témoins que la veille de leur comparution. Ainsi, il n'aura pas le temps de les exploiter à fond.

La sonnerie de l'interphone retentit.

— Faites-le entrer, déclara Heider.

Quelques instants plus tard, Mark Shaeffer était assis à côté d'Al.

— Que puis-je faire pour vous ? s'enquit Heider avec un sourire affable.

Mark était anxieux. Connaissant Heider de réputation, il manquait d'assurance face à un homme de son expérience. De plus, la loi ne lui permettait d'obtenir que peu de renseignements. Or, en se mettant le procureur à dos, il n'obtiendrait rien du tout. Néanmoins, à un moment de l'entretien, il allait devoir évoquer les refus d'Esther Pegalosi et du Dr Arthur Hollander de lui parler.
– J'assure la défense de Bobby Coolidge.
– Je vois. Vous devez vous douter que Billy et Bobby vont faire parler de vous dans les journaux. Ah, ces deux-là ! On dirait un duo de musique country. De beaux garçons, en plus. Un tel dossier, ça me donnerait presque envie de travailler dans l'autre camp, moi aussi.

Heider fit un clin d'œil et Mark se mit à rire. Les choses allaient peut-être bien se dérouler, finalement. Le procureur ne l'attaquait pas de front.
– Mark, je peux vous offrir un café ?
– Non merci.
– Bon, que souhaitiez-vous savoir ?
– Eh bien, pourquoi vous avez arrêté M. Coolidge après tant d'années.

Heider se mit à rire.
– C'est très simple. Nous possédons de nouveaux éléments contre lui.

Mark remarqua la facilité avec laquelle Heider avait énoncé cette phrase. Le procureur s'adossa dans son fauteuil, la veste ouverte, très à l'aise.
– Quels éléments ? s'enquit-il, cherchant à dissimuler sa tension derrière un sourire affable.

Heider se pencha en avant :
– Vous savez, Mark, rien ne m'oblige à vous le révéler, mais c'est un dossier si particulier que je vais tout de même vous en parler un peu. En 1960, quand Richie Walters fut assassiné, la police a découvert une paire de lunettes ainsi que divers objets appartenant à une femme, en contrebas, non loin de l'endroit où gisait le corps. Vous obtiendrez les détails dans la presse. Ces lunettes appartenaient à Esther Freemont, qui avait affirmé à l'époque qu'on les lui avait volées avant la tragédie. En fait, Esther souffrait d'amnésie à la suite d'un traumatisme. Car elle a assisté au meurtre. Un psychiatre a travaillé sur son cas...

– Le Dr Hollander ?

Heider opina.

– Et il a réussi à venir à bout de ses blocages. A présent, elle a un souvenir très précis des événements. Elle était en compagnie de votre client et de son frère ce soir-là, à l'heure où le crime a été commis. D'autres témoins certifieront que Billy Coolidge a sorti un couteau à cran d'arrêt dans la soirée du 25 novembre, quelques heures avant le meurtre. Le coroner confirmera qu'un couteau de ce type a pu provoquer les blessures de Richie Walters.

– Esther a vu les Coolidge tuer Walters et cette fille ?

– Elle a assisté à ce qui s'est passé sur la colline.

– Qu'est-ce que...? Comment cela s'est-il déroulé, selon elle ?

Heider recula son fauteuil, se pencha en arrière et posa les pieds sur son bureau.

– Je crains qu'il ne vous faille attendre le procès pour le savoir. A moins que vous ne posiez la question à Esther.

– J'ai essayé, Phil, avoua Mark, un peu gêné de l'appeler par son prénom... Elle m'a répondu que vous lui aviez conseillé de se taire.

– Oh ! fit Heider en levant la main. Je ne lui ai jamais dit ça. Je lui ai recommandé de bien réfléchir avant de parler. Elle a sans doute choisi de ne plus évoquer le drame. Elle a peur, vous savez. Un spectacle violent laisse forcément des traces. Pour elle, ce fut une expérience si traumatisante qu'elle en est devenue amnésique.

– Le Dr Hollander a également refusé de me parler.

Heider haussa les épaules.

– C'est ainsi. Désolé, je n'y peux rien.

– Vous pourriez lui expliquer qu'il peut s'entretenir avec moi.

– C'est une décision personnelle. Je ne voudrais pas l'influencer.

– En d'autres termes, vous ne ferez rien, conclut Mark, qui commençait à s'emporter.

– Il préfère sans doute ne pas discuter avec vous, c'est son droit.

– Je vois, répondit Mark.

– Bien.

Heider sourit, ne dissimulant pas sa satisfaction. Mark eut envie de quitter le bureau sur-le-champ. Ils abordèrent cependant quelques questions préliminaires concernant le procès et Heider lui remit les rapports de police de 1961 relatant les déclarations de Bobby Coolidge.

Après le départ de Shaeffer, Heider se tourna vers Albert Caproni et rit.
— C'est dans la poche ! commenta-t-il.

La veille, Sarah Rhodes n'avait pas beaucoup dormi. Mais elle avait beaucoup réfléchi. Que savait-elle au juste de Bobby Coolidge ? Il paraissait gentil, raisonnable. C'est là que résidait sans doute son charme. Il avait voyagé, connu la guerre. Il fréquentait des gens différents. En sa compagnie, elle avait l'impression d'être plus mûre.

Mais il existait une autre facette chez Bobby, un aspect plus sombre. Son arrestation pour meurtre avait ramené à la surface ses nuits sans sommeil et la conversation qu'ils avaient eue, un matin, à l'aube. Elle entendait encore sa voix brisée par le chagrin lui raconter le jeune homme qu'il était avant la guerre, quelqu'un qui avait fait des « bêtises ». C'était si enfantin... Il semblait s'exprimer par l'intermédiaire d'un ventriloque.

Était-il vraiment aussi solide ? Oui, en surface. Il fallait l'être pour traverser une guerre. Un garçon issu d'un milieu modeste devait être volontaire pour poursuivre des études. Parfois, pourtant, Sarah avait l'impression qu'il était fragile comme un vase de Chine qui pouvait se briser à tout moment. La culpabilité qui le rongeait s'expliquait facilement s'il avait poignardé un jeune homme et violé puis étranglé une jeune fille. Si c'était vrai, s'il avait agi de sang froid, avec préméditation, comment pouvaient-ils rester ensemble ? Comment pourrait-elle encore le laisser s'approcher d'elle ? C'est à ce dilemme qu'elle réfléchissait, la veille, en se demandant si elle devait appeler ses parents. Elle avait découvert les détails de l'affaire dans les journaux. Les récits l'avaient bouleversée. Pouvait-elle demander de l'argent à ses parents pour défendre un homme qui avait peut-être accompli ces atrocités ? Oui, à condition de l'aimer. Mais l'aimait-elle ? Cette question la torturait.

Bobby était différent des autres. Il était beau, ils s'entendaient à merveille sur le plan sexuel, mais tout cela n'était pas de l'amour. Elle ignorait d'ailleurs ce que c'était et si ce qu'elle ressentait pour Bobby était de l'amour. Finalement, après une longue et douloureuse introspection, elle avait décidé de ne pas appeler ses parents, préférant retirer trois mille dollars sur son compte d'épargne personnel. Assise dans le bureau de Mark Shaeffer, elle se préparait à mentir. Elle ne pouvait abandonner Bobby. Ces trois mille dollars persuaderaient l'avocat de sa bonne foi. Tant qu'elle ne se serait pas expliquée avec Bobby, elle n'avait pas le courage d'impliquer sa famille.

— Mon père est en voyage d'affaires. Il ne rentre que dans une semaine et je lui poserai la question. Mais je suis certaine qu'il sera d'accord.

Mark regarda le chèque de trois mille dollars sans vraiment écouter la jeune femme. Jamais il n'avait touché une telle somme. Il ne lui venait même pas à l'esprit que le reste ne suivrait peut-être pas.

— Aucun problème. Cet acompte suffit largement pour commencer.

Il était plus de 17 heures. La secrétaire de Mark était partie.

— Que vous a dit le procureur ? s'enquit Sarah, anxieuse.

Elle paraissait moins sûre d'elle. Le calme du bureau et le fait qu'elle soit venue seule le mettait un peu mal à l'aise. Il voulut la rassurer.

— Le procureur ne m'a pas appris grand-chose de nouveau, sauf qu'ils ont, paraît-il, un témoin oculaire, une fille qui était soi-disant avec Bobby et son frère au moment des meurtres.

— Elle les a vus agir ? demanda la jeune femme, incrédule.

— Elle affirme que oui, selon le procureur. Cela ne signifie pas qu'elle dit la vérité. Il se passe des choses bizarres et j'aimerais en savoir plus. Par exemple, pourquoi ne s'est-elle pas présentée il y a sept ans ? Le procureur prétend qu'elle souffrait d'amnésie à cause du choc. Pourquoi aurait-elle tout à coup retrouvé la mémoire ? De plus, pourquoi le procureur empêche-t-il ce témoin clé de parler ? S'il n'y avait pas quelque chose de louche dans le dossier, il ne ferait pas cela.

— Vous croyez... vous croyez que Bobby a...?

— Qu'il est coupable ? fit Mark en se penchant vers elle. Je n'ai pas encore d'opinion. Bobby clame son innocence et cela me suffit.

Sarah eut honte d'avoir exprimé ses doutes.

— Je crois que je ferais mieux de m'en aller, déclara-t-elle en se levant.

— Je peux vous déposer chez vous ? Je pars, moi aussi.

— Oh, je ne voudrais pas vous déranger.

– Ce n'est rien. Je vais dans votre direction.

C'était un homme séduisant. Elle lui rendit son sourire et accepta son offre.

Pendant le trajet, Mark s'efforça de ne pas évoquer l'affaire, voyant combien la jeune femme était bouleversée. En quittant le parking pour s'engager dans la circulation, il lui demanda :
– Pourquoi êtes-vous venue faire vos études aux États-Unis ?
– Poursuivre ses études à l'étranger, c'est une aventure, répondit-elle.

Les vitres étaient baissées et le vent faisait voleter ses cheveux dorés.
– Vous vous sentez bien parmi nous, les indigènes ?
– Plutôt.
– Vos parents sont pleins aux as, je suppose ? demanda-t-il.

Sarah ouvrit la bouche, étonnée. Puis elle rejeta la tête en arrière et éclata de rire.
– Vous êtes franc, vous, au moins.

Mark haussa les épaules.
– Vous m'avez dit que vous étiez aisée. De plus, vous habitez dans un quartier chic.
– Oui. Nous sommes millionnaires ! répondit-elle.

Elle commençait à apprécier Mark et se réjouit d'avoir engagé un homme aussi sympathique pour défendre Bobby.

Mark réfléchit un instant.
– J'aimerais bien être riche. Cela résoudrait pas mal de problèmes.
– Oh, vous vous en mettrez bientôt plein les poches. Les avocats gagnent bien leur vie.
– Certains, oui.
– Je crois en vous, insista-t-elle aimablement. Sinon, je ne vous aurais pas engagé.

Leurs regards se croisèrent un moment. Puis Mark détourna les yeux, troublé. Rêvait-il ou voulait-elle en dire davantage ?

Mark gravit la colline. Sarah regardait par la fenêtre de peur de croiser le regard de l'avocat, car il lui plaisait. Elle fut soulagée d'arriver chez elle. Elle ne voulait pas faire des avances à Mark, mais avait tout intérêt à lui plaire, à cause de cette histoire d'argent. De plus, elle n'aurait aucun mal à faire croire à Mark qu'elle le trouvait séduisant, parce que c'était le cas. Pendant le trajet, il lui avait un peu remonté le moral. Jusqu'au moment où il avait croisé son regard. En voyant la voiture de l'avocat s'éloigner, elle se sentit soudain coupable. Son petit ami était en prison, accusé de meurtre. La situation commençait à la dépasser. Il se passait trop d'événements à la fois. Mieux valait ne pas réfléchir pendant quelque temps. Elle mit un disque et resta assise dans le noir, écoutant la musique.

– Monsieur Toller, je suis Albert Caproni, du bureau du procureur. Il paraît que vous détenez des informations sur l'affaire Murray-Walters.

Toller toisa Caproni puis regarda en direction de la porte de la salle d'interrogatoire.

– Où il est, Heidman ? C'est pas lui qui s'occupe de ça ?

– Heider. Je suis son substitut. M. Heider voulait venir en personne mais il a été retenu par une urgence de dernière minute.

– Ah oui ? Eh ben, cette affaire-là, il va falloir qu'il s'y intéresse aussi si vous voulez savoir ce qui est arrivé à cette fille.

– Quelle fille ?

– Celle que, selon vous, les frères Coolidge ont tuée. Moi, je sais que ce n'est pas eux.

– Vous voulez dire Elaine Murray ?

– J'ai oublié son nom, mais en voyant sa photo dans le journal, je l'ai tout de suite reconnue.

– Si ce ne sont pas les frères Coolidge, qui l'a tuée ?

Toller recula sur son siège et dévisagea longuement Albert Caproni. Puis il se mit à rire.

– Vous me prenez pour un imbécile ou quoi ! Je tiens une preuve dans l'affaire du siècle et je risque d'en prendre pour vingt ans. Vous voulez quand même pas que je vous donne mes informations gratis ! Eh bien, que dalle ! Je veux négocier, c'est clair ?

– Monsieur Toller, je ne suis pas habilité à négocier quoi que ce soit. C'est M. Heider qui négocie les peines, mais il n'envisagera rien avant de savoir ce que vous lui proposez.

– Si je vous dis tout, quelle garantie j'aurai que vous ne m'enverrez pas valser, ensuite ?

– Vous n'avez aucune garantie. Par ailleurs, si je sors d'ici sans que vous m'ayez parlé, je peux vous garantir une chose : aucun autre procureur ne viendra plus vous voir.

L'arrogance de Toller se dissipa un peu. Caproni vit qu'il réfléchissait.

– Monsieur Toller, pourquoi ne pas révéler à votre avocat ce que vous savez et le laisser se charger de tout ?

Toller fit un geste de la main, rejetant la suggestion :

– C'est un petit blanc-bec qui n'y connaît rien. Il ne serait même pas capable de tout répéter correctement. Écoutez, si je vous dis ce que je sais et que l'information est vérifiée, qu'est-ce que vous pouvez faire pour moi ? Avant d'être arrêté, j'envisageais de me marier. Puis j'ai perdu mon boulot. Je savais que je faisais une connerie, mais j'étais à court de fric et je fais toujours des conneries dans ces moments-là.

– Monsieur Toller, vous ne devriez pas évoquer ces faits en ma présence. C'est mon bureau qui va vous juger.

Toller rit de nouveau. Cette fois, c'était un rire amer.

– Mon vieux, je sais que je suis mal parti. Je veux saisir ma chance pour une fois. Je suis désespéré. J'ai enfin trouvé une fille bien. Elle s'appelle Joyce. Et j'ai tout gâché. Je ne sais pas si elle voudra encore de moi, même si je sors de là. Mais je suis trop vieux pour aller en taule et je vais m'y retrouver si je ne négocie pas.

– Je vous comprends, répondit Al, sincère. Mais je ne peux rien vous promettre. Vous allez devoir me faire confiance. Si vous jouez franc-jeu, j'essayerai de vous sortir de là, c'est promis. Du moins si ces informations sont importantes.

Toller examina ses ongles. Caproni se tut. Puis Toller releva la tête et soupira.

– Je n'ai pas le choix, lâcha-t-il.

Caproni sortit un calepin.

En cette deuxième semaine de janvier 1961, Toller était mal. Tous les ans, à la même époque, il souffrait d'un vague à l'âme persistant. A partir de février, ce malaise se dissipait peu à peu. L'origine de cette déprime était le système capitaliste, pierre angulaire de la démocratie américaine, et le mercantilisme engendré par cette théorie économique. De fin novembre à début janvier se succédaient Thanksgiving, Noël et le nouvel an, avec leur flot de publicités glorifiant la famille américaine et la joie partagée des fêtes de fin d'année. C'était bien là le problème d'Eddie. Sa mère lui manquait, parce qu'elle était morte, et son père était parti depuis longtemps. Pour lui, pas de famille, pas de foyer chaleureux, deux mois de cafard.

En cette deuxième semaine de janvier, Eddie allait un peu mieux. Mais il cherchait tout de même du réconfort dans les bars proches de l'hôtel miteux où il résidait en attendant de trouver du travail à Portsmouth. Ce soir-là, Eddie n'était pas seul. Il avait fait la connaissance d'un jeune homme mal rasé qui portait un blouson de cuir noir et qui arborait la coiffure en vogue de l'époque, la banane. C'est à cause du blouson de motard qu'ils avaient engagé la conversation. Eddie en connaissait un rayon sur les motos. Son compagnon aussi. Il dit s'appeler Willie Holloway. Ils parlèrent mécanique un bon moment, puis la conversation dériva vers d'autres sujets. Quand ils furent tous deux bien saouls, il en arrivèrent au plus masculin des thèmes, outre le sport : les filles.

Eddie parla à Willie d'une Noire dont il avait bouffé la chatte en Georgie, quand il était dans l'armée. Willie lui confia qu'il n'aimerait pas baiser une Noire car on racontait qu'elles mordaient. Ils éclatèrent de rire. Le barman dut leur demander de se calmer un peu.

– Je vais te dire un truc, lança Eddie en payant une nouvelle tournée, une bonne petite nana, voilà ce qui me ferait du bien en ce moment.

Holloway était aussi saoul qu'Eddie. Chaque fois qu'il levait la main, il renversait de la bière sur ses vêtements.

– Qu'est-ce que tu dirais de te taper une bonne grosse chatte, suggéra-t-il.

Eddie éclata de rire et Willie éclaboussa le pantalon de toile d'Eddie.

– Qu'importe la taille, répondit Eddie. Du moment qu'elle n'a pas de dents !

Eddie se remit à glousser. Willie prit un air narquois.

– Écoute, Eddie, je sais où on peut en trouver, mais ça risque de coûter un peu. Tu as du blé pour t'offrir la qualité ?

Toller réfléchit quelques instants. En s'appuyant sur le bar, son coude faillit glisser. Le tabouret semblait bouger tout seul. Puis, quand il eut retrouvé l'équilibre, il sortit son portefeuille. Il possédait trente-cinq dollars, plus un peu d'argent qu'il cachait dans sa chambre.

— Combien ça va me coûter, Willie ? Parce que je suis un peu fauché et y a pas l'air d'avoir beaucoup de boulot dans cette ville.

Willie se pencha et jeta un coup d'œil dans le portefeuille d'Eddie.

— Bon, Eddie, t'es un mec sympa. Cinq dollars, ça te va ?

Eddie songea au peu d'économies qui lui restait, mais il n'avait pas touché une femme depuis San Antonio. Il descendit du tabouret en chancelant.

— Allons-y. On ne vit qu'une fois !

Willie lui donna une tape dans le dos.

— C'est bien vrai.

Eddie déposa de la monnaie sur le bar et ils sortirent d'un pas hésitant. La voiture de Willie était garée sur le parking. Ils roulèrent à vive allure sur les routes verglacées, risquant à tout moment de déraper. La conduite de Willie fit retrouver ses esprits à Eddie. La vitesse en revanche semblait enivrer Willie davantage. Il accumulait les imprudences. Cela n'empêcha pas Eddie de s'assoupir. Quand il rouvrit les yeux, ils se trouvaient en rase campagne. Les phares dansaient sur les arbres. Willie le poussa du coude. Il se rendit compte qu'ils stationnaient dans une allée poussiéreuse et escarpée, devant une maison en bois battue par les intempéries.

— On y est, mon vieux. La fille est juste là, annonça Willie avec un sourire qui révéla des dents gâtées.

Willie trébucha sur un pot de peinture vide, sous le porche, et jura à voix haute. Puis il frappa à la porte de la maison. Il était en colère car il ne parvenait pas à faire entrer sa clé dans la serrure. Eddie gloussait. Une fois qu'ils furent entrés, Willie se mit à rire.

— C'est quoi, tout ce boucan, bordel ? cria une voix depuis la pièce du fond.

Eddie regarda au bout du couloir pour voir d'où provenait la voix. Il faisait trop sombre.

— C'est moi, Ralph. Je suis avec un pote qui a envie de tirer un coup.

Eddie entendit quelqu'un se lever précipitamment. Il regarda dans la pièce : c'était une porcherie jonchée de canettes de bière. Un homme surgit, remettant son pantalon. En voyant Eddie, il s'arrêta. Visiblement en colère, il saisit Willie par le bras :

— Qui c'est, espèce de connard ?

Willie parut un peu déconcerté mais ne fit rien pour dégager son bras.

— Arrête, Ralph. C'est mon pote Eddie. Il en connaît un rayon sur les motos et les filles.

— Tu l'as amené ici ? déclara Ralph. T'es dingue ? Tu veux te retrouver en...

Jetant un coup d'œil sur le nouveau venu, il s'interrompit.

— Écoute, casse-toi de là.

Eddie regarda Willie. Pour la première fois, il se rendit compte qu'il ignorait où il se trouvait et qu'il connaissait à peine Willie. Préférant ne pas s'éterniser, il se dirigea vers la porte. Willie dégagea son bras de l'emprise de Ralph.

— Attends une minute, Ralph. Eddie est réglo et il paie dix dollars pour une bonne fille, hein, Eddie ?

Willie lui adressa un clin d'œil. Eddie n'osa pas le contredire sur les termes de leur accord. Il opina.

— Ouais. Bien sûr. Mais je veux pas d'emmerdes. Si ton ami...

— T'auras pas d'emmerdes. Attends ici une minute. Ralph et moi on va discuter. Ensuite, t'auras un fille bien roulée.

Willie et Ralph s'éloignèrent. Eddie les entendit se disputer à voix basse mais ne put saisir que des bribes de leur conversation. La porte de la pièce se rouvrit soudain. Willie et Ralph revinrent. Willie prit Eddie par les épaules d'un geste paternel et l'entraîna dans un coin du vestibule.

— Écoute, lui murmura-t-il à l'oreille. Mon pote, il aime tant sa nana qu'il refuse de la partager, mais je lui ai parlé, je lui ai dit du bien de toi, alors il veut bien céder. Mais j'ai dû lui promettre vingt dollars. T'es d'accord, hein ? fit Willie en lui tapant sur l'épaule d'un geste viril. Quand t'auras goûté à son petit cul, tu verras qu'elle en vaut bien plus.

Eddie commençait à avoir peur. Il sentait l'haleine fétide de Willie et il n'aimait pas l'air de Ralph, qui l'observait d'un air menaçant.

— Bon, vingt dollars, admit-il.

— Génial ! lança Willie en lui tapant sur l'épaule. Alors file-moi les vingt tickets et on va tirer un coup.

Eddie lui remit l'argent, que Willie tendit à Ralph. Willie l'entraîna ensuite dans une cuisine plongée dans la pénombre. A côté du réfrigérateur, la porte de la cave était verrouillée. Willie l'ouvrit et actionna l'interrupteur. Il n'y avait qu'une ampoule de soixante watts qui éclairait faiblement la cave. Les marches de bois craquèrent sous leurs pas. Eddie dut s'accrocher à la rampe pour ne pas tomber. Toller était si concentré qu'il ne remarqua rien d'autre avant de fouler le sol en béton. Il faisait froid même si un vieux poêle dégageait un peu chaleur, au fond de la cave. Willie s'en approcha.

– Qu'est-ce que t'en dis ? demanda doucement Willie d'une voix teintée de lubricité.

Il faisait sombre et Eddie ne distinguait pas grand-chose mais il devina une silhouette blottie sur un matelas, sous une couverture. Le matelas dégageait une odeur rance et portait des taches sombres de sang séché. Seule une tête émergeait de la couverture. En s'approchant, il vit qu'il s'agissait d'une fille. Elle n'avait pas bougé mais avait les yeux grands ouverts et guettait le moindre de leurs gestes. Elle avait les cheveux si sales qu'Eddie eut d'abord du mal à voir s'ils étaient noirs ou bruns. En regardant de plus près, il vit qu'elle était châtain.

– Celle-là, on l'a bien dressée, hein ? ajouta-t-il en s'adressant à la fois à Eddie et à la fille.

Elle ne répondit pas. Son visage indifférent semblait hors de ce monde.

– Elle te fera tout ce que tu voudras, hein, chérie ?

Eddie entendit le souffle court de Willie qui enlevait sa veste. Willie portait une grosse ceinture, qu'il ôta aussi, sans quitter des yeux le visage de la fille.

D'un mouvement brusque, il souleva la couverture. La fille portait un pantalon et un corsage déboutonné. De sa main droite, elle essayait de le maintenir fermé.

Pour la première fois, elle bougea. Un vague frisson, accompagné d'une plainte et d'un son métallique. Eddie remarqua qu'elle portait une chaîne à la cheville droite, reliée à un anneau scellé dans le mur. Eddie se sentit mal. Il n'appréciait guère ce genre de fantaisies. Il voulut reculer mais il sentit dans son dos la présence de Ralph.

– Tu es contente de me voir, chérie ? demanda Willie d'une voix suave.

En parlant, il faisait claquer sa ceinture sur sa cuisse. La fille fixait la ceinture, les yeux embués de larmes. Willie s'accroupit et lui prit le menton, l'obligeant à croiser son regard.

– Je t'ai demandé si tu étais contente de me voir.

Elle émit un son qui ressemblait à un oui. Willie rit et lâcha son menton.

– Je m'en doutais. Tu sais ce que j'ai dans le caleçon, hein ? Tu sais ce qu'il y a de bon, là-dedans.

La fille se mordit la lèvre pour ravaler ses larmes, mais ses efforts furent vains. Son désespoir parut attiser le sadisme de Willie. Il fit claquer sa ceinture sur les hanches de sa victime. Eddie savait qu'il n'avait pas frappé assez fort pour lui faire mal, mais elle tressauta comme sous l'effet d'un coup violent.

– Chérie, je te présente mon ami Eddie. Je veux que tu lui montres tes trésors.

Eddie avait envie d'arrêter mais craignait au moindre faux pas la réactions des deux types. La jeune fille ôta son pantalon avec des gestes fébriles. Le moindre effort était une torture. Quand son pantalon fut sur ses chevilles, Holloway le lui enleva. Elle ne portait rien en dessous.

– Le corsage, maintenant, ordonna Willie dans un murmure rauque. Montre-lui tes beaux petits nichons.

Elle obéit mollement. Puis elle se coucha sur le matelas, jambes écartées. Willie adressa un sourire à Eddie.

– Tu vois comme elle a bien appris sa leçon. On a mis du temps à la faire s'allonger et à ouvrir les cuisses.

Il ferma les yeux et savoura ce souvenir.

– Mais elle est intelligente et elle apprend bien. Si tu t'occupes bien de mon pote Eddie, on te donnera même à manger, demain.

Malgré son dégoût, Toller ne pouvait quitter son corps des yeux. Elle était maigre. On voyait ses côtes et ses yeux étaient cernés. Willie allait sans doute la prendre d'abord, devant lui. Mais, soudain, Holloway se désintéressa d'elle. Il remonta sa braguette et recula.

– Je vais pisser. Amuse-toi. Si elle refuse de te faire un truc, préviens-moi.

Eddie entendit Holloway gravir les marches puis la porte se refermer à clé. La fille frissonna, manifestement soulagée. L'espace d'un instant, Eddie eut peur d'être lui aussi prisonnier. Il se dirigea vers l'escalier.

– Non ! implora faiblement la fille. Ne vous en allez pas, je vous en prie.

Elle le suppliait. Il se retourna vers elle.

— Écoutez, mademoiselle, je... je sais pas ce qui se passe, ici, mais je ne vous ferai pas de mal, c'est promis.

Il murmurait, de peur qu'Holloway ne l'entende. Tout ce qu'il voulait, c'était s'en aller.

— Ne dites rien, chuchota-t-elle. S'il m'entend parler, il va...

Elle fondit en larmes.

— Ne vous en faites pas. Je ne vous toucherai pas, assura-t-il pour la réconforter.

En le voyant reculer, elle eut peur.

— Non ! Il le faut. Ce sera pire pour moi s'ils se rendent compte que vous... Que je n'ai pas obéi. Mais faites vite.

Elle détourna la tête.

Toller avait parlé de plus en plus bas. En l'écoutant, Caproni s'était laissé envahir par un vif sentiment de répulsion et de dégoût. Quand il se tut, un silence pesant s'installa dans la salle d'interrogatoire.

— Vous avez eu un rapport sexuel avec elle ? demanda Caproni d'une voix tendue.

Toller secoua la tête :

— J'avais bien trop peur pour bander. J'ai fait des conneries, dans ma vie, mais jamais rien de la sorte.

— Que s'est-il passé au retour de Holloway ?

— Il n'est pas revenu. J'ai dû tambouriner à la porte de la cave. Il m'a demandé comment ça s'était passé et j'ai inventé une histoire. Après, il m'a reconduit en ville en me prenant cinq dollars de plus pour l'essence. J'étais mort de trouille mais Willie m'a laissé tranquille. Le lendemain matin, j'ai plié bagages et j'ai quitté la ville. Quelques jours plus tard, j'ai appris qu'on avait retrouvé le corps de cette fille dans un fossé, au bord de l'autoroute. J'ai reconnu sa photo dans le journal.

— Pourquoi n'avez-vous rien dit à la police ?

— Écoutez, j'allais pas aller trouver la police, pas avec mon casier. J'ai eu peur et, d'ailleurs, les flics n'avaient jamais rien fait pour moi. De toute façon, elle était morte.

Sans doute, songea Caproni. Morte bien avant qu'ils l'aient tuée. Il essaya d'imaginer ce qu'elle avait enduré, couchée dans une cave humide et froide, n'osant prononcer un mot.

— Avez-vous revu Holloway ou Ralph par la suite ?

– Non. Et j'aurais changé de trottoir. Je vous l'ai dit, j'ai fait mon lot de conneries à une époque, mais rien de tout ça. Et je savais de quoi ils étaient capables.
– Connaissez-vous le nom de famille de Ralph ?
– Non. Et je ne l'ai pas demandé.

Caproni prit encore quelques notes. Puis il rangea son calepin et se leva.

– Ce que vous m'avez raconté pourrait se révéler très important, monsieur Toller. Je vais en parler à M. Heider. S'il est de mon avis, nous pourrons peut-être faire quelque chose pour vous. Je ne vous promets rien, mais j'apprécie beaucoup votre démarche.

Toller parut flatté et gêné par la sincérité de Caproni. L'espace d'un instant, il en oublia ses véritables motivations. Ils échangèrent une poignée de main et Caproni prit congé. Après cet entretien épuisant, il fut heureux de revoir la lumière du jour.

3

Au retour de Caproni, Schindler se trouvait dans le bureau de Heider. Comme tous les après-midi depuis une semaine, il aidait le procureur à classer les pièces à conviction qui s'étaient accumulées au fil des années. Heider remarqua aussitôt la fébrilité de Caproni et l'invita à s'asseoir.

— Comment ça s'est passé, à la prison ? s'enquit Heider.

— Ce type tient un élément qui mérite d'être approfondi. Les Coolidge ne sont peut-être pas nos coupables.

Heider jeta un coup d'œil vers Schindler. Le policier n'avait pas esquissé un geste mais il avait changé d'attitude.

— Eh bien, racontez-nous ça, Al. Ne faites pas durer le suspense, déclara Heider d'un ton léger.

L'esprit du procureur tournait à toute vitesse. Ses services avaient affirmé publiquement que les frères Coolidge avaient tué Murray et Walters. Or, Heider était le porte-parole du ministère public. Si les Coolidge se révélaient innocents, sa crédibilité et son avenir politique étaient menacés.

— J'ai discuté avec le détenu. Il se trouvait à Portsmouth en 1961, à la mi-janvier. Dans un bar, il a rencontré un certain Willie Holloway. En bavardant, il lui a avoué qu'il avait envie de se taper une fille, alors Holloway lui a proposé ses services moyennant finances. Holloway a conduit Toller quelque part à la campagne, pas trop loin de la ville, chez un certain Ralph. Il pense que Holloway y vivait aussi, mais n'en est pas certain. Les deux hommes retenaient prisonnière une jeune fille, enchaînée dans la cave de la maison. Elle semblait affamée et avait manifestement été battue. Quelques jours plus tard, Toller a vu la photo d'Elaine Murray dans les journaux. On venait de retrouver son cadavre. Il a aussitôt reconnu cette fille avec certitude. A l'époque, il n'est pas allé trouver la police à cause de son passé. De plus, il avait peur de Ralph et de Holloway.

– Je vois, répondit Heider, sceptique. Et quelles sont les preuves qu'il fournit pour étayer ses propos ?

– Aucune, sauf... Enfin, simplement sa parole. Mais je crois à son histoire. Il avait une façon de parler... en décrivant la fille, il était bouleversé. Sa peur, son émotion étaient d'ailleurs contagieuses. Il ne pouvait pas simuler.

Schindler se mit à rire.

– Al, vous me surprenez. Vous avez été flic, il me semble. Vous savez ce que c'est que de se faire embobiner par un détenu.

Caproni rougit.

– Cela m'est arrivé plusieurs fois, je l'avoue. Mais je ne crois pas que Toller me mentait.

– Peut-être pas. Il raconte la vérité telle qu'il la voit, ou telle qu'il veut la voir, c'est différent. Mais il pouvait s'agir d'une autre fille qu'Elaine Murray, objecta Heider.

– Non. Toller est formel. Il a aperçu la photo un ou deux jours plus tard seulement. Sa description correspond à celle des vêtements qu'Elaine Murray portait quand on l'a retrouvée. Il se souvenait aussi de la couleur de ses cheveux.

– Des cheveux châtains, un pantalon et un corsage... Rien de plus courant. De plus, il a pu lire ces détails dans les journaux. Cette affaire revient à la une tous les jours, déclara Schindler.

– Vous oubliez un point crucial, lança Heider.

– Lequel ?

– Quand Eddie Toller dit-il avoir vu cette fille ?

– Au cours de la deuxième semaine de janvier, quelques jours avant la découverte de son cadavre.

– Al, selon le rapport d'autopsie du Dr Beauchamp, Elaine Murray est morte entre quatre et six semaines avant la découverte du corps. Dans ces conditions, comment pouvait-elle être en vie début janvier ?

Caproni parut troublé un instant. Puis il se rappela soudain un détail :

– Le cadavre. Le corps de la fille. Il ne semblait pas abîmé comme il l'aurait été s'il était resté dehors tout ce temps. Ce point figure dans l'un des rapports, Roy. Beauchamp a pu se tromper. Si je me souviens bien, le rapport disait que le froid avait conservé le cadavre en bon état.

Heider opina.

– Laissez tomber, Al. Ce Toller est encore un rigolo qui veut nous faire marcher.

Caproni secoua vigoureusement la tête.

– Je ne crois pas. Vous auriez dû être là. Cet homme avait la peur au ventre. Je crois qu'il faut vérifier ses déclarations.

– Bon, reprenez ces transcriptions. Je vais mettre Roy sur le coup, d'accord ?

Caproni parut convaincu par les promesses de Heider. Ils discutèrent de quelques autres points puis il prit congé. Quand la porte se fut refermée sur lui, Heider déclara :

– Qu'en penses-tu ?

– C'est n'importe quoi ! Encore des salades inventées par un détenu.

– Espérons-le. Je joue ma peau sur ce coup et je ne peux me permettre le moindre faux pas. Va donc faire un tour à la prison et discute avec ce Toller. En cas de problème, reviens me voir. On s'en chargera.

Roger Hessey allait plutôt bien. Il avait épousé une fille adorable, qui lui avait donné deux beaux enfants. Il travaillait actuellement chez son beau-père, propriétaire d'un restaurant. Personne ne s'était attendu à ce que les affaires marchent aussi bien. Roger avait pu installer sa petite famille dans une maison confortable, en banlieue, à cinq minutes en voiture du centre commercial, d'un parcours de golf et d'une école.

– Ça me change de mes années de lycée, déclara-t-il en secouant la tête. On en faisait, des conneries, à l'époque. Je vous offre une bière ?

– Non merci, monsieur Hessey, répondit Mark Shaeffer.

Ils étaient installés sur des chaises longues, sur la terrasse de Roger. Ses deux petites filles s'ébattaient dans le jardin. Roger eut un sourire nostalgique.

– Je vais vous dire, j'ai reçu un choc en lisant que Billy et Bobby avaient été arrêtés, mais cela ne m'a pas surpris.

– Pourquoi ?

– Eh bien, vous êtes l'avocat de Bobby, alors je peux vous le dire. Ils étaient un peu dingues. Nous l'étions tous, à l'époque. On se battait sans cesse. Billy était l'un des plus fêlés. Il a même trafiqué un peu de drogue. Du shit, surtout. Mais c'était en 1960.

– Je remarque que vous ne parlez pas de Bobby.

– Eh bien, Bobby était un peu fou, mais il n'était pas aussi méchant que son frère. On a cambriolé des entrepôts, on s'est battus. Je n'en suis pas fier aujourd'hui. Mais, bon, c'était dans l'esprit de l'époque. Tout ce qu'on voulait, c'était s'amuser. Pour la plupart d'entre nous, quand on se battait, on cherchait à filer une raclée à son adversaire, mais on ne voulait pas l'estropier. Il est difficile pour moi de situer nos limites, mais on en avait. Et il y avait ceux de la trempe de Billy. Lui, il n'avait pas de limites. C'est pourquoi on avait tous un peu peur de lui.

– Vous connaissiez Esther Freemont, n'est-ce pas ?

Roger rejeta la tête en arrière et partit d'un grand éclat de rire. Les fillettes s'arrêtèrent net de jouer. Puis elle reprirent leurs activités.

– Qu'y a-t-il de si drôle ? demanda Mark.

– Oh, rien. Esther me rappelle de sacrés bons souvenirs. Elle avait la plus grosse paire de seins...

Roger secoua la tête. Mark se sentait mal à l'aise sur son siège. Hessey arborait une chemise hawaïenne, des lunettes de soleil et un bermuda à carreaux. De temps à autre, il se tapotait la bedaine avec satisfaction, en avalant une gorgée de bière. Le soleil tapait dur. Mark aurait préféré aller se baigner.

– Que vous rappelez-vous de la nuit où Elaine et Richie furent tués ?

– Pas grand-chose, je le crains. J'ai déjà tout raconté plusieurs fois aux flics. On est allés au restaurant de Bob. On y allait souvent manger des hamburgers. Je crois qu'il a fermé. Puis l'un des frères Coolidge a eu l'idée de s'incruster à la soirée d'Alice Fay. Je me doutais qu'il y aurait des embrouilles, alors j'ai d'abord refusé, mais j'ai fini par les suivre pour ne pas perdre la face. Ensuite, j'ai changé d'avis et j'ai quitté la soirée avant le début de la castagne. En fait, je n'ai rien vu.

– Parlez-moi un peu d'Esther.

Roger se pencha en avant et baissa le ton.

– Pas un mauvais coup, je suppose, mais elle avait rien dans la tête, si vous voyez ce que je veux dire. A l'époque, on appelait ça une fille facile. Bien sûr, c'était avant la révolution sexuelle. Une fille qui n'arrivait pas vierge au mariage... enfin, vous me comprenez. Elle traînait pas mal avec les Cobras. Il y avait deux sortes de nanas avec nous. Les petites amies officielles et les autres, qui n'étaient pas avec un garçon en particulier. Esther était un peu entre les deux. Assez mignonne pour sortir avec elle plusieurs fois, mais on s'en lassait vite.

– Pourquoi ?
– Ah, parce qu'elle voulait être aimée ! Elle demandait sans cesse si on l'aimait. Après, elle faisait des scènes. Hessey haussa les épaules. Vous me comprenez ?

Mark prit des notes. Cet entretien ne menait à rien. Il posa encore quelques questions puis remercia Roger et s'apprêta à prendre congé.

– Pourquoi ont-ils attendu aussi longtemps pour arrêter Bobby ? demanda Hessey devant la grille.
– D'après le procureur, Esther souffrait d'amnésie. Aujourd'hui, elle affirme se souvenir du meurtre de Walters.
– Qu'est-ce qui leur a fait croire qu'elle était impliquée ?
– On a retrouvé ses lunettes non loin de l'endroit où Richie a été tué.
– Lookout Park ?
– Oui.
– Quel est le rapport ?
– Ils pensent qu'elle a dû perdre ses lunettes le soir du crime.
– Ce n'est pas ce soir-là qu'elle les a perdues, affirma Hessey.
– Comment ?
– C'est moi qui les ai fait tomber en la giflant, dans le parc, environ une semaine avant le meurtre.

Sarah consulta sa montre, espérant que Bobby ne le remarquerait pas. Dans vingt minutes, leur entretien serait terminé. Elle avait l'impression qu'elle ne tiendrait pas le coup. Cette visite était un désastre. Le baiser de Bobby fut trop long et, à présent, il s'accrochait à elle comme à une bouée de sauvetage. Après s'être demandés plus de dix fois comment ils allaient, la conversation avait dérivé vers un échange de banalités ponctué de longs silences embarrassés. Plus elle restait avec lui, plus elle comprenait que cet homme aux épaules voûtées, au regard fuyant, n'était pas celui qui partageait son existence depuis quelques mois. Son amant était un homme de caractère, celui-ci n'était que l'ombre de lui-même. Elle ressentit de la pitié pour ce prisonnier dont la présence la mettait mal à l'aise.

Le gardien frappa à la porte et cria :

– Plus que cinq minutes !

Le moment était venu pour la jeune femme de poser la question qui lui brûlait les lèvres.

– Bobby, demanda-t-elle en lui coupant la parole.

Il la regarda, sachant ce qu'elle allait dire, car sa voix tremblait. Il avait redouté cet instant, l'avait imaginé mille fois dans la solitude de sa cellule.

– Ces deux personnes... Est-ce que tu les as ?... J'ai besoin de savoir.

Il rassembla tout son courage, lui prit la main et la regarda dans les yeux.

– Non, Sarah, jamais je...

– Tu te souviens de notre discussion, une nuit ? C'était avant les examens, et tu n'arrivais pas à dormir. Pourquoi m'as-tu affirmé que tu avais du sang sur les mains ? Pourquoi ne m'as-tu pas laissé t'interroger ?

Ces paroles le frappèrent de plein fouet. Il se rappelait fort bien cette nuit, espérant que Sarah l'aurait oubliée. Il eut l'impression que tout s'écroulait.

– Je... au Vietnam... C'est là que j'ai... tué un vieillard. C'était un accident.

Il lui raconta toute l'histoire, se demandant si elle le croyait. Il était un peu dépassé. Si elle l'aimait, pourquoi lui avait-elle posé cette question ? Pourquoi ne lui faisait-elle pas simplement confiance ? Il se mit à pleurer.

Sarah se pencha pour le laisser sangloter sur son épaule, un peu gênée. Elle en avait assez, elle voulait s'en aller, quitter cette pièce aseptisée qui sentait la défaite.

– Sarah, je n'ai que toi. Tu dois me croire. Je n'ai pas... Tu es tout ce que j'ai.

Le gardien frappa à la porte. Sarah aida Bobby à se redresser et à se ressaisir.

En rentrant chez elle, sur l'autoroute, elle pensa à leur entrevue. Avait-il dit la vérité en niant les meurtres ? En fait, la réponse n'avait aucune importance. Elle n'aimait plus Bobby Coolidge.

Esther était assise dans le noir, près de la fenêtre. Elle avait apporté une chaise en bois de la cuisine et l'avait placée de sorte qu'on ne puisse la voir depuis la rue. De sa main droite, elle tenait le rideau écarté pour pouvoir épier au dehors sans attirer l'attention.

Elle avait la certitude que quelqu'un l'espionnait. D'abord, cet avocat était venu chez elle. Puis, quelques jours plus tard, il l'avait appelée. Mais elle avait refusé de lui parler et l'avait menacé de prévenir la police.

Ce soir-là, elle eut l'impression d'entendre des bruits dans son appartement. Pourtant, il n'y avait personne quand elle avait éteint les lumières. Parfois, elle distinguait un écho bizarre dans le téléphone. De plus, depuis l'appel de l'avocat, une Ford bleue était passée au moins quatre fois devant chez elle.

Elle avait raconté tout cela à Roy, qui lui avait assuré que son imagination lui jouait des tours. Pour elle, tout irait bien s'il restait à ses côtés. Elle ne lui avoua pas qu'elle avait pensé à Bobby. Comment pouvait-il se sentir, en prison ? Et tout cela à cause d'elle... Quand elle avait demandé à Roy ce qu'il risquait, il lui avait répondu la prison à vie.

Elle crut discerner une silhouette devant une porte, mais la rue était déserte. Elle devait se tromper. Bouleversée, elle ne parvenait pas à dormir. Elle essayait d'imaginer les doigts du Dr Hollander sur son poignet, mais ne parvenait pas à se concentrer assez longtemps. Elle pensait sans cesse à Bobby. Que ressentirait-elle quand elle serait obligée de témoigner devant lui, au tribunal ?

Si seulement Roy pouvait être là quand elle prendrait la parole ? Mais elle savait déjà qu'il n'aurait pas le droit d'entrer dans la salle. Elle allait devoir affronter seule le regard de Bobby. Une fois de plus, elle eut peur. Si seulement Roy venait la voir. Il était toujours si doux, si gentil. Lui seul pouvait balayer ses idées noires.

Dans l'appartement situé en face de chez elle, un homme se leva de son fauteuil. C'était un vieil homme vêtu d'un maillot de corps. Esther distinguait des touffes de poils gris sur ses bras. Elle en fut dégoûtée. Elle imagina ce vieillard en train de fureter dans son propre appartement, dans la pénombre. Elle sentit le contact moite de sa main sur sa joue et frissonna.

Que lui arrivait-il ? Ne racontait-elle pas la vérité ? Le Dr Hollander le lui avait pourtant garanti. C'est son amnésie qui avait tout brouillé. C'était la vérité. Bobby le saurait en l'entendant. Il ne pouvait lui reprocher de dire la vérité.

Elle regarda le téléphone, posé sur une table basse, non loin du canapé. Elle pourrait appeler Roy. Elle en avait tant envie. La dernière fois, il avait semblé agacé par son appel. Mais elle avait besoin d'entendre sa voix. Même s'il était fâché. Elle se leva et s'approcha du téléphone. Pourquoi n'appellerait-elle pas ? N'étaient-ils pas amants ? Roy ne lui avait-il pas murmuré des paroles tendres à l'oreille ? Il lui avait répété combien elle comptait pour lui.

Esther posa la main sur le plastique noir et froid du combiné. Elle voulut le soulever mais en fut incapable. Elle se prit le visage à deux mains et se balança d'avant en arrière. Elle avait tant envie de lui parler. Surtout, il ne fallait pas qu'il se fâche. Elle ne le supporterait pas. S'il était fâché, il la quitterait et elle l'aimait trop.

Elle crut entendre quelqu'un dans la chambre. Au moment d'aller voir, elle prit peur. Il fallait qu'elle appelle Roy. Il ne serait pas en colère si elle avait un problème. Sans quitter des yeux la porte de la chambre, elle s'assit sur le canapé et composa son numéro.

4

Mark frappa à la porte pour la deuxième fois, se demandant si Sarah était chez elle. Il commençait à s'inquiéter. Dans la semaine, elle avait manqué deux rendez-vous et restait évasive au téléphone. Quant à Cindy, elle se plaignait continuellement du nombre d'heures que Mark consacrait au dossier Coolidge et lui rappelait chaque jour qu'il devait réclamer le reste de ses honoraires.

Certes, l'argent tourmentait l'avocat, mais il avait un autre souci : il avait envie de voir Sarah. Il pensait à elle constamment, imaginant ses traits pâles et ses longs cheveux blonds. Alors, l'envie de la caresser le prenait.

La jeune femme était aussi belle que dans ses souvenirs, mais il remarqua tout de suite son regard, qui trahissait un mélange d'étonnement et de gêne, comme s'il l'avait surprise dans quelque situation embarrassante.

– Un problème ? s'enquit-elle, anxieuse.

Cette question prit l'avocat au dépourvu.

– Non, tout va bien, mais... je voulais vous voir. A propos du dossier, répondit-il.

– Entrez.

Elle paraissait distraite. En le menant dans le salon, elle rejeta ses cheveux en arrière.

– Je vous attendais vendredi, à mon bureau, déclara-t-il quand ils furent installés sur le canapé.

– Je n'ai pas pu venir. Je... je suis désolée de ne pas vous avoir prévenu... une urgence.

– Ce n'est rien, s'empressa-t-il d'ajouter, de peur qu'elle ne considère cette remarque comme un reproche.

L'avocat tenta de dissimuler sa déception face à ce mensonge manifeste.

— Comment se présente le dossier de Bobby ?
— L'affaire se présente bien, déclara-t-il, heureux de ne pas avoir à discuter d'autre chose. J'ai trouvé un témoin disposé à nous aider.

Shaeffer évoqua son entretien avec Roger Hessey. Sarah avait envie qu'il s'en aille. Il allait certainement aborder la question des honoraires et elle ne savait comment faire face à cette situation.

— Voilà qui est prometteur, commenta-t-elle d'un ton qui se voulait enthousiaste.
— Eh bien, je ne veux pas vous donner de faux espoirs, mais je commence à croire que je suis sur la bonne voie.

Il demeurèrent silencieux un instant. Sarah ne savait que dire. Elle avait mal à la tête.

— Ah... avant que j'oublie, reprit Mark, avez-vous parlé à vos parents de... mes honoraires ?
— Mark, je n'ai pas appelé mes parents.

L'avocat se tut, stupéfait, encaissant le choc. Il la regarda dans les yeux. Elle était si proche de lui qu'il distinguait le grain de sa peau. Un désir ardent pour elle le submergea.

Il reçut une décharge électrique quand elle lui toucha le bras.

— Il ne faut pas m'en vouloir, Mark, mais je n'ai pas pu. Je voulais leur parler, je ne vous ai pas menti. Au début, je ne croyais pas à cette histoire. Ensuite, en voyant Bobby à la prison...

Elle le lâcha et baissa les yeux. Il eut envie de l'enlacer, de la réconforter. Sa détresse faisait mal à voir.

— Je ne sais que croire, reprit-elle. S'il a vraiment tué cette fille... Je ne veux pas vous obliger à aller plus loin dans ce dossier si vous ne le souhaitez pas. Je ne dispose pas de la somme nécessaire... je vous ai menti. Je n'ai pas pu demander à mes parents. Que leur aurais-je raconté ?

Elle tremblait, au bord des larmes.

— Je leur aurais demandé d'aider un homme qui a violé et étranglé une fille de mon âge ?

Elle s'écroula. Il la prit dans ses bras, cherchant à la rassurer, submergé par ses propres émotions.

La ville s'étendait à ses pieds. Un avion argenté fendait le ciel bleu. Telles des perles, les larmes de Sarah coulèrent sur sa joue.

Mark les embrassa, puis posa les lèvres sur les siennes. Ils s'étreignirent avec une intensité qui coupa le souffle de l'avocat. Que faisait-il ? Il s'écarta d'elle, effrayé par sa passion.

– Mark... murmura-t-elle.

L'avocat se leva et s'éloigna.

– Je suis désolé, je...

– Ne vous faites pas de reproches. Vous n'avez rien fait de mal.

Il se tourna vers elle, plein d'espoir. La jeune femme lut son regard.

– Mark, je ne peux pas. Pas maintenant. Il faut me comprendre. Je suis perdue. C'est arrivé si vite... Gardez la provision que je vous ai versée et dites à Bobby de se trouver un autre avocat.

– C'est impossible, répondit-il. Et je... Ne vous en faites pas, pour l'argent. Si seulement vous...

Sarah se détourna. Les choses auraient été plus faciles s'il s'était mis en colère. Mark fit un pas en avant puis se ravisa.

Dès que la porte se fut refermée, la jeune fille s'effondra sur le canapé. Face à son reflet dans le miroir, elle détourna les yeux. Son appartement lui parut soudain très sombre et vide. Elle se sentit souillée.

Schindler se dirigea vers le bureau de Philip Heider. Il était épuisé. Il avait passé une bonne partie de la nuit à essayer de calmer Esther. Il s'inquiétait pour elle. Si elle craquait, le dossier s'écroulerait. Or, la jeune femme commençait à flancher.

Il n'avait pas encore parlé à Heider des appels nocturnes de la jeune femme ni de ses crises, quand il était chez elle. Il avait demandé à Hollander de lui prescrire des sédatifs en espérant que cela lui permettrait de tenir jusqu'au procès. Plus que deux semaines.

Le procès. Roy secoua la tête. Personne ne serait là pour soutenir Esther au moment de son témoignage. Il avait pensé emménager chez elle mais cette idée lui avait paru trop risquée. Si l'opinion apprenait que le responsable de l'enquête couchait avec le témoin numéro un, Heider n'obtiendrait jamais de condamnation.

– Roy.

Schindler s'arrêta et regarda autour de lui. Al Caproni lui faisait signe depuis la porte de son bureau.

– Que puis-je faire pour toi ?
– Tu as du nouveau sur Toller ?
– Qui ? demanda Schindler.
– Eddie Toller. Ce détenu qui affirme avoir vu Elaine Murray vivante, mi-janvier.

Schindler eut une expression troublée.
– C'est réglé, Al. Oublie-le.
– Tu as vérifié ?
– Il n'y avait rien de sérieux dans cette histoire.
– Je me le demande. Il paraissait sincère. On devrait peut-être en parler aux avocats des Coolidge. Nous avons le devoir de communiquer à la défense les éléments susceptibles de disculper l'accusé et...
– Écoute, coupa Schindler à voix basse, en colère. Il n'y a rien dans cette histoire abracadabrante, inventée de toutes pièces par un détenu qui cherche à sauver sa peau. Rien qui puisse disculper ces deux salauds. Ils ont violé et étranglé une fille sans défense et ont massacré un jeune homme qui en valait dix comme eux. Tu as vu les photos ? Tu as vu la tête de ce garçon ? Tu veux toujours parler aux avocats de la défense ? Si tu fais cela, on va perdre et ces ordures s'en tireront par ta faute.

Le comportement de Schindler, d'ordinaire si maître de lui, surprit Caproni.
– Je n'avais pas l'intention de leur en parler maintenant, Roy. Mais seulement si l'histoire de Toller se révélait intéressante.
– Je suis désolé de m'être emporté, déclara Schindler. J'ai passé une mauvaise nuit. Écoute, j'ai discuté avec Toller. C'est bidon. Je l'ai interrogé longuement et il s'est rétracté sur pas mal de points.
– Lesquels ?
– Des détails, répondit Schindler, évasif. Je n'ai pas d'exemple précis en tête. Écoute, laisse tomber. Il faut que j'aille voir Heider.

Schindler s'éloigna et Caproni regagna son bureau. Il ne croyait pas le policier. Que faire ? Il ne voulait pas aller trouver Heider sans preuves et encore moins en parler à la défense. Ensuite, se posait le problème de la date de la mort. Si le coroner avait raison, Toller s'était trompé ou avait menti.

Caproni chercha dans une pile de documents le rapport d'autopsie d'Elaine Murray, rédigé par le Dr Beauchamp. Un détail l'avait intrigué à la première lecture, mais il n'y avait guère prêté attention. Cependant, les déclarations de Toller l'éclairaient d'un jour nouveau. Il relut le paragraphe en question. Ses connaissances médico-légales étaient limitées mais quelqu'un pouvait l'aider. Il appela la faculté de médecine.

Le lendemain, à 11 heures, l'interphone de Caproni se mit à bourdonner.

– Un appel pour vous, de la part du Dr Rohmer. Je vous le passe ?

– Oui, répondit Caproni, retenant difficilement son enthousiasme.

Kyle Rohmer était un jeune gynécologue que Caproni avait rencontré lors d'une soirée, un an auparavant.

– Al, fit Rohmer, j'ai le renseignement que tu voulais. Par chance, le Dr Gottlieb a effectué des recherches dans ce domaine, alors je n'ai pas mis longtemps à trouver.

– Je t'écoute.

– Bon, le médecin ayant pratiqué l'autopsie sur cette fille a déclaré qu'elle était morte entre quatre et six semaines avant la découverte du corps. Et selon lui, elle avait du sperme dans le vagin. Eh bien, c'est tout simplement impossible. Écoute ça. Le docteur O. J. Pollack a étudié la durée de survie du sperme dans un article intitulé « Sperme et traces séminales » retrouvé dans les *Archives de pathologie* de 1943. Selon lui, cette durée ne peut excéder vingt-quatre heures. Dans « Enquête sur le viol, problèmes médico-légaux », publié dans une revue de médecine légale en 1963, le docteur Bornstein prétend que le sperme survit au maximum quarante-huit heures. En 1954, les docteurs Gonzales, Vance, Helperne, Milton, Charles et Umberger affirmaient, eux, que les spermatozoïdes pouvaient être retrouvés dans le vagin jusqu'à trois ou quatre jours après la pénétration. W. F. Enos, G. T. Mann et W. D. Dolan ont relevé des traces de sperme sur un frottis vaginal quatre jours après un viol. Cela figure dans « Procédures de laboratoire pour la détection du sperme, rapport préliminaire », paru dans le *Journal de pathologie clinique américaine* en 1950. Dans les documents que j'ai compulsés, la durée maximale de survie est de quatorze jours. Et encore, il s'agissait d'une femme vivante. De plus, cette affirmation a été contestée par de nombreuses sommités. Pour le Dr Gottlieb, la survie maximale est d'environ soixante-douze heures. Cela t'avance un peu ?

– Oui. Beaucoup. Tu peux m'adresser des copies de ces articles ?

– Bien sûr. Je peux faire autre chose pour toi ?

– Non, merci. Tu m'as déjà rendu un grand service.

Caproni raccrocha et ferma les yeux. Il disposait à présent d'une preuve concrète confirmant l'histoire de Toller. Il aurait pu informer Heider de sa découverte, mais son instinct l'avertit de n'en rien faire. Son supérieur avait besoin de ce procès pour promouvoir sa carrière politique. Le dossier lui-même lui importait peu. Il s'en servait à des fins personnelles pour que son nom paraisse dans les journaux. Il n'allait pas renoncer à un tel procès sur la base de quelques articles médicaux. Surtout avec une preuve aussi accablante contre les accusés : un témoignage.

C'était bien le problème de Caproni. Au vu du dossier, il croyait en la culpabilité des frères Coolidge. Les révélations de Toller laissaient seulement entrevoir la possibilité qu'ils soient innocents. Mais ce n'était qu'une probabilité bien mince. D'un autre côté, s'il gardait ces informations secrètes et si la défense l'apprenait, les Coolidge pourraient, s'ils étaient déclarés coupables, faire appel de leur condamnation. Et surtout, une telle dissimulation violait l'éthique.

Caproni soupira. Il se retrouvait à la case départ. Il devait démontrer les faits évoqués par Toller. Or, il existait un moyen de le faire : mettre la main sur Holloway. Cet homme devait avoir un casier judiciaire. Il avait peut-être été arrêté récemment. Dans ce cas, il existerait un dossier sur lui et un rapport de police précisant son adresse.

C'était son jour de chance. Onze mois plus tôt, William Lewis Holloway avait été arrêté pour ivresse sur la voie publique et détention d'arme. L'agent de police Clark McGivern était intervenu pour une rixe dans un bar du quartier chaud de la ville. Ivre mort, Holloway brandissait un gourdin que McGivern trouva caché sous son manteau au moment de son arrestation. Seules manquaient les coordonnées de l'interpellé. La case était vide.

Caproni regagna son bureau et appela le quartier général de la police. McGivern était en patrouille mais son collègue promit de l'appeler par radio. Vingt minutes plus tard, McGivern téléphona à Caproni. A 17 h 30, dans une cafétéria, non loin du palais de justice, Caproni lui exposa la mission confidentielle qu'il souhaitait lui confier.

– Je me rappelle vaguement cette histoire, déclara l'agent en relisant une copie du rapport de police.

McGivern était un grand jeune homme bien bâti. Il avait les yeux bleus, un sourire agréable qui révélait une denture parfaite et des cheveux blonds un peu clairsemés.

– Que lui est-il arrivé ? Il n'y a pas eu de procès, je crois ?
– Non. Holloway a été libéré sous caution et ne s'est jamais présenté au tribunal.
– Vous croyez que vous pourriez le retrouver ?
– Je peux essayer, mais ça risque d'être long. Il avait l'air d'un vagabond. Il n'est peut-être plus en ville.
– Je sais, mais c'est très important. Encore une chose : je veux que cela reste entre nous. N'en parlez à personne, vous entendez. Personne.

McGivern fronça les sourcils et toisa Caproni d'un regard soupçonneux.

– C'est illégal, ou quoi ?
– Non, il n'y a rien d'illégal mais je travaille sur un dossier très sensible. Si ce projet arrive aux oreilles de certaines personnes, il y aura du grabuge, expliqua Caproni, sans préciser que c'est lui qui aurait des problèmes.

Caproni inscrivit ses coordonnées sur une carte de visite et la tendit au policier.

– Dès que vous aurez localisé Holloway, prévenez-moi. A n'importe quelle heure.

McGivern rangea la carte dans son portefeuille. Ils échangèrent une poignée de main puis Caproni prit congé.

Bobby Coolidge se tenait sur le balcon, à l'étage d'une vaste demeure, au cœur d'une grande propriété. L'architecture mêlait étrangement colonnes ioniques, blocs de béton et planches de bois brut dans un ensemble inachevé. Des pièces meublées, ornées de tapis persans et de lampes Tiffany, donnaient sur d'autres pièces nues auxquelles il manquait un pan entier de mur ou un morceau de plafond.

Bobby contempla une vaste pelouse, épaisse et verdoyante, embaumant l'herbe fraîchement coupée. Une haie séparait le domaine d'une vaste forêt. Sarah se tenait sous des rosiers qui tombaient en cascade d'une tonnelle, vêtue d'une robe blanche, comme surgie d'un bal d'antan donné par quelque riche planteur géorgien.

Elle portait une orchidée dans les cheveux. Ses cheveux blonds formaient une traîne, telles des ailes dorées. Elle disparaissait dans les bois avant de réapparaître dans un tourbillon de jupons blancs.

Impuissant, Bobby la regarda s'enfoncer dans la forêt. Pris de panique, il se précipita dans les couloirs de la maison vide, cherchant une issue. Soudain, il parvint au sommet d'un escalier en spirale qui menait à une salle de bal. Dans l'ombre, une silhouette vint à sa rencontre. Elle tendait la main.

En croisant le regard du vieil homme, Bobby se mit à crier.

Un jeune gardien compatissant accéda à la demande de Bobby et appela le médecin. Plus tard, dans son bureau, il nota la requête dans un rapport, avec celles de plusieurs autres détenus.

Dans sa cellule, Bobby était allongé sur sa couchette, un bras posé sur ses yeux clos. Comment allait-il survivre une autre nuit ? Et survivre au procès ?

Il réfléchit au sens de son rêve. La maison inachevée représentait ses espoirs, la forêt, son avenir. Quant à la vision furtive de Sarah qui s'évanouissait dans les bois, il refusait de se l'expliquer.

Bobby songea à l'enfer. Il connaissait bien le sujet, car c'est là qu'il vivait. La mort serait préférable à la prison, surtout maintenant qu'il avait eu un aperçu du paradis.

Il songea à se lever pour effectuer quelques exercices de gymnastique. Il perdait du poids et son corps se ramollissait. La gymnastique lui permettrait de rester en forme. Mais il n'en eut pas la force et ne voyait aucune raison de bouger.

V

LE PROCÈS

1

— Oui ? murmura Caproni en bâillant.

La sonnerie du téléphone l'avait tiré d'un profond sommeil. Les aiguilles phosphorescentes de son réveil indiquaient une heure du matin.

— Monsieur Caproni, c'est McGivern. Désolé de vous réveiller, mais j'ai retrouvé Holloway.

Al s'assit et alluma une lampe.

— Qu'avez-vous découvert ?

— Il réside au Cedar Arms, chambre 310. C'est un hôtel miteux situé à l'angle de la Troisième et de Wallace.

Caproni nota l'adresse sur un calepin.

— Je vous y rejoins dans une demi-heure, déclara-t-il. Ne m'attendez pas devant l'hôtel. Il risque de vous repérer.

— Pas de problème, répondit McGivern. Je serai un peu plus loin, sur Prescott, d'où j'aperçois l'entrée.

Caproni raccrocha et s'habilla en hâte. Le moment était mal venu. Les frères Coolidge avaient opté pour deux procès distincts et celui de Bobby avait commencé la semaine précédente. Après plusieurs jours consacrés à la sélection du jury, le ministère public exposait les éléments du dossier. Tandis que Heider menait les débats, Caproni s'activait en coulisses. Il allait et venait au tribunal, planifiait les témoignages, étudiait certains points de loi, tout en assurant les urgences. Il avait un emploi du temps très chargé. A 17 heures, Caproni et Heider regagnaient leur bureau pour préparer la journée du lendemain. Ce soir-là, il était rentré chez lui à 22 heures, épuisé.

Au volant de sa voiture, Caproni se dirigea vers le centre-ville. Étouffant un bâillement, il alluma la radio. Jusqu'à présent, tout se déroulait selon le scénario établi avec précision par Heider. Naturellement, les témoins étaient pour l'instant des policiers impliqués dans l'enquête, et quelques civils, notamment les parents des victimes. La partie la plus délicate du procès, qui impliquerait Bobby, commencerait le lendemain, quand Heider appellerait à la barre Roger Hessey. Hessey dépeindrait devant le jury la fête donnée chez Alice Fay. Puis se succéderaient les invités qui avaient assisté à la bagarre.

Ensuite viendrait à la barre les deux garçons, des adultes maintenant, qui avaient parlé à Richie Walters et à Elaine Murray devant le cinéma, le soir du crime. Ils étaient les derniers à les avoir aperçus vivants. M. Schultz raconterait au jury la course poursuite sur Monroe Boulevard. Plusieurs personnes viendraient décrire la voiture que conduisaient Bobby et Billy, le soir du 25 novembre 1960.

Thelma Pullen parlerait de la jeune fille qu'elle avait vue s'enfuir en courant, sous les aboiements de ses chiens. Le Dr Webber expliquerait comment Esther avait été retrouvée, grâce à ses lunettes. Le Dr Trembler confirmerait que la jeune femme était bien la propriétaire desdites lunettes.

Ensuite, le Dr Hollander donnerait aux jurés un cours sur l'hypnose et l'amnésie, puis décrirait le traitement d'Esther. Esther témoignerait alors et le Dr Beauchamp viendrait conclure le spectacle avec une description minutieuse des causes de la mort, illustrant son propos de clichés atroces.

Caproni, bien que faisant partie du camp opposé, était déçu par la piètre prestation de Mark Shaeffer. L'avocat semblait préoccupé. Contrairement aux attentes de Caproni et de Heider, il n'avait relevé que peu de points litigieux, des détails sans importance. A plusieurs reprises, le juge Samuels avait perdu patience contre Shaeffer tant il était évident que l'avocat avait mal préparé sa défense.

Plus que jamais, Caproni sentait l'urgence de résoudre le mystère entourant les révélations de Toller. Il ne souhaitait pas aider la partie adverse mais avait un sens profond de la justice. Shaeffer était si incompétent que la vérité risquait de ne jamais apparaître au cours du procès. L'entretien de Caproni avec Holloway serait crucial.

Caproni se gara derrière la voiture de McGivern et le rejoignit. Le policier tendit à Caproni un cliché de Holloway. Le procureur était toujours sidéré par ce que la vie pouvait infliger à un être humain. Il découvrit un visage long et mince, aux joues émaciées, et des dents pourries qui apparaissaient entre deux lèvres gercées. Caproni avait vu des hommes mal en point, mais Holloway suscita en lui un profond sentiment de dégoût et de pitié.

– Allons-y, déclara Caproni. A l'hôtel, vous m'attendrez dehors. Je lui parlerai seul à seul.

– Il risque d'être dangereux, répliqua le policier.

– Je sais, mais on n'y peut rien.

L'entrée du Cedar Arms était une étroite porte vitrée portant un panneau «chambres à louer». Il n'y avait pas de réceptionniste. Un escalier recouvert de linoléum menait à un palier faiblement éclairé. Les murs fissurés dégageaient une odeur rance. Caproni s'efforça de retenir son souffle.

Sur la porte de Holloway, qui n'avait sans doute jamais été repeinte depuis la construction de l'hôtel, la plaque métallique indiquant le numéro pendait à l'envers. Il frappa à grands coups. Au fond du couloir, le son d'une radio retentissait. Des ressorts de matelas grincèrent. Dans la chambre, une voix avinée et traînante bredouilla :

– Qu'est-ce que c'est ?

– Monsieur Holloway, fit Caproni à voix basse en frappant une nouvelle fois.

– Ça va... merde... j'arrive.

Il perçut des pas traînants et chancelants. La porte s'entrouvrit sur le visage de la photographie. Caproni faillit tomber à la renverse en sentant l'haleine de cet homme. A ses yeux injectés de sang, on devinait aisément qu'il buvait. L'apparition d'un homme en costume sembla le dégriser un peu. Il n'était pas très intelligent, mais possédait une sorte d'instinct animal. Dans son milieu, un homme en costume était un être hostile, en général un représentant de la loi. Il ne dit rien, attendant que Caproni se présente. Celui-ci lui tendit une carte de visite qu'il glissa par l'entrebâillement de la porte.

– Monsieur Holloway, je m'appelle Al Caproni. Je travaille pour le bureau du procureur et j'ai besoin de votre aide pour un dossier. Puis-je entrer ?

Caproni avait sciemment parlé d'aide à Holloway pour l'amadouer. De l'aide, ce dernier n'en avait manifestement pas reçu depuis longtemps.

– Qu'est-ce que vous me voulez ? demanda Holloway, curieux.

– Je préférerais ne pas en discuter sur le palier, de peur que l'on nous entende, répondit le procureur d'un ton qui se voulait complice.

Holloway chercha à réfléchir quelques instants, mais c'était trop lui demander. Il trouva sans doute plus simple de laisser entrer Caproni.

La pièce empestait le linge sale et les odeurs corporelles. Sous la fenêtre ouverte, laissant entrer les sons nocturnes de la rue, se trouvait un lit aux draps froissés.

Sur la coiffeuse, un napperon de dentelle taché. Sous une vieille lampe, un fauteuil d'occasion en piteux état. Face à la fenêtre, un lavabo. Caproni s'assit dans le fauteuil tandis que Holloway ouvrait le robinet pour s'asperger d'eau froide. Au-dessus du lavabo, une petite glace pendait à un clou rouillé enfoncé dans le mur craquelé. La peinture du cadre s'effritait autour du miroir fendu, cisaillant l'image qui s'y reflétait. En fixant son reflet, Holloway se frotta les yeux, incrédule. Puis il se retourna et s'essuya avec une serviette accrochée sur le côté de la coiffeuse. Ensuite, il s'assit en face de Caproni, sur le lit. Sur la table de chevet étaient posés une bouteille de Scotch bon marché à moitié pleine et un verre. Holloway se servit un verre et le but. Il toussa, passa une main sur sa bouche et, se rappelant soudain la présence de Caproni, lui tendit la bouteille.

– Non merci, monsieur Holloway, dit le procureur.

– Comme vous voudrez, répondit Holloway en se servant un autre verre.

– Je suis venu vous demander des informations pour un dossier sur lequel je travaille actuellement.

Holloway le jaugea d'un œil soupçonneux.

– Je parle pas aux flics, moi. La dernière fois, ils m'ont serré. C'était cet autre type, un salaud.

– Il s'agit d'une affaire qui remonte à plusieurs années.

Holloway se leva. Il semblait plus sûr de lui à présent et affichait un air méchant.

– Écoutez, la fois où on m'a accusé injustement d'attaque à main armée, c'était un coup monté. Ce connard de barman m'a doublé. En plus... sa colère fit place à de la honte. J'ai presque tout oublié.

– Cela n'a rien à voir avec cet incident, assura Caproni.

Soulagé, Holloway se rassit. Caproni mesura l'espace qui le séparait de la porte pour s'enfuir rapidement si l'homme se montrait dangereux. Il vérifia aussi qu'il n'y avait pas d'armes à portée de main d'Holloway.

– Vous trouviez-vous à Portsmouth en 1960 et 1961 ?

– Bien sûr, répondit Holloway, méfiant, sans lâcher sa bouteille. J'ai jamais vécu ailleurs qu'ici.

– Où habitiez-vous, à l'époque ?

Holloway se passa une main sur le visage, fouillant les méandres de sa mémoire d'alcoolique.

– Merde, j'en sais rien, avoua-t-il enfin.

– Chez un dénommé Ralph ?

Le regard de Holloway se troubla et sa voix se teinta d'une certaine violence.

– Pourquoi vous me parlez de Ralph ? Il est parti depuis belle lurette. Dans l'Arizona.

– Nous aimerions lui parler.

– De quoi ? Qu'est-ce que vous voulez ?

Caproni décida qu'il était temps de lui dire la vérité.

– Nous pensons que Ralph a assassiné une jeune fille en janvier 1961.

Caproni ne vit pas la bouteille arriver, mais il entendit le rugissement qui jaillit de la gorge d'Holloway au moment où il ressentit une douleur à la tempe. Aveuglé, Al tomba. Sa tête heurta violemment le sol. Tout de suite après, il sentit le pied d'Holloway appuyer sur son crâne.

Quand Al revint à lui, une demi-heure plus tard, la chambre était vide. Holloway s'était enfui. Un petit placard vide était ouvert, deux tiroirs entrebâillés. Allongé par terre, Caproni voyait tout. Il ressentait une douleur atroce à la tête, qui s'intensifia lorsqu'il tenta de se lever. Serrant les mâchoires, il ferma les yeux, mais resta cloué au sol.

Caproni se sentait ridicule. Comment ce poivrot avait-il pu le prendre par surprise ? Il ne s'attendait pas à une réaction aussi soudaine. Il essaya une nouvelle fois de se redresser en roulant sur le côté pour se mettre à genoux. Portant une main à sa tête, il fit une grimace. Par miracle, il ne saignait pas. Des bris de verre gisaient par terre. Al prit garde de ne pas se couper.

Une fois debout, il s'aspergea le visage d'eau froide. Pourquoi McGivern n'était-il pas monté ? Parce qu'il lui avait ordonné de rester dehors, pardi. Quel imbécile ! Holloway devait être loin à présent. Il existait sans doute une autre issue. S'il avait emprunté la porte d'entrée, McGivern l'aurait arrêté ou serait monté prendre des nouvelles de Caproni. Al commençait à croire qu'il avait bien mérité ce coup à la tête.

Quand il se fut ressaisi, il descendit péniblement les marches. McGivern était appuyé à une voiture. En le voyant approcher en titubant, il se précipita vers lui.

– Que s'est-il passé ?

– Holloway m'a frappé avec une bouteille de scotch, expliqua Al.

– Vous allez bien ?

– Je crois.

– Je vais envoyer son signalement par radio pour qu'on le rattrape.

– Non ! répondit vivement Caproni.

Il ne fallait pas que ses agissements arrivent aux oreilles de Heider.

McGivern lui adressa un regard troublé, puis il haussa les épaules.

– Je crois que je devrais tout de même vous conduire à l'hôpital pour passer une radio.

– D'accord. Mais d'abord, il faut que je passe à la prison du comté. Je dois voir un détenu.

L'entrée de la prison rappelait celle d'un château fort. Caproni actionna une sonnette. Quelques instants plus tard, la barrière rouge s'ouvrit.

Il gravit quelques marches jusqu'à une zone circulaire. A droite, un comptoir et, derrière, un couloir menant au bureau du directeur. Un gardien se tenait derrière le comptoir. Il posa son *Detective Magazine*, ôta ses pieds du bureau et se leva.

– Je travaille pour le bureau du procureur. Je dois voir le détenu Edward Toller de toute urgence.

Le gardien vérifia l'identité de Caproni.

– Je vais le chercher, déclara-t-il en appuyant sur le bouton d'un Interphone.

Il y eut un craquement puis une voix lui répondit. Le gardien déclara :
– Un parloir pour le détenu Edward Toller.
– A cette heure ?
– Oui, il paraît que c'est vital !
Il y eut un silence, puis la voix reprit :
– Je n'ai pas de Toller. Tu es sûr de ne pas t'être trompé de nom ?
Le gardien regarda Caproni qui hocha la tête.
– Vérifie sur ton fichier.
Il y eut un nouveau silence.
– Je l'ai ! annonça enfin la voix. Toller a été libéré il y a dix jours.
– Demandez-lui pourquoi, insista Caproni.
Quelque chose lui échappait.
– La plainte a été abandonnée, c'est tout ce que je sais, répondit la voix.
– Abandonnée par qui ? demanda Caproni.
– L'ordre précise que c'est une décision du procureur.

McGivern conduisit Caproni à l'hôpital et l'attendit jusqu'à quatre heures du matin. Puis il le raccompagna jusqu'à sa voiture. Al tombait de sommeil mais il avait pris une décision qui ne lui permettait pas de regagner son lit.

Ce ne fut pas une décision facile.

Il voulait plus que tout devenir procureur et ce qu'il était sur le point de faire pouvait lui coûter sa place. Il redoutait de plus que son geste ne permette la libération de deux assassins. Certes, il savait en son for intérieur qu'il aurait dû informer le juge Samuels de ce nouvel élément. Mais cela signifiait la fin de sa carrière.

Au lieu de cela, il opta pour un compromis.

Un gardien de nuit était en faction au palais de justice. Caproni lui montra sa carte et prit l'ascenseur jusqu'au bureau du procureur. Les couloirs déserts lui parurent sinistres. Il eut l'impression d'entendre des bruit de pas et des respirations. Trouvant ce qu'il cherchait, il se dirigea vers la photocopieuse. A six heures, il rentra chez lui, prit une douche, se rasa, avala un copieux petit déjeuner puis s'habilla pour aller travailler.

2

— Témoin suivant, monsieur Heider, ordonna le juge Samuels.
— Votre honneur, nous appelons à la barre Roger Hessey.

Mark Shaeffer regarda le greffier introduire Hessey, étrangement vêtu pour un témoin dans une affaire d'homicide. Manifestement nerveux, son expression passait d'une solennité morbide à un sourire incongru et artificiel tandis que Philip Heider rappelait son rôle dans les événements.

Shaeffer se frotta les yeux, mourant d'envie de piquer un petit somme. Ce procès l'épuisait. Il travaillait trop et dormait mal. Assis à côté de lui, Coolidge semblait dans un autre monde. Mark lui murmura quelques mots à l'oreille, histoire de donner au jury l'impression que l'accusé s'intéressait à son procès.

Malgré la mise en garde de son avocat, Bobby avait manifesté la plus parfaite indifférence depuis le début des débats. Parfois, il affichait le regard vitreux d'un zombie. Il était déjà mort, seul son corps passait en jugement. Mark avait sérieusement envisagé de demander une suspension pour faire examiner son client par un psychiatre afin de déterminer s'il était ou non en mesure d'être jugé. Mais Coolidge ne souffrait d'aucune maladie mentale, il était simplement vaincu.

La veille, pendant que les gardiens reconduisaient Bobby vers sa cellule, Mark fut saisi par une impression frappante de déjà vu. C'était peut-être l'éclairage, mais la silhouette de Coolidge, menottes aux poignets, épaules voûtées, s'éloignant dans le couloir comme sur un nuage, le submergea soudain. Il discerna avec clarté ses responsabilités. Seule une volonté de fer lui permettrait de ne pas sombrer dans le désespoir.

En se tournant vers Coolidge, Shaeffer aperçut Sarah, assise au fond de la salle. Il s'était arrangé pour qu'elle puisse rendre visite à Bobby à tout moment, mais elle avait refusé de le voir. L'avocat avait dû mentir à Bobby pour justifier cette absence.

Depuis leur entretien dans son appartement, Sarah évitait Mark. Conscient qu'elle s'était servie de lui, il voulait lui parler, mais la culpabilité qu'engendrait son désir pour elle le paralysait. Pourquoi persistait-elle à venir chaque jour ? Sans doute attendait-elle la confirmation de la culpabilité de Bobby, afin de justifier son abandon d'un homme qui l'aimait.

— Monsieur Hessey, l'accusé était membre d'une bande de jeunes, les Cobras, n'est-ce pas ? demanda Heider.

— Oui, répondit Roger.

Le juge Samuels leva les yeux de son dossier et guetta la réaction de Shaeffer. L'avocat ne semblait pas conscient du danger qui menaçait son client. Le juge éprouva de la peine pour Mark Shaeffer, un gentil garçon qui n'aurait jamais dû accepter un dossier aussi difficile. Face au manque d'expérience de l'avocat, il avait essayé de lui prodiguer subtilement quelques conseils. Mais Shaeffer semblait distrait et nerveux.

— Quelles étaient les activités de cette bande, monsieur Hessey ?

— Heu... vous voulez dire... qu'est-ce qu'on faisait ? répondit Roger, hésitant.

A chacune de ses réponses, il regardait le juge ou le jury, en quête d'approbation.

— Exactement.

Hessey gigota nerveusement et glissa les mains sur les accoudoirs de son siège.

— Eh bien, on se réunissait... pour faire la fête...

Sa voix s'éteignit.

— Les membres de cette bande étaient souvent impliqués dans des rixes et...

— Maître Shaeffer, coupa le juge Samuels, vous n'objectez rien à cette question ?

Shaeffer releva vivement la tête de ses notes. Plongé dans ses pensées, il n'avait pas écouté les dernières questions de Heider. Remarquant le trouble de l'avocat, le juge s'empourpra de colère. L'incompétence de Mark le poussait à outrepasser son rôle. Sa conscience et son sens de l'éthique l'empêchaient de laisser Heider massacrer un homme sans réagir.

— Je suis désolé, je... balbutia Shaeffer.

Samuels le fusilla du regard puis reporta sa colère sur le procureur.

– Les deux parties semblent oublier les règles concernant l'audition des témoins. Un homme de votre expérience, monsieur Heider, devrait se rendre compte que cet interrogatoire est inadmissible.

Heider se leva, acceptant le défi. Il ne paraissait guère offensé par ces remarques et affichait un air affable.

– Votre honneur, si cet interrogatoire est inadmissible, je vais l'interrompre. La défense ne soulevant aucune objection, j'ai supposé que mes questions étaient pertinentes.

Ce petit salaud a toujours réponse à tout, songea Samuels. Il ne perdait pas de point aux yeux du jury et mettait Shaeffer en difficulté.

Heider conclut l'interrogatoire de Hessey en lui demandant de raconter la soirée chez Alice Fay. Shaeffer, comme pour se rattraper, souleva de nombreuses objections, qui furent presque toutes rejetées.

– Pas d'autres questions, déclara Heider.

– A vous, maître Shaeffer.

– Merci, votre honneur.

Mark parcourut ses notes une dernière fois, impatient d'interroger Roger. Enfin, il sentait qu'il pouvait marquer des points. Le ministère public basait sa défense sur la présence d'Esther Pegalosi au moment du crime, présence prouvée à cause des lunettes. Or Shaeffer était sur le point d'anéantir ce lien entre le témoin vedette et l'heure du crime.

– Monsieur Hessey, en 1960, vous êtes sorti plusieurs fois avec Esther Pegalosi?

– Oui.

– Vous et Mme Pegalosi aviez des relations sexuelles, n'est-ce pas?

Hessey baissa la tête et sourit, gêné.

– Comme presque tous les autres garçons que je connaissais.

Heider se leva aussitôt pour objecter sous les rires de l'assistance.

– Monsieur Hessey, contentez-vous de répondre aux questions qui vous sont posées, déclara le juge.

– Monsieur Hessey, Esther portait-elle des lunettes?

– Pas tout le temps. En classe, elle en avait besoin pour lire mais parfois elle les gardait après.

– Peut-on affirmer que Lookout Park était un lieu de rendez-vous pour un grand nombre d'adolescents, en 1960 ?

Hessey sourit.

– Oh oui ! répondit-il avec un enthousiasme qui fit rire plusieurs spectateurs.

– Alliez-vous flirter dans ce parc ?

– Et comment ! répondit-il avec encore plus de ferveur.

Cette fois, Heider et le juge s'esclaffèrent à leur tour.

– Y êtes-vous allé environ une semaine avant les meurtres de Richie Walters et Elaine Murray ?

Le visage de Heider se voila et les rires se turent.

– Où veut-il en venir ? chuchota Heider à Caproni.

Celui-ci secoua la tête et se concentra sur les questions.

– Oui. Environ une semaine avant.

– Comment vous en souvenez-vous ?

– Eh bien, quand ils ont retrouvé Richie là-bas, je me suis dit que j'aurais pu être à sa place parce que je m'y trouvais une semaine plus tôt.

– Vous en êtes certain ?

– Oui.

– Où étiez-vous avant d'aller au parc, la semaine précédant le meurtre ?

– Au cinéma.

– Avec qui ?

– Avec Esther.

– Quand vous êtes allés au parc, Esther portait-elle ses lunettes ?

– Oui.

– Comment le savez-vous ?

Hessey eut soudain l'air grave et gêné.

– Eh bien, heu, j'ai essayé de les lui enlever, après avoir garé la voiture, mais elle ne m'a pas laissé... heu...

– Lui ôter ses lunettes ?

– Heu... elle a refusé de faire l'amour avec moi.

– Pourquoi ce refus ?

– Eh bien, je sortais avec une autre fille. Il haussa les épaules. Esther était sans doute jalouse.

– Quand elle a refusé vos avances, vous êtes-vous fâché ?

Hessey baissa la tête.
– Je crois, oui.
– Qu'avez-vous fait ?
– Elle m'a parlé de cette autre fille. J'ai oublié son nom, d'ailleurs. Je me suis mis à crier et Esther a quitté précipitamment la voiture.
– L'avez-vous poursuivie ?
Hessey opina.
– Veuillez parler plus fort, monsieur.
– Oui.
– Où étiez-vous garé, à ce moment-là ?
– Dans le pré.
– Le pré ? Là où l'on a retrouvé le corps de Richie Walters ?
– Oui. Tout le monde allait flirter là-bas. En été, c'était bondé.
– Qu'avez-vous fait quand vous avez rattrapé Esther ?
Hessey marmonna dans sa barbe.
– Parlez plus fort. Qu'avez-vous fait ?
– Je l'ai giflée.
– Et qu'est-il arrivé à ses lunettes ?
– Elles sont tombées.

La salle retint son souffle. Plusieurs jurés griffonnèrent des notes. Heider et Caproni se concertèrent rapidement.
– Pas d'autres questions, déclara Shaeffer.

Il sentait son pouls battre sur ses tempes et ses mains trembler.
– Monsieur Heider, demanda le juge, secrètement amusé par la gêne du procureur.
– Un instant, je vous prie, votre honneur.

Shaeffer se tourna pour observer la réaction de Bobby face à cette révélation. Pour la première fois, il était penché en avant, attentif. Mark se tourna vers Sarah mais ne put croiser son regard. Heider et Caproni mirent fin à leur conversation.
– Monsieur, aviez-vous l'habitude de gifler les filles dans votre jeunesse ? demanda Heider.
– Comme je l'ai dit, j'ai fait pas mal de choses dont je ne suis pas fier.
– Aviez-vous déjà giflé Esther ?
– Oui.
– Ce qui avait déjà provoqué la chute de ses lunettes ?
Hessey réfléchit.

– Une fois, je crois.
– Et comment avait-elle réagi ?
Roger donna l'impression de vouloir disparaître sous terre.
– Je crois qu'elle a pleuré.
– Non, monsieur. Je faisais allusion aux lunettes. Qu'avait-elle fait ensuite ?
Hessey s'interrompit.
– Elle les avait ramassées.
– Et ce soir-là, dans le parc ?
Roger fixa Heider, bouche bée, puis il secoua vigoureusement la tête.
– Je ne m'en souviens pas.
– L'avez-vous ensuite reconduite chez elle ?
– Oui. J'en suis sûr.
– Serait-elle repartie avec vous en oubliant ses lunettes ?
– Non, je ne crois pas, répondit Hessey, pensif.
– Vous rappelez-vous si elle les a ramassées ?
– Non.
– Mais vous ne jureriez pas qu'elle les a laissées ?
– Non. Je n'en suis pas certain.
– Quand vous l'avez giflée, a-t-elle fait tomber son sac ?
– Non... je suis sûr que non.
– A-t-elle fait tomber un briquet, le soir où vous l'avez giflée ?
– Non. Seulement les lunettes.
– Et un peigne bleu ?
– Non.
Heider sourit au témoin.
– Pas d'autres questions.
Le juge Samuels regarda Mark pour voir s'il souhaitait poser des questions. L'avocat secoua négativement la tête.
– Le moment est venu de lever la séance, déclara le juge. Retour demain à 9 h 30.
– Il vient de nous achever, hein ? dit Bobby d'un ton amer tandis que les jurés quittaient la salle.
– Non. Nous venons de marquer des points grâce à Hessey, assura Mark, qui n'en croyait pas un mot.
Il savait qu'il avait mal débuté ce procès et comptait sur Roger pour se refaire. A présent, il avait tout perdu. Heider avait réussi à contrer son seul atout. Il avait aussi établi qu'Esther était en possession de ses lunettes une semaine avant les meurtres.

— A demain, maître, lança Bobby d'un ton sarcastique tandis que le gardien l'emmenait.

Avec amertume, Mark regarda Heider s'éloigner et rassembla ses notes.

— Mark, il faut que je vous parle.

L'avocat leva les yeux. Caproni se tenait derrière lui. Il avait parlé si bas que Mark l'avait à peine entendu.

— Je peux vous voir ce soir, à votre bureau ?

— Bien sûr, répondit Mark.

Caproni regardait autour de lui, comme s'il redoutait d'être surpris en conversation avec Shaeffer.

— Quel est le problème ? s'enquit ce dernier, déconcerté.

— Je ne peux pas en parler ici. Promettez-moi de ne parler à personne de notre rendez-vous. Pas même à votre femme.

Mark voulut lui demander ce qui n'allait pas, puis se ravisa. Caproni avait peur et Mark le respectait suffisamment pour accéder à sa demande.

— Je ne dirai rien.

— A 20 heures, conclut Caproni avant de quitter rapidement la salle.

Albert Caproni l'attendait dans l'ombre du hall. Il refusa de dire un mot avant qu'ils soient enfermés dans le bureau de l'avocat. Alors, il plaça sa mallette devant lui.

— Avant toute chose, nous devons nous mettre d'accord sur certains points, déclara-t-il.

Mark se rendit compte, à la façon qu'il avait de marteler le bureau de ses doigts, que Caproni était tendu.

— D'abord, jurez-moi de ne jamais évoquer cet entretien, quelles que soient les circonstances. Sinon, je risque de perdre ma place.

— Al, si cela a un rapport quelconque avec le dossier de Bobby, j'ignore si je peux vous promettre quoi que ce soit. C'est une question d'éthique.

— Eh bien, il va falloir oublier un peu l'éthique. Ce que j'ai à vous révéler pourrait vous rapporter la victoire. Et je ne dirai rien sans une promesse de votre part.

Mark hésita quelques instants, puis accepta.

— Bon. Ce que je vais vous raconter pourrait faire annuler le procès, si j'étais appelé à la barre comme témoin. Promettez-moi de ne jamais me faire comparaître, quoi que je puisse vous apprendre.

— Vous savez quelque chose et vous voulez la garantie que vous ne témoignerez pas ? demanda Mark, abasourdi.

— Oui. D'autres informations peuvent blanchir votre client, aussi, ce que je sais ne sera peut-être pas nécessaire. De toute façon, vous n'obtiendriez rien de moi.

— Je n'ai pas vraiment le choix, déclara l'avocat. Vous avez ma parole.

Caproni soupira et se pencha en arrière. Pendant une demi-heure, il lui relata l'histoire d'Eddie Toller et sa soudaine disparition, l'entretien avec Holloway, les recherches du Dr Rohmer.

— Le problème, c'est que rien ne peut être prouvé. Toller est parti, il ne peut donc pas témoigner. Holloway non plus. De plus, vu son passé, il y a des chances que Toller ait tout inventé pour sauver sa peau. Et Holloway a pu s'enfuir pour des raisons qui n'ont rien à voir avec le meurtre d'Elaine Murray.

— On doit pouvoir agir, déclara Shaeffer.

— J'y ai réfléchi et j'ai eu une idée. L'important, c'est que le récit de Toller situe la mort d'Elaine six semaines après la date supposée de son assassinat par les Coolidge. Votre client a-t-il un alibi pour début janvier ?

Mark réfléchit quelques instants, puis son visage s'illumina.

— Ils étaient à l'hôpital. Ils ont eu un accident de voiture, je crois. Attendez, je consulte le dossier.

Il chercha le document.

— Du 3 janvier 1961 à début février.

— Très bien, déclara Caproni. Si l'on peut prouver qu'Elaine était vivante en janvier, vous obtiendrez l'acquittement.

— Mais comment ?

— Faites exhumer le corps.

— Quoi ?

— Demandez une autre autopsie.

Mark dévisagea Caproni pour voir s'il parlait sérieusement. Caproni soutint son regard. Mark sentit que la situation lui échappait. Caproni lui en demandait trop.

— Si vous ne voulez pas être impliqué, je ne vois pas comment je pourrais persuader le juge Samuels de me signer un mandat d'exhumation.

L'attitude défaitiste de Shaeffer irrita Caproni, qui s'attendait à plus d'enthousiasme. Au contraire, Shaeffer semblait effrayé par ses nouvelles responsabilités.

– J'y ai songé. Rassemblez les meilleurs gynécologues de Portsmouth. Ils témoigneront que l'acidité du vagin détruit toute trace de sperme peu après la mort de la patiente. Il suffit de montrer le rapport de Beauchamp au juge et c'est **gagné**.

Shaeffer prit des notes, se demandant comment il allait pouvoir s'offrir les services des médecins. Il ne pouvait puiser dans ses honoraires, ce qui signifierait ensuite plaider gratuitement.

– J'ai aussi pensé à autre chose, ajouta Caproni en posant une pile de feuilles sur le bureau. Voici une transcription des séances d'hypnose d'Esther. Cela peut vous aider à préparer votre interrogatoire.

Caproni se leva et referma sa mallette.

– Je... je vous suis vraiment reconnaissant, assura Mark. Je me rends compte que vous prenez des risques et...

Épuisé, Caproni voulait rentrer chez lui se coucher.

– Ne me remerciez pas. Priez simplement pour que je n'aie pas contribué à faire libérer un assassin.

3

– Qu'en pensez-vous ? s'enquit Mark.
– A mon avis, il y a de grandes chances pour qu'Esther n'ait pas vu le jeune Walters se faire assassiner, répondit le Dr Nathan Paris.

Mark poussa un soupir de soulagement. Il se sentait prêt à mener l'interrogatoire d'Esther Pegalosi, mais avait besoin de l'avis d'un spécialiste pour convaincre les jurés de son manque de crédibilité.

Le Dr Paris était professeur de psychiatrie à la faculté de médecine, membre du conseil de psychiatrie et de neurologie, auteur respecté et enseignant dans le domaine de l'hypnose. Outre ces références sérieuses, c'était un homme avenant, séduisant et spontané, capable d'impressionner un jury.

Ils venaient de regagner le bureau de Mark, après avoir écouté attentivement le témoignage du Dr Hollander. Les bandes sonores des séances d'Esther avaient été diffusées. Le Dr Paris en avait obtenu une copie afin d'analyser leur contenu. Mark lui avait en outre confié les transcriptions pour qu'il les étudie pendant le week-end.

– Qu'est-ce qui vous fait croire qu'elle ment ? demanda l'avocat ?
– Elle ne ment pas forcément. Connaissez-vous le terme « fabulation » ?

Mark secoua la tête.

– Pour les neurologues, il désigne une sorte de récit construit de toutes pièces destiné à impressionner l'interlocuteur. Il s'agit en fait, lorsque le narrateur souffre d'une déficience de la mémoire, d'une interprétation de la réalité. En d'autres termes, le narrateur construit une fable pour compenser un trou de mémoire. C'est fréquent chez les alcooliques souffrant de lésions cérébrales. Si vous leur demandez où ils étaient la veille, ils vous racontent qu'ils étaient à tel ou tel endroit et qu'ils s'amusaient bien, alors qu'ils se trouvaient à l'hôpital.

– La fabulation se limite-t-elle aux personnes souffrant de lésions cérébrales ?

– Non. Psychiatres et neurologues emploient ce terme pour désigner toute invention d'une histoire. Une étude intéressante fut menée en 1954 par deux chercheurs de Yale. Ils voulaient vérifier la validité de souvenirs relatés par des personnes sous hypnose. Afin de mettre à jour une éventuelle fabulation, ou suggestion, ils mirent des sujets sous hypnose et les projetèrent dix ans plus tard. Une fois réveillés, s'ils avaient en mémoire des souvenirs de 1964, alors on pouvait s'interroger sur la validité de leurs « véritables » souvenirs de 1934. Ces chercheurs ont démontré que des sujets sous hypnose pouvaient vivre des expériences suggérées. Ainsi, on peut avoir des souvenirs d'événements qui se sont réellement passés, et d'autres qui ne sont que le fruit de notre imagination.

– Et Esther ? demanda Mark.

– Quand on administre de l'amobarbital à un patient déjà sous hypnose, on annihile sa conscience. Il devient plus perméable à la suggestion. Chez un amnésique, on utilise l'hypnose ou les médicaments pour faire tomber les barrières retenant ses souvenirs. Ainsi, les informations resurgissent plus facilement. Mais c'est une arme à double tranchant. Le patient est plus influençable parce que ses défenses sont amoindries. Sa capacité à distinguer le vrai du faux est plus faible.

– Et c'est ce qui s'est passé ?

– D'après ce que je sais d'Esther Pegalosi, on peut dire qu'elle a une très mauvaise image d'elle-même. Elle a fait une tentative de suicide et elle manque énormément d'assurance, d'amour. Selon moi, le Dr Hollander et, dans une moindre mesure, l'inspecteur Schindler, ont revêtu au fil de ces séances une image de père et d'être aimé. Ainsi, tout ce qu'ils suggéraient était accepté avec ferveur par Esther qui, de peur de perdre leur affection, cherchait à leur faire plaisir. Au départ, Esther affirmait avoir trop bu ce soir-là et ne se rappeler de rien. Cette déficience de sa mémoire n'attendait qu'un récit pour combler ce vide. Je peux vous signaler plusieurs extraits de ces séances où la question contient déjà une réponse suggérée. Par exemple, dans l'enregistrement numéro 5, on dit à Esther qu'elle est allée faire un tour en ville après avoir bu. Il est ensuite suggéré qu'elle a emprunté Monroe Boulevard pour rentrer chez elle. Elle rejette cette idée en indiquant qu'elle emprunte en général Marshall Road. Hollander affirme : «Mais vous auriez pu prendre ce chemin», à savoir Monroe Boulevard. On lui suggère d'imaginer qu'elle se trouve sur Monroe Boulevard le soir du crime.

– C'est pourtant vrai, s'exclama Mark.

– Et ce n'est pas tout, poursuivit Paris en feuilletant la retranscription qu'il avait annotée. Faire imaginer au patient qu'il observe un écran de cinéma incite à la création de rêves. Écoutez plutôt ce que lui dit le Dr Hollander, ici, sur la bande n° 8. Après lui avoir administré pour la première fois l'amobarbital, il lui explique qu'elle peut oublier, se rappeler, selon les besoin de son esprit. Enregistrement n° 10, il demande : «Dites-nous ce dont vous vous souvenez, sans vous soucier de savoir si c'est vrai». C'est une véritable invitation à la fabulation ! Enfin, il y a encore un détail qui me fait penser que l'histoire d'Esther n'est que le fruit de son imagination.

– Lequel ?

– Je trouve le fait qu'elle ait été frappée d'amnésie à la suite de ce traumatisme peu crédible. Cette fille a toujours baigné dans un climat de violence. Elle a vu son père frapper sa mère. Elle a vu son chien se faire abattre sous ses yeux. Pourtant, elle n'a jamais souffert d'amnésie. Non, je...

La sonnerie du téléphone retentit. Il était plus de 18 heures et la secrétaire de Mark était partie. Il décrocha lui-même.

– Monsieur Shaeffer ? demanda une voix de femme.

– Oui.

– C'est vous qui défendez Coolidge ?

– Oui.

– J'ai des informations sur la façon dont ces types ont torturé Esther.

– Pardon ? demanda l'avocat qui n'était pas certain d'avoir bien entendu.

– Esther n'a assisté à aucun meurtre. C'est la police qui l'a poussée à raconter ça.

— Je vois, répondit Mark en se demandant comment mettre fin à cette conversation.

Il s'agissait sans doute de l'un des nombreux appels bidons qu'il recevait depuis le début du procès.

— Comment savez-vous que la police a torturé Esther, madame ?

— J'ai bien vu ce qu'il lui ont fait. Je suis sa mère.

Le petit homme fluet qui ouvrit la porte se tenait voûté. Son torse nu et velu contrastait avec son crâne dégarni. Avec sa mâchoire protubérante et ses bras trop longs, il ressemblait à un chimpanzé.

Malgré le beau temps, les volets étaient clos. A la télévision, Mark entendit les commentaires d'un match de base-ball.

— Je suis Mark Shaeffer. Mme Taylor a demandé à me voir.

— Elle est dans la chambre, répondit l'homme d'un ton agressif, comme s'il répondait à une insulte.

Il tenait une canette de bière et s'essuya le torse de sa main libre.

— Qui c'est ? cria une voix de l'arrière de la maison.

— Par là, indiqua l'homme à l'avocat.

Mark s'attendait à ce qu'il l'accompagne dans la chambre, mais il s'installa devant son match, laissant l'avocat trouver seul son chemin.

Mme Taylor n'était qu'un amas de chair flasque soutenu par une pile d'oreillers, le visage gras et cireux, les cheveux gris mal coiffés. Sur la table de chevet, des boîtes de médicaments côtoyaient une lampe et des magazines féminins. Un téléviseur portable diffusait un feuilleton.

— Asseyez-vous, déclara-t-elle en désignant un fauteuil jonché de linge sale. Enlevez tout ça. Faut faire bosser un peu mon salaud de mari.

Elle prononça cette dernière phrase en criant pour être entendue dans toute la maison. Pour seule réponse retentit la voix du commentateur sportif à la télévision.

— Désolée de vous recevoir au lit mais je suis malade.

Mark hocha la tête avec sympathie.

— J'aurais jamais dû la laisser parler avec ce flic, déclara-t-elle presque pour elle-même. Avec les flics, on ne récolte que des ennuis.

– De qui s'agit-il ?
– De ce... Schindler. C'est lui qui l'a torturée.
– Quand ont eu lieu ces «tortures», madame Taylor ?
– En 1961, d'abord. Maintenant, Esther est devenue une vedette de la télé. Mais personne n'est venu m'interviewer, moi. J'aurais pu leur en raconter, des choses. Ma fille ment à cause de ce qu'il lui a fait.
– Que lui a infligé l'inspecteur Schindler au juste ?

Mme Taylor ferma les yeux et laissa sa tête retomber sur ses oreillers. Elle paraissait avoir perdu tout intérêt pour leur conversation.

– Vous avez une cigarette ? demanda-t-elle.

Mark secoua négativement la tête, ce qui parut l'agacer. L'espace d'un instant, il eut peur qu'elle n'interrompe leur entrevue.

– Prenez-en une pour moi dans le tiroir, dit-elle en désignant la table. Et vous pouvez éteindre la télé.

Mark contourna le lit et éteignit le poste. Puis il tendit une cigarette à Mme Taylor, qui l'alluma.

– Esther, elle n'a jamais été dans ce pré, déclara-t-elle au bout d'un moment. Mais les flics lui ont fait tellement peur qu'elle a raconté n'importe quoi.

– Comment lui ont-ils fait peur ?

– Avec la photo. Vous savez, à cause de cette photo, elle a fait des cauchemars pendant des années. Je voulais porter plainte. J'aurais dû.

– De quelle photo parlez-vous ? demanda Mark, de plus en plus impatient.

– Schindler l'a emmenée au commissariat et lui a montré une photo du visage complètement fracassé du petit Walters. C'était dégoûtant. La nuit, Esther se réveillait en hurlant.

– Vous lui avez demandé si elle avait assisté au meurtre ?

– Bien sûr. Elle n'a rien vu. C'est ce qu'elle répondait à chaque fois. Mais elle m'a raconté que Schindler avait essayé de lui faire dire qu'elle était là-bas. Et comme elle a refusé, il lui a montré la photo.

– C'était en 1961, juste après les meurtres ?

– Ouais. On lui a lavé le cerveau, à ma fille. Je peux vous le garantir. Depuis qu'elle a vu cette photo, elle a changé. Mais la seule chose qu'elle a toujours niée, c'est d'avoir vu ce garçon se faire buter.

– Je ne peux pas ! cria Esther.
Schindler la tenait fermement, sur le point de la frapper.
– Ce ne sont que des mensonges, sanglota-t-elle.
– C'est la vérité, Esther. Tu me l'as dit et tu l'as répété au Dr Hollander. Si nous pensions que tu mentais, nous ne te ferions pas témoigner.

Il s'efforça de parler calmement, mais il s'inquiétait. Esther était hystérique et il redoutait une nouvelle tentative de suicide. Il songea à toutes ces années de travail et à ses projets. Il touchait enfin au but. Et tout risquait de tomber à l'eau à cause de cette foutue gamine.

– Je ne sais plus distinguer ce qui est vrai de ce que tu m'as mis dans la tête.
– Je ne t'ai rien mis dans la tête, Esther. Tu étais là...
– Non !
– Et tu as vu Billy et Bobby Coolidge tabasser à mort Richie Walters jusqu'à ce que sa tête soit réduite en bouillie...
– Non !
– Ensuite, ils ont emmené la fille, ils l'ont violée puis étranglée...
Esther pleura de plus belle et se mit à trembler.
– Et tu vas le dire au procès, Esther...
– Mon Dieu...
– Sinon, je te quitte et tu ne me reverras plus jamais. Tu as compris ?

Il lui souleva le menton et l'obligea à soutenir son regard. Elle ne voulait pas, de peur d'y voir les flammes de l'enfer. Mais il la força à le regarder. Elle eut envie de mourir. Elle grelottait, le visage baigné de larmes.

– Je t'en prie, non, implora-t-elle.
– Tu ne me verras plus, Esther. Tu vivras et tu mourras toute seule.
– Non, sanglota-t-elle en tombant à genoux.

Baissant les yeux vers sa mince silhouette, il ne ressentit que du dégoût.

4

– Veuillez décliner votre identité, déclara le greffier.
– Esther Pegalosi.
– Merci. Veuillez vous présenter à la barre.

Esther prit place dans le box. Elle portait un tailleur gris flambant neuf que Roy lui avait offert. Il lui avait aussi pris rendez-vous chez le coiffeur. En s'asseyant, elle lissa sa jupe et effleura distraitement la monture des lunettes que Roy lui avait ordonné de chausser. Elle concentra son attention sur Heider, comme on le lui avait recommandé. De toute façon, elle n'aurait pas eu le courage d'affronter le regard de Bobby.

Elle dut serrer les mains pour les empêcher de trembler. La salle était bondée. En arrivant, avec Roy et les autres policiers, elle avait eu très peur. Tant de monde se pressait autour d'elle. Le brouhaha était tel qu'elle ne saisissait pas les questions des journalistes. Une vieille dame avait même essayé de la toucher. Dans le couloir résonnait le grondement d'un train entrant dans un tunnel sombre.

Mais cette peur n'était rien à côté de celle qu'elle ressentait depuis que la porte du tribunal s'était refermée sur elle. Le juge affichait une mine grave. Elle sentait sa présence, au-dessus d'elle, tel Dieu guettant ses mensonges pour la punir.

– Madame Pegalosi, habitez-vous à Portsmouth ? demanda Philip Heider.
– Oui.
– Depuis combien de temps ?
– Depuis toujours.
– Je suis désolé, votre honneur, déclara une voix à sa gauche, mais je n'entends pas bien le témoin.

– Oui, madame Pegalosi, renchérit le juge. Veuillez parler plus fort afin que maître Shaeffer et les jurés vous entendent.

Esther eut honte, comme une enfant prise en faute. Elle voulut hausser le ton mais elle avait la gorge sèche. Involontairement, elle s'humecta les lèvres.

– Peut-être pourrions-nous apporter un verre d'eau au témoin, suggéra Heider.

Le greffier se servit dans le pichet du juge et tendit un verre à la jeune femme.

– Étiez-vous lycéenne en 1960 et 1961 ? reprit Heider.

– Oui.

– Fréquentiez-vous une bande de jeunes, les Cobras ?

– Objection, votre honneur. Le mot «bande» est péjoratif, déclara Shaeffer.

– Enfin, votre honneur... protesta Heider.

– Nous avons déjà évoqué ce problème, monsieur Heider, trancha le juge Samuels.

– Très bien. Faisiez-vous partie d'un groupe de jeunes appelé les Cobras ?

– Oui.

– L'accusé aussi ? demanda le procureur en insistant sur le dernier mot.

– Oui.

– Et son frère, Billy Coolidge ?

– Oui.

– Et Roger Hessey ?

Esther hocha la tête.

– Revenons à présent à la soirée du 25 novembre 1960. Avez-vous aujourd'hui un souvenir précis de ce que vous avez fait, ce soir-là ?

Un murmure parcourut la salle. En soulageant sa nuque raide, Esther aperçut Bobby. Assis bien droit sur sa chaise, il la regardait. Elle détourna les yeux.

– Madame Pegalosi, répéta Heider.

– Oui.

– Vous avez un souvenir personnel de cette soirée ?

– Oui.

– Veuillez relater à la cour et au jury ce que vous avez fait ce soir-là.

— Je suis partie de chez moi vers 18 h 30 pour aller chez Bob parce que...

— Désolé de vous interrompre, mais qu'entendez-vous par « chez Bob » ?

— C'est un restaurant de hamburgers.

— Les Cobras fréquentaient cet établissement ?

— Oui.

— Continuez.

— Roger y était, avec Billy et Bobby.

— Roger Hessey et les frères Coolidge ?

— Oui. On est restés un bon moment, puis Billy ou Bobby a suggéré de s'incruster dans une soirée. Roger a d'abord refusé, mais il a fini par nous suivre.

— Qui organisait cette soirée ?

— Alice Fay.

— Qu'entendez-vous par « s'incruster » ?

— Eh bien, nous n'étions pas invités, parce que ces gens-là ne nous appréciaient pas. Mais Billy a quand même voulu s'y rendre.

— Quel genre de personnes étaient Alice Fay et ses amis ?

— Des riches... plus riches que nous. Ils n'aimaient pas les Cobras.

— Billy et Bobby appréciaient-ils les gens riches ?

— Billy disait...

— Objection. Il ne s'agit pas du procès de Billy Coolidge.

— Objection retenue, annonça le juge.

— Tenez-vous en à l'accusé, ordonna Heider.

— Non, Bobby ne les aimait pas. Pour lui, tout leur tombait du ciel et ils ne le méritaient pas.

— Que s'est-il passé lors de cette fête ?

— Dès notre arrivée, Billy a voulu semer la pagaille. Roger était nerveux, alors il est parti. On s'est disputés. A mon retour, Billy se trouvait près du buffet et une bagarre a éclaté.

— Qui s'est battu ?

— Billy et Bobby contre Tommy Cooper, le petit ami d'Alice, et des amis à lui.

— Avec quoi se sont battus les frères Coolidge ?

— Bobby avec ses poings, mais Billy avait un couteau.

— Quel genre de couteau ?

— A cran d'arrêt.

– L'aviez-vous déjà vu ?
– Bien sûr. Comme tout le monde. Billy se vantait sans cesse...
– Objection ! Ouï-dire, lança Mark Shaeffer.
– Votre honneur, nous ne cherchons pas à prouver la véracité de ces déclarations, mais à montrer que le frère de l'accusé n'hésitait pas à sortir son couteau.
– C'est inadmissible, votre honneur ! Il y a peut-être eu des antécédents mais nous évoquons un seul événement.
– Certes, monsieur Heider. Restons-en à cette soirée, décida le juge.
– Très bien. Billy a-t-il parlé tandis qu'il se battait ?
– Il... Il a menacé de donner un coup de couteau à l'un des garçons.
– Comment s'est terminé la bagarre ?
– Plusieurs garçons ont projeté Bobby à terre. Billy brandissait son couteau et leur a ordonné de lâcher son frère. Il a dit qu'ensuite on s'en irait. Ils ont obéi.
– Après avoir quitté la fête, comment se sont comportés Billy et Bobby ?
– Bobby était plutôt calme. Il semblait content d'être parti. Mais Billy, lui, était furieux. Il insultait les gosses de riches. Quand j'ai dit que c'était lui qui avait commencé, il a arrêté la voiture et a menacé de me frapper en hurlant que les riches ne valaient pas un clou. J'ai oublié les termes exacts.
– Il était en colère ?
– Très.
– Ensuite, où êtes-vous allés ?
– On s'est promenés. Puis Billy a volé des bouteilles de vin dans un magasin ouvert la nuit. On s'est garés près d'une école et on s'est saoulés.
– Combien de bouteilles de vin avez-vous bues ?
– Je l'ignore. Beaucoup. En rentrant chez moi, j'ai été malade.
– Ensuite ?
Esther hésita.
– Madame, avez-vous entendu la question ? demanda le juge.
– On est allés en ville.
– Avez-vous roulé sur Monroe Boulevard ?
– Objection, votre honneur. La défense influence le témoin.
– Oui, monsieur Heider. Je retiens l'objection de maître Shaeffer.

– Dites au jury ce qui s'est passé au centre-ville.
– On s'est promenés un moment en voiture. Les salles de cinéma se vidaient. Les trottoirs et la rue étaient encombrés. J'ai déclaré que je ne me sentais pas bien à cause du vin. Bobby a suggéré de me raccompagner chez moi. On a remonté Monroe Boulevard. A un feu rouge, il y avait une voiture avec un garçon et une fille à l'intérieur. Billy connaissait cette fille. Il s'est arrêté à côté d'eux et il a fait vrombir le moteur. Quand le feu est passé au vert, la course a commencé.
– Avez-vous vu qui occupait l'autre voiture ?
– Non. Pas à ce moment-là.
– Pourquoi ?
– Eh bien, Bobby était à l'arrière, avec moi et il... heu... il essayait de... enfin, moi aussi. On faisait... même si je ne me sentais pas très bien. La course s'est déroulée très vite. J'ai eu peur et je ne voulais pas regarder.
– Que s'est-il passé ensuite ?
– Billy s'est approché trop près. On les a heurtés. Après, l'autre voiture nous a percutés à son tour et on a fait un tête-à-queue. J'ai crié mais Billy a gardé le contrôle de la voiture et on s'est arrêtés.
– Comment Billy et Bobby ont-ils réagi après ce tête-à-queue ?
– Ils étaient fous de rage. Ils ont juré qu'ils les auraient et se sont lancés à la poursuite de la voiture.
– L'ont-ils retrouvée ?
– Pas tout de suite. D'abord, ils sont remontés trop haut sur le boulevard. Bobby était certain de les retrouver au parc, alors on a fait demi-tour.
– Quel parc ?
– Lookout Park. On les a cherchés en vain. Puis j'ai aperçu la voiture dans le pré.
– La police vous on emmenée sur le lieu où l'on a retrouvé le corps de Richie Walters, n'est-ce pas ?
– Oui.
– On vous a montré la voiture où se trouvait le cadavre ?
– Oui.
– La voiture que vous avez vue était bien celle de Richie Walters ?
– Oui.

– Que s'est-il passé ensuite ?

Esther avala une gorgée d'eau. Elle sentit le regard de Bobby posé sur elle. Instinctivement, elle tourna la tête vers lui. Elle s'attendait à lire de la peur ou de la colère dans les yeux de l'accusé. Mais elle n'y décela rien. Il semblait observer une scène qu'elle ne pouvait voir.

– Billy a conduit la voiture dans le pré, derrière l'autre. Côté conducteur, la portière s'est ouverte et Richie est descendu.

– Vous pouviez voir Richie ?

– Je crois que c'était lui. Mais il faisait nuit.

– Ensuite ?

– Ils se sont mis à crier et, soudain, Billy a frappé le garçon. Bobby est descendu à son tour.

– Et vous, qu'avez-vous fait ?

– Je l'ai suivi pour regarder.

– Aviez-vous peur ?

– Non. Pas vraiment. Je pensais qu'ils allaient simplement le tabasser. J'avais déjà vu Billy agir ainsi plusieurs fois.

– Ensuite ?

Soudain, Esther eut la nausée.

– Madame Pegalosi, vous vous sentez bien ? demanda le juge.

– Je... Je pourrais-je avoir encore un peu d'eau ?

– Souhaitez-vous que nous fassions une pause ? s'enquit le juge.

Elle refusa sans savoir pourquoi. Elle avait l'impression qu'elle ne pourrait rester dans cette salle plus longtemps. Toutefois, elle n'osait pas bouger. Si seulement Roy était là, si elle pouvait le voir...

Le greffier lui rendit son verre. Elle but et recula sur son siège.

– Ça va mieux, déclara-t-elle.

Elle eut l'impression d'entendre la voix d'une autre.

– Que s'est-il passé quand vous êtes descendue de voiture ?

– Ils l'ont frappé plusieurs fois et Richie est tombé à terre. Et Ils continuaient à le battre.

– Les avez-vous vus frapper Richie avec un objet quelconque ?

– Je ne sais pas... j'ai oublié... je n'y prêtais pas attention, je regardais la fille qui était dans la voiture.

– La fille ?

– La lampe était allumée parce que la portière n'était pas fermée. Tandis qu'ils se battaient, il n'y avait pas... enfin, la voiture semblait vide. Puis la fille s'est redressée et Billy l'a vue. Les frères Coolidge ont rapidement fait le tour de la voiture et moi je suis allée voir le garçon qui était couché.

— Avez-vous regardé le garçon ?

Elle sentait les larmes lui monter aux yeux. Sa gorge se noua. Incapable de s'exprimer, elle fondit en larmes.

— Madame Pegalosi, je sais combien c'est difficile pour vous, mais le jury doit savoir. Qu'avez-vous vu en vous penchant sur le garçon, ce 25 novembre 1960 ?

— Il n'avait plus de visage, cria-t-elle. Il n'avait plus de visage !

Ils durent marquer une pause. Heider et Roy restèrent avec Esther dans une petite salle. Roy lui parlait d'une voix apaisante. Elle avait envie de mourir. Elle ne voulait pas retourner devant tous ces gens qui la scrutaient car elle venait de se ridiculiser. Ils lui assurèrent que tout allait bien, mais elle se replia sur elle-même. Finalement, elle accepta de regagner la salle.

— Madame Pegalosi, qu'avez-vous fait après avoir vu Richie couché dans l'herbe ?

— Je crois que je me suis enfuie. J'ai couru sur la colline.

— Où vous êtes-vous retrouvée ?

— D'abord, dans la cour d'une maison. Des chiens se sont mis à aboyer alors je suis partie sur la route.

— Laquelle ?

— Monroe Boulevard.

— Que s'est-il passé ?

— J'ai marché. Chaque fois que je voyais une voiture, je me cachais dans les buissons pour ne pas être vue. Puis je me suis dit que je ne pouvais pas rentrer chez moi à pied, alors, dès qu'une voiture s'est approchée, je me suis avancée. C'étaient eux.

— Qui ?

— Billy et Bobby... et la fille.

— Quelle fille ?

— Elaine Murray.

— Comment savez-vous que c'était elle ?

— Eh bien, je la connaissais. Au lycée, elle était très populaire.

— Dites-nous ce que vous avez remarqué.

— Bobby conduisait et Elaine était à l'arrière avec Billy. Il la tenait par les bras et les épaules. Elle semblait un peu... étourdie.

– A-t-elle parlé ? Cherché à s'échapper ?
– Non.
– Que vous est-il arrivé ?
– Ils m'ont déposée près de chez moi. Dans la rue.
– Vous ont-ils déclaré quelque chose ?
– Non. Ils m'ont déposée, c'est tout.
– Ensuite, avez-vous revu les Coolidge ?
– Pas beaucoup. Ils ont eu un accident et se sont retrouvés à l'hôpital. Puis il y a eu les vacances. Ma mère ne voulait plus que je traîne avec cette bande parce que je me saoulais.
– Madame Pegalosi, avez-vous perdu quelque chose le soir du 25 novembre 1960 ?
– Oui, mes lunettes, un briquet et un peigne bleu.

Heider tendit à Esther un sachet en plastique contenant les objets.

– Les reconnaissez-vous ?
– Oui. Je les ai perdus ce soir-là.
– Vous avez été contactée par la police à propos de ces effets peu de temps après le meurtre de Richie Walters, n'est-ce pas ?
– Oui.
– Qu'avez-vous déclaré à propos de vos lunettes ?
– J'ai affirmé les avoir perdues trois mois auparavant.
– Pourquoi ?
– C'est ce que je croyais.
– Très bien. Vous avez déclaré fréquenter Roger Hessey en 1960.
– Oui.
– Pourriez-vous nous parler d'un événement survenu entre vous et Roger Hessey, peu avant le meurtre de Walters en 1960.
– Oui. Nous sommes allés au cinéma et ensuite dans le pré pour faire l'amour. Tout le monde allait là-bas pour cela. J'étais furieuse parce qu'il me trompait avec une autre fille. Alors j'ai refusé de l'embrasser et je me suis enfuie de la voiture. Il m'a rattrapée et m'a giflée. Mes lunettes sont tombées par terre.
– Que s'est-il passé ensuite ?
– Eh bien, j'ai ramassé les lunettes et il m'a raccompagnée chez moi.
– Avez-vous effectué plusieurs séances avec le Dr Hollander durant lesquelles vous étiez sous hypnose et, parfois, sous l'influence de l'amobarbital ?

– Oui.

– Combien avez-vous suivi de séances ?

– Heu... plusieurs. Plus d'une dizaine, je crois.

– Avant ces séances, vous rappeliez-vous ce que vous nous avez déclaré aujourd'hui ?

– Non.

– Et aujourd'hui, quand vous parlez du 25 novembre 1960, est-ce grâce à vos souvenirs personnels ?

– Oui.

– Pas d'autres questions.

Mark vérifia ses notes sur les séances et s'assura que les autres documents dont il aurait besoin étaient là. Ils avaient fait d'Esther une femme respectable. Mais elle était nerveuse. Très nerveuse. Mark avait beaucoup travaillé sur les retranscriptions des séances d'hypnose. Tout confirmait les explications cliniques du Dr Paris. Esther mentait ou était victime d'un lavage de cerveau. Il fallait désormais en persuader le jury.

– Madame Pegalosi, j'ai essayé par deux fois de discuter avec vous de ce dossier, n'est-ce pas ?

– Oui.

– Et vous avez refusé ?

– Oui, avoua-t-elle en baissant la tête.

– Une fois, vous m'avez même claqué la porte au nez ?

Elle opina.

– Eh bien, nous allons en parler maintenant. Selon vous, après avoir bu trop de vin, vous étiez ivre et vous ne vous sentiez pas bien ?

– Oui.

– Et vous êtes allée faire un tour en ville avant de demander aux Coolidge de vous raccompagner chez vous ?

– Oui.

– Les frères Coolidge sont passés par Monroe Boulevard pour vous reconduire chez vous ?

– Oui.

Mark se leva et apporta un plan de la ville.

– Monroe Boulevard n'est pourtant pas le chemin le plus direct pour rentrer chez vous depuis le centre-ville.

Esther fixa la carte, puis l'avocat.

– Je... je n'en sais rien.

— Alors jetez un coup d'œil sur ce plan et indiquez au jury quel itinéraire vous empruntiez habituellement pour rentrer chez vous.

— Je n'avais pas d'itinéraire particulier, je crois.

— Vraiment, madame Pegalosi ? Voilà qui est intéressant, répliqua Mark en regagnant son bureau pour prendre une feuille sur une pile de documents. Alors écoutez ces questions et les réponses que vous avez fournies. Elles figurent sur l'enregistrement numéro 5 : « Question : Ensuite, vous êtes allés vous balader en ville, en voiture ? Réponse : Je crois. Question : A présent, vous roulez sur Monroe. Vous voyez Monroe ? Réponse : Je vois Monroe, mais je suis pas... Je me rappelle pas si... Question : Mais il fallait passer par Monroe pour rentrer chez vous, non ? Réponse : Non. D'habitude, je serais passée par Marshall Road depuis le centre-ville. »

— Je ne me souviens pas de cela.

— Vous voulez que je vous passe la bande ?

— Non, je...

— Pourtant, c'est un fait. Il faut emprunter Marshall Road. C'est l'itinéraire le plus direct.

— Sans doute.

— N'est-il pas vrai que vous avez toujours répété au Dr Hollander que vous ne vous souveniez pas d'avoir pris Monroe Boulevard, ce soir-là ?

— C'était avant...

— Avant qu'ils ne vous lavent le cerveau pour vous persuader que vous y étiez ?

Heider se leva pour objecter.

— Je retire ma question, votre honneur, déclara Mark en regagnant sa place.

— Vous déclarez avoir perdu vos lunettes, votre briquet et votre peigne le soir du 25 novembre 1960 ?

— Oui.

Mark prit un rapport de police.

— Au cours de la deuxième semaine de janvier 1961, vous rappelez-vous avoir reçu la visite de deux policiers, Roy Schindler et Harvey Marcus ?

— Je ne me rappelle pas la date exacte, mais ils sont venus chez moi. M. Schindler est venu plusieurs fois.

— Je parle de la première fois. Votre mère était présente.

— Je m'en souviens.

— Avez-vous prétendu à ces policiers que l'on vous avait volé vos lunettes trois mois plus tôt ?
— J'ai dit ça, mais...
— Veuillez répondre à la question.
— Oui.
— Trois mois avant la deuxième semaine de janvier, cela correspond à la date où Roger Hessey vous a giflée, pas à celle du meurtre de Richie Walters !
— J'ai dit ça parce que...
— Votre honneur, demanda Mark en se tournant vers le juge, pourriez-vous prier le témoin de répondre à mes questions.
— Madame Pegalosi, vous devez répondre à maître Shaeffer, déclara Samuels.
Esther fixa l'assemblée. Les gens étaient silencieux et lui lançaient des regards accusateurs.
— Je ne sais pas. Je n'ai pas calculé.
— Lors de votre premier interrogatoire, vous avez déclaré que vos lunettes avaient été volées. Vous estimiez donc que c'était la vérité, puisque vous l'avez dit ?
— Oui.
— Quand avez-vous changé d'avis ?
— Quand je me suis rendue compte que ce n'était pas exact.
— Et quand avez-vous réalisé cela ?
— Après... quand j'ai rencontré le Dr Hollander et que j'ai commencé à voir que... à connaître la vérité.
— Disiez-vous la vérité au cours de ces séances avec le Dr Hollander ?
— Oui.

Mark prit une autre fiche et la lut en silence. Esther sentait les gouttelettes de sueur perler sur son front. Son estomac gargouillait, la tension l'étourdissait. Elle essaya d'imaginer la main du Dr Hollander sur son poignet, sa voix apaisante.
— Madame Pegalosi, que pensez-vous de ces déclarations figurant sur la bande n° 8 ? Écoutez bien : « Question : Vous m'avez parlé de Monroe Boulevard et de Lookout Park, vous vous rappelez ? Réponse : Ouais. J'ai sans doute menti. Question : Ah bon ? Réponse : J'aurais pu mentir... »
Esther, affolée, regarda en direction de Heider. Affalé sur son siège, il paraissait s'ennuyer. Il lui avait expliqué qu'il ne la soutiendrait pas pendant l'interrogatoire parce que ce serait mal

perçu par le jury, mais elle avait besoin d'aide et regrettait qu'il ne change pas d'avis, juste une fois.

– Madame Pegalosi, je vous ai demandé votre avis, reprit Mark.

– Je n'en sais rien.

– Je vois. Et que dire de cela ? C'est un extrait de l'enregistrement n° 10. Écoutez bien les questions et surtout vos réponses : « Question : Où sont-ils allés ? Réponse : Au parc. Question : Vous êtes allés au parc ? Réponse : Apparemment. Mais c'est peut-être le fruit de mon imagination. Question : Non. Tout va bien. Votre mémoire fonctionne mieux que jamais. Que s'est-il passé ensuite ? Réponse : On... j'ai vu la voiture. Question : Celle avec laquelle vous aviez fait la course ? Réponse : Comment êtes-vous sûr que je ne raconte pas tout ça parce que j'ai hâte d'en finir ? Peut-être qu'en réalité je ne me rappelle de rien. Question : Tout va bien. Voyons à quel point votre mémoire est bonne. Que s'est-il passé ? Réponse : C'est dur parce que je sais ce qu'il ont fait. Je sais ce que vous voulez me faire dire et je veux être certaine que ce sont bien mes souvenirs et que je ne me contente pas de répéter... ce que je sais déjà. » Qu'en dites-vous ?

– Je ne m'en souviens pas.

– Ah non ? Vous voulez que je vous passe l'enregistrement ?

– Non. C'est que... quand on est sous... la substance vous fait un peu planer et il est difficile de se souvenir de ce que l'on dit.

– Vous ne vous souvenez donc pas de ces affirmations !

Esther pensait sans cesse aux doigts du Dr Hollander.

– Non.

– Vous ne vous rappelez pas grand-chose, apparemment.

– Je vous l'ai dit, répondit-elle en élevant un peu le ton, au bord de la panique, avec cette substance, on perd un peu la mémoire.

– Vous admettez avoir déclaré : « Je ne sais plus ce que je suis supposée dire » ?

Esther secoua la tête, se concentrant sur ses doigts, doucement, sans s'affoler.

– Non, répondit Esther.

Elle se rendit aussitôt compte qu'elle avait parlé un peu trop fort. Il fallait se ressaisir.

– Combien de fois avez-vous menti au Dr Hollander ?

– Jamais.

– Combien de fois avez-vous menti...?

Mark s'interrompit et regarda les mains de la jeune femme. Elle se frottait le poignet gauche.

– Qu'êtes-vous en train de faire ? s'enquit-il.

Elle cessa aussitôt son mouvement. Les jurés fixaient ses mains.

– Rien, répondit-elle, l'air coupable.

– Je vous ai vue vous masser le poignet. Cherchez-vous à vous mettre en état d'hypnose ? Votre honneur, je demande à la cour d'indiquer au témoin qu'elle n'a pas le droit de se mettre en état d'hypnose lors de ce contre-interrogatoire.

Heider se leva.

– C'est ridicule. Qu'est-ce que...?

– Veuillez vous asseoir, messieurs ! coupa le juge Samuels. La séance est levée. Nous allons marquer une courte pause.

Le greffier accompagna les jurés dans leur salle. Le juge attendit que la porte se soit refermée, puis il se tourna vers Mark.

– Quel est votre problème, maître Shaeffer ?

– Le témoin ne cesse de se masser le poignet, votre honneur. C'est sa façon de se mettre en état d'hypnose. C'est expliqué dans les enregistrements.

Samuels parut pensif. Il se tourna vers Esther.

– Madame Pegalosi, je ne cherche pas à vous effrayer, mais je veux une réponse directe. Tentiez-vous de vous hypnotiser durant l'interrogatoire ?

Esther baissa les yeux.

– Je... oui.

– Il ne faut pas, vous comprenez ? Vous ne pouvez témoigner sous l'emprise d'une substance quelconque ou d'un traitement. Vous devez être en pleine possession de vos moyens. C'est clair ?

– Oui, dit-elle tout bas.

– Vous ne devez pas recommencer, d'accord ?

– Oui.

– Très bien. Greffier, faites entrer les jurés.

– Madame Pegalosi, pourquoi, selon vous, vous ne pouviez pas vous rappeler avoir assisté au meurtre de Richie Walters pendant toutes ces années ?

– Je... le Dr Hollander m'a expliqué que le spectacle de ce corps... ce visage... dans cet état... je ne l'ai pas supporté. J'avais trop peur. En plus, je buvais... C'est ce qu'il m'a dit.

— Eh bien, c'est très compréhensible, déclara Mark en souriant. J'aurais eu peur, moi aussi. Mais dites-moi, était-ce la première fois que vous assistiez à des scènes violentes ?

— Non, répondit-elle d'une voix tremblante.

— En fait, vous avez été souvent témoin de scènes violentes au cours de votre vie ?

— Je... pas souvent, tout de même... je...

— Ne soyez pas modeste. Parlez au jury de ce garçon que vous avez griffé jusqu'au sang. Andy Trask.

— Je n'ai pas été condamnée pour ça.

— Je sais. Vous avez été arrêtée et placée en détention.

— Oui.

— Et ce n'était pas la première fois ?

— Non.

— Vous avez été placée en détention pour délit de fuite après l'agression sur Andy Trask et une autre fois pour vol, c'est bien cela ?

— Oui.

— Vous vous rappelez aussi avoir vu votre père battre votre mère ?

Elle fondit en larmes. Mark répéta sa question. Heider se leva d'un bond :

— Votre honneur, la défense malmène le témoin. Cela n'a aucun rapport avec l'affaire.

— Au contraire, votre honneur. Le témoin, après tant d'années, se souvient enfin du crime auquel elle a assisté. Elle affirme avoir oublié dans un premier temps, traumatisée par l'événement. Je suis en droit de démontrer que la violence lui est pourtant familière. Elle se souvient très clairement d'autres événements de ce type.

— Je suis d'accord avec maître Shaeffer et je rejette l'objection. Par ailleurs, je vous prie de ne pas malmener le témoin.

— Votre honneur, je ne suis pas responsable de ces pleurs. Si sa conscience...

— Vous m'avez entendu, maître Shaeffer.

— Oui, votre honneur. Madame Pegalosi, avez-vous déjà vu votre père frapper votre mère ?

— Oui.

— Veuillez raconter au jury.

Esther s'essuya les yeux.

— J'étais endormie quand j'ai entendu maman crier. Elle était dans sa chambre. Il était encore saoul. La porte s'est ouverte avec fracas et j'ai entendu ma mère se précipiter dans la cuisine. Lui, il poussait des jurons.

— Continuez.

— Maman tenait un couteau. Elle a menacé de le poignarder s'il s'approchait d'elle. Mais il l'a repoussée contre le frigo et lui a pris le couteau.

— Je vous entends mal, intervint Mark.

Esther but une gorgée d'eau.

— C'est tout. Il lui a donné un coup de couteau. Il y avait du sang sur le frigo blanc. Maman est tombée. Il a lâché le couteau en demandant ce qu'il avait fait de mal et il est parti.

— Et vous vous en souvenez ? demanda Mark à voix basse.

— Oui, répondit Esther dans un silence total.

— Et vous vous rappelez un dénommé Bones, qui a cambriolé le minigolf et qui a fui en votre compagnie quand la police est arrivée ?

— Oui.

— Vous avez tous les détails en tête ?

— Oui.

— Et vous avez déclaré que vous n'avez pas tout de suite eu peur pendant la bagarre entre Billy, Bobby et Richie Walters, parce que vous aviez assisté à d'autres bagarres. Avez-vous été témoin de rixes avec effusion de sang ?

— Oui.

Mark s'interrompit. Son cœur s'accélérait. Les jurés avaient les yeux rivés sur Esther, blême, les joues baignées de larmes.

— Vous avez eu un chien, n'est-ce pas ? demanda-t-il doucement.

— Oh, non... gémit la jeune femme.

— Votre honneur, lança Mark en se tournant vers Samuels, pourriez-vous demander au témoin de répondre.

— Madame, vous devez répondre, intervint le juge.

— Oui, déclara-t-elle d'une voix brisée.

— Vous aimiez ce chien ?

— Oh oui, sanglota-t-elle.

— Racontez au jury comment il est mort.

Esther pâlit.

– Madame Pegalosi, insista Mark.
– Je... je ne peux pas, bredouilla-t-elle en regardant le juge.
Samuels lui ordonna de répondre.
– Mon... mon père l'a abattu.
– D'un coup de fusil dans l'œil ?
Esther, en larmes, ne put que hocher la tête.
– Vous adoriez ce chien, n'est-ce pas ?
– Oui.
– Et vous vous rappelez cet événement ?
– Votre honneur ! s'exclama Heider.
– Asseyez-vous, monsieur Heider. L'interrogatoire est régulier, déclara le juge. Puis, se tournant vers Shaeffer : Vous entendez poursuivre dans cette voie encore longtemps ?
– Non, votre honneur. Je crois avoir démontré mon point de vue.

Esther était effondrée dans le box. Quelqu'un lui avait tendu un mouchoir. Le juge ordonna une pause de dix minutes.

– Madame Pegalosi, dit Mark à la reprise de l'interrogatoire, vous affirmez avoir vu le visage fracassé de Richie Walters peu après son assassinat, n'est-ce pas ?
– Oui, répondit-elle d'un ton monocorde.
Elle avait fourni tant d'efforts qu'elle se sentait vidée de toute énergie. Elle attendait simplement que l'interrogatoire se termine.
– Et c'est le spectacle de ce visage qui a provoqué votre amnésie ?
– C'est ce que m'a expliqué le Dr Hollander.
– Vous avez donc vu le visage de Richie Walters juste après son assassinat. Quand vous êtes-vous souvenue de cela ?
– Après... quand le Dr Hollander m'a injecté le produit.
– Ce visage, ne l'auriez-vous pas plutôt vu longtemps après le meurtre ?
– Que voulez-vous dire ?
– Rappelez-vous cet échange qui figure sur l'enregistrement n° 10 : « Question : Mais vous vous rappelez avoir assisté au meurtre de ce garçon ? Réponse : Non, j'ai pas vu ça. Question : Vous avez déclaré avoir vu la bagarre ? Réponse : Non, non, j'ai su après qu'il y avait eu un meurtre. J'ignorais ce qui s'était

passé. Je croyais qu'ils l'avaient seulement tabassé, comme d'habitude. Question : Mais vous avez déclaré avoir vu le visage de Richie ? Réponse : Je l'ai vu plus tard. » Plus tard, c'était quand, Esther ?

– Je ne vois pas ce que vous voulez dire.

– Vous avez déclaré au Dr Hollander que la dernière chose que vous avez vue avant de vous enfuir fut Billy et Bobby qui maintenaient Richie contre la voiture comme s'ils le fouillaient.

– J'ai oublié mes déclarations... Je... j'étais sous l'emprise des médicaments.

– Vous voulez que je vous passe l'enregistrement ?

– Non. Puisque vous le dites...

– Il s'agit de *vos* paroles, Esther. Ne vous est-il jamais arrivé de vous réveiller en pleine nuit en hurlant à cause de cauchemars dans lesquels vous voyiez le visage ensanglanté de Richie ?

Esther baissa de nouveau les yeux.

– Oui. Souvent.

– Ces cauchemars n'ont pas commencé tout de suite après le meurtre, n'est-ce pas ?

– Je ne me rappelle pas quand, au juste.

– Connaissez-vous l'inspecteur Roy Schindler ?

Esther eut l'impression de recevoir un coup en pleine poitrine. Elle regarda Shaeffer dans les yeux, livide, triturant nerveusement son mouchoir.

– Madame Pegalosi ?

– Oui, répondit-elle d'un ton rauque.

– Vos cauchemars ont-ils commencé peu après votre première rencontre avec l'inspecteur Schindler ?

– Je ne vois pas ce que vous voulez dire.

– Mais si, Esther. C'est bien lui qui vous a aussi présenté le Dr Hollander ?

– Il ne m'a pas forcée. J'y suis allée de mon plein gré.

– Que vouliez-vous ?

– Vérifier si ce qu'il disait était vrai.

– Et que disait-il ?

– Que j'avais vu ce meurtre. Il le savait déjà à l'époque.

– A l'époque ?

– Au moment des meurtres. Il me l'avait dit.

– Il vous l'a dit et il vous a montré les lieux.

– Oui.
– Il vous a emmenée là-bas et vous a suggéré que vous aviez perdu vos lunettes en courant dans une certaine direction !
– Cela ne s'est pas passé ainsi.
– Il a suggéré que vous aviez fait la course contre Richie, ce soir-là, même si vous l'aviez oublié.
– C'était dans mon subconscient. Refoulé. C'est ce que le doc...
– Il vous a montré une photo qui vous a traumatisée à tel point que vous avez piqué une crise d'hystérie et que vous avez souffert de cauchemars pendant des années.
Esther se tut.
– Quelle photo ? demanda-t-elle, hésitante.
– A vous de l'expliquer au jury.
– Je ne connais aucune photo.
– Souvenez-vous, l'inspecteur Schindler vous a emmenée au commissariat, en 1961, et il vous a montré une photographie en couleurs, dans une salle d'interrogatoire.
Esther avait le souffle court, incapable de quitter Shaeffer des yeux. Il se leva et gagna une table où étaient disposées des pièces à conviction. En le voyant prendre une enveloppe marron, elle entendit un grondement dans ses oreilles.
– Peut-être ceci vous rafraîchira-t-il la mémoire ?
Elle se revit au commissariat. La main de Roy sortait lentement la photo de l'enveloppe sans la lui montrer. Alors il la retourna et elle se mit à hurler.

Sarah lui avait remis une enveloppe alors qu'il quittait la salle d'audience. De toute évidence, elle avait rédigé cette lettre pendant le procès. Il la glissa dans la poche de son pantalon et la sortit en enfilant de nouveau son uniforme de détenu. Dans la soirée, après le repas, il s'allongea sur sa couchette, épuisé par le procès. Bien qu'impatient de lire ces lignes, il avait retardé le moment.
C'était la première fois depuis longtemps que Sarah communiquait avec lui. Elle était venue tous les jours au tribunal et ils avaient discuté pendant les pauses, mais leurs conversations restaient superficielles. Elle lui avait tendu le message, sans le regarder, et s'était éloignée rapidement.

Il redoutait de lire ce qu'elle lui avait écrit. Le message était très bref. Sarah lui annonçait son départ. Elle ne souhaitait plus le revoir. Elle voulait croire en son innocence mais, en voyant Mark Shaeffer torturer cette jeune femme, elle avait ressenti du dégoût en songeant que Bobby avait pu la toucher.

Il baissa les bras. Le papier voleta lentement vers le sol.

5

Mark Shaeffer posa son attaché-case sur le bureau de la défense et l'ouvrit. La salle était comble. D'autres spectateurs se pressaient dans le couloir, attendant qu'une place se libère. L'avocat sourit, impatient de reprendre l'interrogatoire d'Esther. Il se sentait bien. Le procès évoluait à son avantage. Ses apparitions dans les médias lui rapportaient déjà de nouveaux clients.

Bobby n'était pas encore arrivé. Or, Mark voulait étudier avec lui plusieurs points. Il allait demander au gardien de l'introduire quand le juge Samuels lui fit signe. Mark redressa une pile de documents et rejoignit le juge.

Caproni et Heider étaient déjà devant le pupitre du juge, qui n'avait pas encore enfilé sa robe. Tous affichaient une mine sombre.

– Asseyez-vous, maître Shaeffer. J'ai une mauvaise nouvelle pour vous.

Mark regarda Caproni mais celui-ci évita son regard.

– Il y a environ une heure, j'ai reçu un appel de la prison, déclara Samuels. Je crains que le procès ne soit terminé. Bobby Coolidge s'est suicidé cette nuit.

Durant le trajet, Esther ne prononça pas un mot. Schindler en profita pour réfléchir. Le procès s'était interrompu brutalement. Depuis des années, il attendait le moment où le juge lirait la sentence. Ce jour ne viendrait pas. Ce suicide le mettait en colère car il avait maintenant l'impression de n'avoir pas accompli sa tâche. Sans verdict, la culpabilité de Coolidge ne serait jamais prouvée. Déjà, un journaliste l'avait interrogé sur le message retrouvé dans la cellule de Bobby. Il voulait en savoir plus sur la jeune femme qui l'avait rédigé. Ils écriraient que Bobby était mort par amour. Enfin, il restait tout de même Billy. Lors de son procès, ils repartiraient de zéro et, cette fois, il y aurait condamnation.

Schindler se gara devant l'immeuble d'Esther. La jeune femme regardait devant elle, immobile.

— Tu vas bien ? s'enquit-il.

Le policier aurait aimé se débarrasser d'elle, mais il avait encore besoin de son témoignage pour le procès de Billy.

— Non, je ne vais pas bien.

Elle s'exprimait d'une voix dure, monocorde, et avec un ton déterminé qui étonna le policier.

— Ce n'est pas de ta faute, Esther. Il s'est suicidé parce qu'il savait qu'il n'avait aucune chance.

— Il s'est tué parce que j'ai menti.

— Non, Esther. On a en déjà parlé. Tu étais là. Tu as dit la vérité au procès et tu la répéteras encore quand Billy sera jugé.

— Il n'y aura pas d'autre procès parce que je ne témoignerai pas, déclara-t-elle fermement.

Sa voix n'était ni geignarde ni hésitante.

— Bien sûr qu'il y aura un autre procès. Tu es bouleversée, c'est tout.

Elle secoua la tête et le regarda droit dans les yeux.

— Je sais ce que c'est que d'avoir envie de mourir, de sentir qu'il ne te reste plus rien. A présent, je vais passer le restant de ma vie avec l'idée que j'ai fait subir cette torture à Bobby, à cause de toi, Roy. Tu t'es servi de moi parce que tu me savais prête à tout pour te garder. Mais c'est fini.

Elle descendit de voiture. Il la suivit dans l'allée et la rattrapa devant chez elle.

— Esther, dit-il en la saisissant par le bras.

Elle se libéra et se tourna vers lui, le regard empli de haine.

— Ne me touche pas ! Ne t'approche plus de moi, sinon je raconterai à tout le monde ce que tu m'as infligé. A tout le monde ! Tu m'as soumise à ta volonté. Les journaux raconteront tout. Je vois clair en toi, Roy. Ne t'approche plus jamais de moi, ne m'appelle pas ou je révélerai au monde entier quel genre d'homme tu es.

Il la vit s'éloigner derrière la porte vitrée. Il demeura immobile, réfléchissant à ce qu'il allait faire.

VI

HOLLOWAY

Épilogue

Caproni scruta les panneaux enneigés pour voir s'il se trouvait encore loin de l'hôtel Cordova. Soudain, la voiture dérapa sur le verglas. Louis Weaver s'accrocha à la portière. Caproni redressa la course du véhicule.

Il n'y eut jamais de second procès. Esther Pegalosi s'étant rétractée, les accusations contre Billy Coolidge furent abandonnées. Philip Heider s'en moquait. Il avait obtenu sa nomination pour le poste de député. A présent, il était sénateur.

Mark Shaeffer n'eut pas à se plaindre non plus des conséquences du procès. Grâce à L'affaire Murray-Walters, il était devenu l'un des avocats les plus célèbres de l'État. Depuis son divorce, son cabinet prospérait. Désormais, il traitait peu de dossiers criminels, se concentrant sur le droit des affaires et la fiscalité.

A l'issue du procès, Esther Pegalosi quitta la région. Caproni n'eut plus jamais de nouvelles d'elle. Quant à Billy Coolidge, il purgea sa peine. Une fois libéré, il fut abattu sur un parking. Au vu des traces de cocaïne trouvées sur son cadavre, la police conclut à un règlement de compte lié à la drogue. Le mystère ne fut toutefois jamais éclairci.

Et Roy Schindler... A la suite du départ d'Esther, des rumeurs circulèrent. Sans la moindre preuve. Schindler était toujours dans la police mais il avait changé : il ne semblait plus s'intéresser à son travail. Caproni l'avait appelé comme témoin à plusieurs reprises et ils se croisaient de temps à autre. Pas une fois Schindler n'évoqua l'affaire Murray-Walters.

Caproni avait passé mentalement en revue les différents protagonistes de l'affaire. A son tour... Albert Caproni, le plus jeune procureur général de l'histoire de Portsmouth. Bobby Coolidge se serait-il suicidé s'il avait fourni au juge Samuels les informations qu'il détenait ? Longtemps, il s'était persuadé qu'il avait bien agi en voulant éviter la libération d'un assassin. En réalité, les méthodes de Heider et de Schindler étaient répréhensibles, que Coolidge soit coupable ou non. Et lui les avait couverts... Cette dissimulation de preuves était à la fois criminelle et contraire à l'éthique. En fait, Caproni n'était pas allé voir le juge par lâcheté, pour préserver sa propre carrière. C'était aussi simple que cela. Et un homme en était mort.

L'hôtel Cordova n'était pas sans rappeler le Cedar Arms. En gravissant les marches menant à la chambre de Holloway, Al fut parcouru d'un frisson identique à celui ressenti bien des années plus tôt, lors de sa première rencontre avec William Holloway.
Louis Weaver ouvrit la porte et s'écarta pour laisser passer Caproni et Pat Kelly. Il flottait dans la pièce une odeur de mort et de maladie. Les volets étaient fermés. La pénombre ajoutait à l'atmosphère morbide. Holloway dormait. Dans le noir, Caproni ne distingua pas ses traits.
— Willie ? murmura Louis quand ils eurent ouvert les volets.
Caproni avait peine à croire que cet homme était encore en vie. Il n'avait que la peau sur les os. Ses mains noueuses s'agrippaient tristement à des couvertures sales et fines comme du papier.
Holloway toussa et ouvrit les yeux. Ses traits se déformèrent en un sourire.
— Vous êtes venu, murmura-t-il.
Caproni approcha une chaise du lit et se pencha vers le mourant. Il enclencha son magnétophone.
— Willie, comment vous êtes vous rappelé ?
Holloway sourit.
— La carte, souffla-t-il.
Pris d'une quinte de toux, il fit signe à Weaver qui sortit une vieille carte de visite froissée de sa poche. C'était celle que Caproni avait remise à Holloway le soir de leur rencontre.
— Vous l'avez gardée ? demanda Caproni, sidéré. Toutes ces années ?
— Qui reçoit Dieu a le pouvoir de devenir un enfant du Seigneur.
Willie avait le visage serein. Il tendit péniblement une main que Caproni prit dans la sienne.

— Parlez Willie. Qui a tué Elaine Murray ?
— La mort est le prix du péché, mais Dieu nous donne la vie éternelle par Jésus Christ, notre Seigneur.
— Dites-le moi, Willie.

Les yeux du mourant s'embuèrent de larmes. Caproni savait qu'il était à peine plus âgé que lui, mais il paraissait centenaire.

— Dites-le moi, répéta-t-il doucement.
— C'est Ralph. On l'a gardée pas mal de temps, puis Ralph en a eu marre.

Holloway s'exprimait avec difficulté. Il eut une nouvelle quinte de toux. Caproni se demanda s'il tiendrait jusqu'à l'arrivée du médecin.

— Marre ? Comment cela ?
— De lui donner à bouffer, de s'en occuper, même si on ne faisait pas grand-chose pour elle.

Il se mit à pleurer.
— Ne vous inquiétez pas, Willie. Racontez-moi tout.
— Il l'a tuée et on l'a abandonnée au bord de la route.
— Quand ?
— J'en sais rien. Après le nouvel an.
— Willie, connaissiez-vous un dénommé Eddie Toller ?

Willie parut déconcerté.
— Eddie Toller, un homme à qui vous avez vendu Elaine.
— Il y en a eu tant, sanglota Willie. Il serra fortement la main de Caproni. Je serai sauvé ? J'ai tant péché. Je ne veux pas brûler en enfer.
— Si vous m'avouez tout, Dieu vous pardonnera. Parlez-moi de Toller.
— On l'a vendue à un tas de types. Je ne m'en souviens pas. D'abord, elle nous suppliait de l'épargner, mais on la cognait, on l'affamait et elle a vite cessé toute résistance.

Willie fondit de nouveau en larmes. Caproni le laissa pleurer et recula, épuisé.

— Ainsi, Bobby Coolidge était innocent depuis le début, déclara-t-il.
— Non ! Il était coupable ! C'était un pécheur !

Holloway s'était exprimé avec tant de force que les autres en furent étonnés.

— Mais vous avez déclaré...

– C'était un meurtrier. Il ne connaissait aucune vérité. Lui, innocent ?

Holloway éclata d'un rire cruel qui rompit le calme de la chambre.

– Qui nous a vendu la fille, à votre avis ? reprit-il.

Elaine Murray sanglotait depuis qu'ils avaient déposé Esther devant chez elle. Billy avait saisi Esther par le cou et lui avait parlé trop bas pour que Bobby puisse entendre. Mais il lui suffisait de lire l'expression de la jeune fille pour deviner les paroles de Billy. Esther ne dirait rien, par peur d'être impliquée dans les événements de cette nuit-là, et par crainte des représailles.

En roulant dans la campagne, Billy réfléchit à toute vitesse. Bobby avait suggéré d'emmener Elaine dans une maison abandonnée que la bande utilisait parfois pour faire la fête. C'était une ferme isolée à l'abri des regards indiscrets.

La question était de savoir ce qu'ils allaient faire d'elle une fois là-bas. Walters était mort. Billy l'avait poignardé et Bobby l'avait frappé à la tête. Ils ne pouvaient libérer Elaine. Toutefois, éliminer une fille de sang-froid était autrement plus difficile que de tuer un homme lors d'une bagarre.

Les plaintes d'Elaine commençaient à agacer Billy. Bobby la maintenait à l'arrière de la voiture pour qu'elle ne s'échappe pas. Le jeune homme était presque en état de choc, lui aussi. Billy aimait son frère mais il le trouvait trop mou. Oh, il se battait bien, mais il n'avait pas cet instinct de tueur. Il n'avait pas ce désir de cogner ou de faire souffrir. C'est la panique qui avait poussé Bobby à frapper Walters, alors que lui avait pris son pied à poignarder ce salaud de gosse de riche. Sa victime représentait tous les bourgeois qui l'avaient traité comme un moins que rien. A cet instant, Walters avait eu conscience de l'existence de Coolidge. Il l'avait senti à chaque coup de couteau. Billy avait le pouvoir de lui prendre la vie.

Billy s'engagea sur le chemin de terre qui menait à la maison, une ferme bâtie à la fin du siècle dernier. A la mort du propriétaire, ses enfants étaient partis, laissant le bâtiment à l'abandon. C'était une imposante bâtisse de deux étages, dont la silhouette sombre se détachait dans le ciel.

– Fais la taire, Bobby ! cria Billy.

— Silence, Elaine. Tout va bien se passer. N'aie pas peur.

La jeune fille sanglotait de plus belle. Il gara la voiture dans la cour pour qu'elle soit moins visible. Puis il descendit et fit le tour de la maison pour regarder par la fenêtre de la cuisine. Apparemment, personne n'était là. La dernière fois, ils avaient dû tabasser des vagabonds qui squattaient les lieux.

Billy entendit alors son frère pousser un juron. Il se précipita. La voiture était vide, la portière arrière ouverte. Apercevant une silhouette dans les hautes herbes d'un champ, il se lança à sa poursuite. Mais Bobby l'avait déjà rattrapée et Billy perçut le cri déchirant d'Elaine au moment où deux corps s'écroulèrent au sol. En un instant, il les rejoignit et écarta son frère. Il monta à califourchon sur elle et la gifla à plusieurs reprises, la traitant de salope d'une voix bestiale et lubrique.

— Arrête ! Tu vas la tuer.

Bobby le saisit par les bras, le souffle court. La jeune fille gémissait. Elle saignait du nez. Billy prit une profonde inspiration. Le fait d'avoir cette fille à sa merci décuplait son désir.

— On l'emmène à l'intérieur, ordonna Billy.

Ils la firent se lever et l'entraînèrent dans une chambre, à l'étage. Quelques matelas étaient disposés sur le sol.

Billy la projeta brutalement par terre et se tourna vers Bobby.

— Attends dehors.

— Mais... commença Bobby, qui se tut face au regard de son frère.

Une demi-heure plus tard, la porte de la chambre se rouvrit. Billy semblait calmé. Il désigna la jeune fille nue.

— Elle est à toi, si tu veux, déclara-t-il d'un ton las.

Bobby secoua la tête. Il ne pouvait pas. L'horreur de leur acte lui apparaissait enfin. Son esprit tournait à plein régime, cherchant à résoudre le problème posé par Elaine.

— Billy, il faut nous débarrasser d'elle.

— La tuer ? demanda son frère, trop fatigué pour agir tout de suite.

— J'en suis incapable, avoua Bobby.

— On ne peut pas la laisser partir. Elle est au courant, pour Walters.

— J'ai une idée. Tu te souviens de ces deux types à qui tu dois du fric pour la came ?

– Pasante et Holloway ?
Bobby opina.
– On pourrait leur filer la fille ?
– Comme paiement ?
– Ou pour qu'ils le fassent à notre place. Moi, je ne peux pas la tuer. Pas comme ça.
Billy le regarda.
– Moi, si.
– Non ! lança son frère, désespéré. En plus, s'ils se font prendre avec Elaine, tout le monde croira que c'est eux qui ont tué Richie.
– J'aime pas ça. Ils risquent de la libérer. Ou elle pourrait leur échapper.
C'est alors que Bobby fondit en larmes. Billy ne sut comment réagir. Ce n'était pas une attitude très virile mais il croyait comprendre son frère.
– Très bien, mon vieux. On essaie.
Bobby s'était détourné de lui. Il le laissa pleurer. La jeune fille était recroquevillée dans un coin. Il la regarda avec mépris.

– Il nous a promis cent dollars pour la tuer. Et il a vendu de la came pour nous pour régler sa dette. On a promis de la buter tout de suite, mais on l'a pas fait. Il ne l'a jamais su.
Holloway toussa encore. Cette fois, il cracha du sang. Comme si la pierre qui pesait sur son cœur avait fini par l'écraser. Caproni s'approcha de la fenêtre. Coupable et innocent. Il ne lui était jamais venu à l'esprit que deux personnes avaient pu tuer.
– Monsieur Caproni ! cria Louis Weaver.
Il regagna vivement le lit. Un regard lui suffit pour constater qu'Holloway était mort.

Il ne neigeait plus. Les rues commençaient à s'animer en cette fin d'après-midi. Les yeux fermés, Caproni était assis dans sa voiture. Tout était fini. Coolidge était un assassin. Maintenant qu'il savait, rien n'avait changé. Sa jeunesse n'avait pas été différente de celle de bien des gens. Un idéaliste, un naïf. Il n'avait pas atteint les objectifs qu'il s'était fixés car il était humain, donc imparfait. Toutefois, il s'efforçait d'être un homme bien. Malgré son erreur du passé, il pouvait s'enorgueillir de quelques succès.

Fixant le magnétophone posé sur ses genoux, il en sortit la cassette, désormais inutile. Demain, il l'effacerait. Pour l'instant, il était trop fatigué.
— On retourne au bureau ? demanda Pat Kelly.
— Non. Je crois que je vais rentrer à la maison.

*Cet ouvrage composé
par D.V. Arts Graphiques à Chartres
a été achevé d'imprimer sur presse Cameron
dans les ateliers de Brodard et Taupin
à La Flèche (Sarthe)
en avril 2000
pour le compte des Éditions de l'Archipel
département éditorial
de la S.A.R.L. Écriture-Communication.*

Imprimé en France
N° d'édition : 340 – N° d'impression : 2211
Dépôt légal : avril 2000